La reliure traditionnelle 1993

ESSAI

SUR

LES INSTITUTIONS SOCIALES.

Se trouve chez Ant.-Aug. RENOUARD, Libraire,
rue Saint-André-des-Arcs, n° 55.

ESSAI

SUR

LES INSTITUTIONS SOCIALES

DANS LEUR RAPPORT

AVEC LES IDÉES NOUVELLES.

PAR M. P. S. BALLANCHE.

> Nihil est enim illi principi Deo, qui omnem hunc
> mundum regit, quodquidem in terris fiat, acceptius,
> quam concilia cœtusque hominum, jure sociati, quæ
> civitates appellantur : harum rectores et conserva-
> tores hinc profecti, huc revertuntur.
> CIC. Somn. Scip.

A PARIS,

DE L'IMPRIMERIE DE P. DIDOT, L'AINÉ,

CHEVALIER DE L'ORDRE ROYAL DE SAINT-MICHEL,

IMPRIMEUR DU ROI.

1818.

AVERTISSEMENT.

L'ESSAI que l'on présente au public étoit destiné à paroître sur la fin de l'année dernière, avant l'ouverture des Chambres. La cause qui a retardé la publication de cet écrit importe fort peu, et même seroit assez difficile à expliquer : il suffira donc de prévenir que l'ouvrage ne vient pas d'être composé, et qu'il auroit dû être imprimé beaucoup plus tôt. Sans doute il n'eût pas été difficile de l'adapter tout-à-fait au moment actuel, soit en y faisant un petit nombre de changements, soit en y introduisant quelques notes ; mais ce qu'il auroit pu gagner ainsi par plus d'à-propos relativement aux circonstances, il l'auroit certainement perdu en unité de dessin, en ensemble de physionomie et de caractère. La pensée générale auroit couru le risque d'être brisée par un travail qui eût été fastidieux pour l'auteur, parceque rien ne fatigue plus que de revenir sur ses propres idées, et qui eût été en même temps sans aucune utilité, parceque le lecteur saura bien faire lui-même l'appréciation des circonstances et des conjonctures nouvelles.

Qu'est-il besoin, en effet, de faire remarquer ce que tous les hommes qui pensent aperçoivent si bien, sans qu'il soit nécessaire de le leur montrer, la rapidité avec laquelle la société se précipite vers l'accomplissement de ses destinées, quelles qu'elles soient? D'ailleurs, si nous voulons savoir toutes les choses à mesure qu'elles passent sous nos yeux, nous instruire des doctrines avant qu'elles aient vieilli; savoir, pendant qu'ils l'occupent encore, les noms des acteurs qui se succèdent sur la scène politique, n'avons-nous pas les journaux de tous les jours, les livres de chaque semaine, les pamphlets du soir et du matin?

Au reste, ce qui auroit dû être changé ou modifié dans cet écrit, pour qu'il se trouvât au niveau du moment où il paroît, n'en est ni le fond, ni même une partie essentielle. Le retard qu'il a éprouvé ne peut donc lui avoir été nuisible sous ce rapport; peut-être est-il vrai de dire plutôt qu'il lui a été favorable, car plusieurs des choses qu'il contient nous paroissent avoir reçu quelque lumière et quelque force de toutes les discussions qui viennent d'avoir lieu sur les théories sociales.

ESSAI

SUR

LES INSTITUTIONS SOCIALES

DANS LEUR RAPPORT

AVEC LES IDÉES NOUVELLES.

~~~~~~

CHAPITRE PREMIER.

CONSIDÉRATIONS PRÉLIMINAIRES.

JE ne prétends m'ériger ni en censeur des gouvernements, ni en précepteur des peuples; ma tâche est, en quelque sorte, celle d'un historien sans affection et sans haine, comme s'exprime Tacite : je laisse aux habiles un soin qui est au-dessus de mes forces, celui de tirer les conséquences et de déduire les préceptes pratiques.

Sans doute il faut être à la tête des affaires pour juger les événements, pour voir à-la-fois mille petits détails séparés dont les rapports entre eux méritent plus ou moins d'être appréciés, enfin pour pouvoir embrasser d'un seul coup d'œil l'ensemble même des choses.

Mais si l'observateur qui est au sommet de la montagne est bien placé pour étendre au loin ses regards sur toute une contrée, dans un horizon d'autant plus vaste que la montagne est plus élevée, ne peut-il pas arriver aussi qu'un rideau de nuages lui dérobe quelquefois plusieurs objets importants? et, lorsqu'il descendra des hauteurs où il a établi son séjour, ne fera-t-il pas sagement de consulter l'habitant solitaire de la vallée?

Je suis cet habitant solitaire de la vallée, et j'écris mon journal pour être prêt à répondre si jamais je suis interrogé. Je ne veux pas être pris au dépourvu.

Simple particulier, perdu dans la foule, où je me suis fait une véritable solitude, je ne puis, pour justifier mes raisonnements et mes assertions, m'entourer du cortége imposant des faits et des témoignages. Étranger à toutes les carrières et à toutes les cotteries; privé même, pour le moment, de la ressource de mes livres, je suis réduit à

ne consulter que mes propres impressions,
à ne prendre mon érudition que dans mes
souvenirs. Ainsi, ma manière de voir et de
sentir n'aura d'autorité que la candeur et la
simplicité avec lesquelles je tâcherai de
m'exprimer. Je me permettrai quelquefois
d'évoquer l'esprit des traditions anciennes;
mais je suis loin, en cela comme en tout le
reste, d'exiger une confiance aveugle; car je
n'ai point laborieusement étudié ces traditions : elles me sont apparues bien plus que
je ne les ai cherchées; je pourrois presque
dire qu'elles se sont trouvées en moi.

Ne semble-t-il pas alors que jamais écrivain ne fut placé dans une position plus
heureuse, sous le rapport de l'indépendance, puisque je ne tiens mes opinions, ni
des hommes, ni des choses, ni de ma position dans le monde, ni d'un sentiment personnel et intéressé qui me fasse aimer ou
craindre les circonstances actuelles, chérir
ou redouter les souvenirs anciens?

Cependant, et il n'est pas inutile de le remarquer, des pensées, à quel point qu'elles
puissent être le résultat de méditations iso-
lées, sont toujours un ordre de faits qui mé-

rite aussi quelque attention. Quant aux faits positifs et matériels, il est facile de démontrer combien la certitude peut en être affoiblie par l'examen même qui devroit servir à les constater. Nécessairement celui qui les présente a dû les choisir; et jamais il ne peut s'établir une confiance assez grande entre l'auteur le plus vrai, le plus exempt de préjugés, et le lecteur le plus indulgent ou le plus docile, pour que le choix des faits ne soit pas sujet au moins à être discuté. Ce n'est pas tout : la presse, qui multiplie les récits contemporains, et qui est tour-à-tour esclave ou complice des partis ou des opinions, est un grand obstacle à la connoissance de la vérité, par la raison même qu'elle est un grand moyen pour y parvenir. Ainsi donc le dénuement des faits et des témoignages ne sera point, en l'examinant bien, le motif d'une objection aussi sérieuse qu'on pourroit le croire.

Chaque siècle a sa physionomie particulière, son caractère distinctif, son génie propre. Le solitaire de la vallée aura-t-il été doué d'intelligence pour saisir les traits principaux du siècle où nous vivons? Aura-t-il, du fond de sa retraite, su connoître et apprécier la pensée intime qui travaille les hommes dans ce moment? Aura-t-il pu saisir ce bruit vague et sourd qui se compose de tant de voix confuses, et qui est cependant, pour les esprits attentifs, la parole même de la génération présente?

Encore cela ne suffiroit point : il faut savoir non seulement d'où l'on vient et où l'on est, mais aussi où l'on va. Dans de telles circonstances on est donc, jusqu'à un certain point, en droit d'exiger d'un écrivain le tact même de l'avenir; car nous ne sommes plus au temps des théories consacrées par l'expérience, et des doctrines revêtues de l'autorité imposante des traditions : toutes nos destinées se sont en quelque sorte réfugiées dans le nuage de l'avenir.

L'auteur de cet écrit a sans doute, comme la plupart de ses lecteurs, ses opinions d'affection et ses opinions de raisonnement : il est, sous ce rapport, le représentant des opinions anciennes et des opinions nouvelles. Les lecteurs superficiels verront en lui, à cause de cela, une sorte de contradiction. Les lecteurs méditatifs le comprendront mieux, et ne l'en jugeront que plus propre à opérer la réconciliation entre les partis. D'ailleurs, c'est une chose assez naturelle que, sur la limite de deux ères, l'une qui commence et l'autre qui finit, il se trouve des hommes pourvus, comme le Janus de la fable, de deux faces, l'une pour regarder ce qui a été, et en tirer les derniers enseignements, l'autre pour considérer ce qui s'avance, et en prévoir les résultats.

C'est un grand malheur sans doute que des esprits inquiets, des génies turbulents, aient introduit la discussion dans de certaines matières ; mais le mal est fait. Pythagore lui-même, s'il existoit à présent, seroit obligé de se livrer à ces périlleux examens. Le siècle se refuse à une doctrine imposée : les croyances sociales non seulement sont toutes ébranlées, mais ont péri ; il ne reste plus d'autre tradition que celle des mœurs, antique héritage de nos premiers aïeux.

Comment parviendra-t-on cependant à expliquer ce qui est inexplicable en soi ? Le siècle sourit dédaigneusement à ce mot *mystère*, à cette locution *quelque chose de mystérieux*. En France, le mot *sentiment*, appliqué aux instincts de la société, est bien près d'être décrédité. Un autre mot est venu au secours de la métaphysique politique : il n'est pas encore consacré; il ne peut tarder à l'être, puisqu'il est devenu nécessaire : ce mot est assez mystérieux aussi; mais, à mesure qu'on l'adoptera, il sera convenu qu'il ne l'est point, et qu'il présente un sens très clair; ce mot, ou plutôt cette locution, est *une certaine raison publique.* Faute de préjugés on admet des fictions convenues : il ne s'agit pas de savoir si cette méthode est bonne, il suffit qu'elle soit inévitable; on n'a pas de choix. Les doctrines sociales ne peuvent jamais être mises entièrement à nu. La statue d'Isis étoit couverte d'un triple voile : le premier étoit soulevé par les néophytes, le second par les prêtres du sanctuaire, mais le troisième étoit sacré pour tous.

Pour bien apprécier l'époque actuelle, il s'agiroit sur-tout d'évaluer la distance qu'il y a entre l'être moral et l'être intelligent. Sans doute ces deux êtres ne sont pas séparés dans l'homme; mais il est évident que les facultés qui appartiennent à l'être intelligent ont pris l'ascendant, pour la direction générale de la société, sur les facultés qui sont le partage exclusif de l'être moral.

Nous aurons donc à signaler par la suite l'espèce de désharmonie qu'à présent il est impossible de ne pas remarquer dans le peuple françois, entre des mœurs stationnaires et des opinions progressives; nous aurons, de plus, à examiner la cause de cette désharmonie. Peut-être serons-nous conduits à croire que, contre le cours ordinaire des choses, il faut laisser l'opinion suivre sa pente naturelle, indépendamment des mœurs. D'un autre côté, par la même raison, serons-nous obligés d'admettre que les mœurs doivent aussi rester indépendantes de l'opinion. Cet état si nouveau dans la société sera soumis à un examen attentif, et si nous ne pouvons l'expliquer, il aura toujours été utile de le faire remarquer, pour que désormais il entre comme élément de calcul dans toutes les théories politiques.

La grande question qui s'agite roule sur le fait et sur le droit, sur le juste et sur l'utile; elle roule enfin sur l'origine du pouvoir. Il n'y a pas, en apparence, moyen de réconcilier les opinions diverses qui se partagent le monde, parceque la différence essentielle et fondamentale commence, ainsi que nous essaierons de l'établir, à la source même de la pensée. Tâchons donc de remonter jusque-là, et peut-être serons-nous plus disposés à nous entendre.

Nous ne parviendrons point à soulever le dernier voile qui couvre la statue d'Isis; mais du moins il nous sera permis d'admirer le tissu merveilleux dont il est formé.

M. Ferrand (Théorie des Révolutions) trouve que les institutions de la Chine sont bonnes, en ce qu'elles sont permanentes. Alors une révolution se réduit à changer les individus. Les dynasties sont renversées, des générations entières sont noyées dans le sang; mais les institutions restent. Sans doute c'est un avantage; car, si les institutions ne survivoient pas, des générations entières seroient encore sacrifiées à l'affermissement des institutions nouvelles. Mais ne raisonnons point d'après ce qui se passe en Asie; les passions humaines existent par-tout : là elles s'épuisent sur des individus, ailleurs c'est sur les choses; toujours les hommes périssent. La stabilité a des inconvénients,

comme la mobilité a d'utiles prérogatives.
Une idée acquise est une vraie conquête; et,
une fois entrée dans le monde, cette idée ne
peut plus y périr. Ce qui sert à développer
l'intelligence humaine n'est point à dédaigner. Le repos ne peut pas être notre but.

Entre les peuples mobiles de la mobile
Europe, c'est le peuple françois qui fut toujours, et à toutes les époques, le plus susceptible de contracter souvent de nouvelles
habitudes, de se faire de nouvelles mœurs.
Mais, au milieu de tant de changements, il
demeuroit toujours fidéle à l'honneur, qui
est, pour lui, comme une religion civile.
Semblable à ces nobles caractères dont les
erreurs même sont généreuses, il n'a pu jamais être dégradé ni par ses fautes, ni par
les infidélités de la fortune.

Il est vrai de dire aussi que nos rois ont,
dans tous les temps, marché en avant de la
civilisation européenne, parcequ'ils furent,
dans tous les temps, guidés par cet admirable sentiment de la magistrature éminente
attribuée à la nation françoise sur tous les
peuples de l'Europe, magistrature qu'il est
impossible de nier, puisqu'elle est prouvée

par les excès même où elle est souvent tom-
bée, puisqu'elle est revêtue d'un signe extérieur, l'universalité de la langue. Chaque
peuple, comme nous le dirons bientôt, a
une mission à remplir dans les vues de la
Providence, et toujours elle lui est révélée,
d'une manière intime, par des moyens inconnus. Les chefs des peuples ne sont autre
chose que les chefs de cette mission mystérieuse et sacrée.

Aussi avons-nous vu de nos jours l'infortuné Louis XVI, digne héritier d'un instinct
si élevé, se mettre le premier à la tête de son
siècle, pour le diriger. Le règne précédent,
il faut l'avouer, avoit rendu cette tâche difficile. Ce long règne, en effet, avoit été pour
notre nation ce qu'on a dit que furent les
délices de Capoue pour l'armée d'Annibal.
La corruption est sans contredit le plus grand
obstacle à la marche des destinées humaines.

L'appel de Louis XVI à cette nation qui venoit d'être amollie par ses prospérités, causa
tout-à-coup un ébranlement général. Des
hommes impatients, qui craignoient de ne
pas arriver assez tôt à la pleine jouissance
de ce nouvel avenir qui leur étoit offert,

2

crurent qu'ils ne pouvoient obtenir de garantie à cet égard que par un changement de dynastie. Ce n'étoit pas ce que demandoit le peuple françois ; mais il ne sera pas maître de vouloir.

Maintenant que des siècles nous séparent, en quelque sorte, de ces circonstances malheureuses, comparez Louis XVI à Buonaparte, et vous verrez que ce fut Louis XVI qui eut les véritables insignes du législateur. Buonaparte s'étoit mis à la tête de la révolution, mais seulement de la révolution, et non point à la tête des idées du siècle, ce qui est bien différent ; ou, en d'autres termes, à la tête de la révolution faite par les hommes, et non à la tête de la révolution faite par le progrès du temps. L'usurpation, devenue ainsi nécessaire pour lui, rendit nécessaire aussi la guerre avec tous les souverains. Jeté au milieu du monde civilisé, dans un moment de trouble, il voulut se créer un monde barbare, pour régner plus à son aise. Il plaça la patrie dans les camps. Cet homme n'avoit pas assez de cette révolution, immense héritage de force et de puissance qui lui fut cédé si gratuitement. Il sentoit avec inquiétude

que la sanction du temps et de l'opinion lui
manquoit toujours. Pour y suppléer, il voulut entasser les événemens ; il croyoit vieillir
ses institutions en pressant les dates. Tant de
maux étoient inévitables : ils sortoient de la
force même de la situation. Ce que les hommes appellent le destin est trop souvent fait
par eux.

Cette dernière leçon n'étoit-elle point due
à ceux qui croient que l'on peut changer de
dynastie avec la même facilité que l'on fe-
roit un nouveau bail ? Une dynastie cependant ne croît pas sur la surface du sol ; il lui
faut des racines profondes qui descendent
jusqu'au tuf même de la terre sociale.

Dans nos gouvernemens modernes, les
hommes et les choses sont étroitement unis.
Il est facile de découvrir en cela une vue
profonde de la Providence, qui a voulu sans
doute mettre un obstacle de plus à notre
mobilité. Les dynasties chrétiennes ne font
qu'un avec les peuples chrétiens, et n'ont
qu'une vie avec eux : ceci tient au perfectionnement introduit par le christianisme dans
les sociétés humaines comme dans tous les
ordres d'idées et de sentimens. Jamais

2.

Hugues Capet ne seroit monté sur le trône
de France, jamais Guillaume d'Orange ne
seroit monté sur celui d'Angleterre, si ces
deux princes n'eussent pas eu déja de fortes
et vigoureuses racines enfoncées dans le sol.
La succession à la couronne n'est point non
plus une élection continuée, car alors il y
auroit une première élection. N'en doutons
point : il faut remonter plus haut pour trouver les titres primitifs des chefs de races
royales ; et la légitimité repose au fond d'un
sanctuaire où il est difficile de pénétrer. Nous
l'essaierons cependant par la suite, mais avec
une respectueuse circonspection ; car cet écrit,
qui ne peut renfermer toutes les vérités sur lesquelles repose la société, est destiné du moins
à en faire naître le sentiment, sentiment qui
a quelque chose de religieux, et qu'on est
trop parvenu à éteindre parmi les peuples.

Quelques uns de nos publicistes nouveaux
voudroient nous ramener aux systèmes asia-
tiques, où les individus ne sont rien. Ceux-
là changent la royauté en un simple mandat. Le roi est un homme sorti du milieu
de la multitude, par le jeu incertain des circonstances, pour maintenir un ordre voulu

par tous, pour faire exécuter des lois auxquelles tous ont participé. La patrie et le roi
sont deux choses distinctes : on peut défendre l'une sans défendre l'autre. Nos pères
avoient, à mon avis, plus de respect pour
les nations : tout-à-fait dans les temps anciens, les rois étoient de race divine, dans
les temps modernes on a cru, d'après l'autorité de l'Écriture sainte, que Dieu lui-même
se mêloit de choisir les princes des peuples :
il y avoit alors une religion sociale ; un roi
n'étoit pas traîné à l'échafaud par ses propres sujets ; il ne tomboit pas du trône à la
présence d'un chef de bande : la royauté
avoit ses martyrs, et la patrie ne périssoit
jamais : le roi étoit la patrie devenue sensible ; la royauté étoit une des libertés de la
nation, et la plus importante de toutes.

Je n'ignore point tout ce que les idées
nouvelles présentent d'opposition au sentiment que je viens d'exprimer ; mais je sais
aussi que nulle base de la société ne peut
être enlevée sans danger ; je sais que lorsqu'une de ces bases vient à manquer, la
Providence se hâte toujours de la remplacer ; je sais enfin que ce qui a été, même

lorsqu'il n'est plus, est encore la raison de
l'existence pour ce qui est. Toutes ces choses
seront expliquées à mesure que mes idées
pourront se développer.

Au reste, l'impossibilité où est l'usurpation de pouvoir se consolider, et il n'est
question ici que de cela, prouve en faveur
des doctrines anciennes contre les doctrines
nouvelles; car l'utilité toute seule ne pourroit pas opérer les prodiges que l'on attend,
et qui sont, en effet, nécessaires pour la stabilité des États.

Comparons à présent Louis XVIII à Buonaparte : l'un efface toutes les traditions,
crée un peuple dans un peuple, profane les
tombeaux, et c'est profaner les tombeaux
que dédaigner l'esprit des ancêtres; l'autre
unit les temps anciens aux temps qui vont
éclore, professe sans idolâtrie le culte des
ancêtres, admet les choses nouvelles, sans
toutefois repousser dans l'opprobre les choses anciennes.

Ce n'est pas sans dessein que j'éloigne
des points de la comparaison la différence
qu'il y a entre le caractère paternel de la
royauté et le caractère tyrannique de l'usur-

pation : il ne s'agit ici que du législateur.

Louis XVIII s'est donc mis réellement à la tête de son siècle ; seulement il a dû, et il a voulu, sauver le principe éternel des sociétés humaines, en concédant une Charte au lieu de la recevoir, en faisant remonter la date de son règne à la mort de l'enfant douloureux qui devoit être roi. S'il n'eût pas agi ainsi, il auroit fait une faute immense ; car il se seroit porté héritier de la révolution faite par les hommes, au lieu d'adopter la révolution faite par le temps. Ainsi, il a vraiment succédé au trône, aux intentions de Louis XVI, à l'instinct conservateur de sa noble race. Un tel bienfait ne fut point apprécié ; il parut à des esprits chagrins un retour vers le passé, pendant que c'étoit une heureuse transition vers l'avenir.

Le monarque, père des François, vouloit leur persuader que tous les liens n'avoient pas été brisés entre eux et lui ; il vouloit les réconcilier en même temps avec les autres peuples, qui venoient de reconquérir le sentiment de leur existence nationale. Cette pensée magnanime fut mal interprétée par les uns, ne fut pas comprise par les autres ; et nous eûmes le 20 mars, terrible rechute qui faillit coûter la vie au corps social. Mais, comme il est utile d'avouer les fautes de tous, ne craignons pas de le dire : l'erreur que nous signalons eut peut-être quelques justes fondements dans les étroites prétentions d'hommes peu habiles à interpréter les sentiments d'un peuple. Ainsi encore, il a été fait des fautes dans l'enceinte des murs de Troie, et hors de cette enceinte.

Lorsque Numa Pompilius monta sur le trône pour commencer ce long règne pacifique où furent fondées toutes les institutions romaines, il eut à opérer la fusion de deux peuples en un seul. L'un avoit d'antiques traditions qu'il étoit accoutumé à respecter; l'autre avoit l'ascendant qui ne manque jamais aux dépositaires de destinées nouvelles; car, avant tout, il faut que la société marche. Des mariages opérés par la force, le partage des emplois et des dignités entre les hommes les plus considérables des deux peuples, la division même d'une partie des propriétés, rien n'avoit pu encore effacer la distinction de Romains et de Sabins : mais ce que n'avoient pu faire des cir-

constances si propres à confondre les intérêts divers et les prétentions opposées, la
haute sagesse de Numa le fit. Puisse notre
monarque, qui est venu régner aussi sur le
peuple des souvenirs et sur le peuple des destinées nouvelles, consolider son ouvrage, en
consommant parmi nous celui de Numa!

Maintenant, éclairés par des expériences
de plus d'un genre, et rendus à notre véritable existence sociale, convenons qu'il n'y
a qu'un moyen de réunir tous les partis;
c'est de sentir les raisons de tous, de con-
descendre à toutes les opinions, de ne point
s'attaquer mutuellement avec les armes toujours inconvenantes de l'ironie ou du sar-
casme, de se mettre à la place de tous les
intérêts. Sachons que l'on trouve dans tous
les partis, non seulement des honnêtes gens,
ce qui est incontestable, mais des hommes
éclairés et généreux, dont les opinions et la
conduite, dictées par les lois les plus rigoureuses d'une conscience austère, sont indépendantes des positions diverses où ils peuvent être placés. N'oublions pas sur-tout
qu'il y a chez la plupart des hommes, ainsi
que nous l'avons déja remarqué, deux sortes

d'opinions bien distinctes, bien spontanées, également vraies et intimes, et au-delà de tout calcul ou de tout retour personnel. Sans doute les opinions fondées sur le sentiment peuvent seules être contagieuses ; mais il ne dépend pas de chacun de nous de les avoir à notre choix. Ceux dont les opinions de sentiment ne sont pas en harmonie avec l'état actuel de la société, et qui les immolent avec une résignation loyale et courageuse sur l'autel de la réconciliation, font un sacrifice dont on doit leur tenir compte. Les peuples refusent de s'associer à ceux-là, parceque leurs opinions adoptives ne sont plus que des opinions de raisonnement, mais les hommes sages doivent les accueillir avec quelque respect, sur-tout lorsque la bonne foi se laisse apercevoir; et elle est toujours sentie dès qu'elle existe. N'exigeons pas l'impossible. D'anciens souvenirs ne s'effacent pas de suite ; des traditions antiques laissent des traces ; des préjugés subsistent encore long-temps après qu'ils sont déracinés. Vous souffrez volontiers que certains hommes conservent un culte de vénération pour vingt-cinq ans de notre histoire, parcequ'eux ont été plus ou moins mêlés aux événements de cette époque récente, parcequ'ils en ont plus ou moins adopté les résultats; et vous vous irritez de ce que certains autres hommes, plus religieux dépositaires des mœurs anciennes, des vieilles habitudes, des illustrations consacrées par les siècles, se retirent quelquefois dans le silence de leurs foyers pour brûler un grain d'encens aux pieds de leurs premiers dieux domestiques, qui, après tout, furent assez long-temps les dieux de la patrie.

Je ne veux pas, à mon tour, m'attirer le reproche d'être injuste envers cette partie récente de notre histoire dont nous venons de parler. Pendant les horribles saturnales qui coûtèrent tant de larmes à la patrie, les traditions de l'honneur et de la gloire continuoient de se perpétuer parmi nous. Les plus beaux dévouements qui puissent honorer la nature humaine venoient consoler l'ame; les pensées nobles et généreuses trouvoient un asile dans de grands caractères; la religion et les croyances sociales recevoient d'illustres témoignages jusque sur les échafauds de la terreur; de magnanimes

protestations éclatoient même dans les tri-
bunes élevées par les crimes et les factions.
Plus d'une fois le silence et la stupeur of-
frirent le spectacle imposant d'un grand
peuple qui refuse la triste solidarité dont on
eût voulu lui infliger le poids. Nos armées,
sur les frontières, étendoient un rideau de
gloire sur tant de calamités, sur des forfaits
qu'elles ne protégèrent jamais de leurs armes
victorieuses : elles ressemblèrent aux deux
enfants de Noé jetant un voile sur l'ivresse
de leur père.

Dans tous les lieux où nous avons jadis
obtenu des triomphes, nous avons eu des
triomphes nouveaux ; par-tout où nous
avions jadis fléchi devant la force même des
choses, nous avons pu venger d'antiques injures. Nos champs de bataille ont illustré
des lieux déja illustrés par nos ancêtres, ou
des lieux jusqu'alors sans nom. Le Bédouin
a fui devant nos phalanges ; les palmes de
l'Idumée ont cru voir une seconde fois les
soldats du Christ revendiquer des royaumes
acquis au prix du sang ; les habitants de la
Seine, du Rhône et de la Loire, sont allés
chercher de glorieux tombeaux sur les bords

du Rhin, sur les rives du Pô, parmi les cam-
pagnes du Guadalquivir. Nos généraux ne
ressembloient point à ce farouche Romain
qui dépouilla Corinthe de ses monuments :
les arts furent traités par nous comme de
nobles captifs, ou comme ces dieux que le
peuple-roi ramenoit de chez les nations
vaincues, pour les placer au Capitole. Honneur au peuple qui a fait tant de choses en
si peu d'années ! Malheur à l'homme qui a
pu abuser d'une telle nation !

Comment Buonaparte l'a-t-il séduite, si
ce n'est en s'entourant lui-même des grandes
illusions de la gloire militaire, et en l'abreu-
vant du vertige des conquêtes ? Encore cela
n'auroit pas suffi, s'il n'eût pas commencé
par jouer avec soin le rôle d'un restaurateur
des doctrines sociales. Ne l'avons-nous pas
vu, en effet, au moment où il saisit les rênes
du gouvernement, relever les autels de la
religion, et élargir les routes qui ramenoient
de la terre de l'exil ? Ne l'avons-nous pas vu
fouiller dans les fastes de la monarchie, et
ordonner des cérémonies expiatoires pour
les cendres violées de Saint-Denis ?

Il est temps de confondre dans nos affec-

tions la France ancienne et la France nouvelle; mais ne soyons point étonnés de ce
qu'un certain nombre d'hommes est resté
fidèle au culte des ancêtres, de ce que les Sabins ne sont pas encore tout-à-fait devenus
des soldats de Romulus.

Si le mouvement des opinions peut être
rapide, celui des mœurs est toujours mesuré
par la longueur du temps.

D'ailleurs, la modération sied bien aux
vainqueurs : à Rome on permettoit de dire
même des injures à ceux qui recevoient les
honneurs du triomphe; et la vertu farouche
de Caton fut plus d'une fois louée au sein
de la cour d'Auguste.

Les Tartares ont souvent conquis la Chine,
mais toujours ils sont graduellement devenus le peuple que leur avoit donné la victoire. Il en a été de même des Francs, lorsqu'ils ont envahi les Gaules. Il faut que les
grandes masses absorbent les petites; il faut
aussi que les vainqueurs pardonnent, en
quelque sorte, leurs propres triomphes. On
a trop prêché l'oubli aux vaincus : sans doute
il faut qu'ils oublient ce qu'ils furent; mais
il ne faut pas que les vainqueurs continuent

de les traiter comme le lendemain de la bataille ; car l'outrage peut rendre la victoire
incertaine, en produisant un courage de
désespoir. Pourquoi, d'ailleurs, ne dater que
d'hier? Pourquoi abjurer les souvenirs antérieurs à la révolution, ou ne les rappeler
que pour les flétrir? Pourquoi renouveler
sans cesse le grand sacrifice de Louis XVI,
et recommencer continuellement à disperser
les royales poussières qui sont rentrées dans
leur repos? Ah! réunissons-nous du moins
dans la noble et touchante confraternité du
malheur ; car elles nous ont été aussi enle-
vées à leur tour, ces dépouilles opimes du
monde, ces brillants trophées de la gloire
que nous avions achetés par tant de travaux, par tant de sang et tant de larmes.
Ne disons cependant point comme ce preux
chevalier qui mérita si bien d'être roi du
beau pays de France, ne disons point, *Tout
est perdu, fors l'honneur ;* n'avons-nous pas
sauvé plus que l'honneur, puisque nous
avons sauvé, non point celles de nos institutions qui avoient vieilli, et qui étoient
destinées à périr, mais celles d'où dévoient
naître nos institutions futures; puisque nous

avons sauvé ce qui toujours flatta le plus les nations, une existence qui se perd dans la nuit des temps; une existence qui, pour nous, est antérieure à toutes les sociétés actuelles; une existence de quatorze siècles; puisque nous avons sauvé enfin notre magistrature sur l'Europe? Nous avons retrouvé les protecteurs-nés de nos antiques libertés, ceux qui pouvoient seuls consacrer et rendre durables nos libertés nouvelles. Le père de famille est revenu au milieu des siens; il est revenu, envoyé par la Providence, pour consacrer nos droits, pour nous remettre en pleine possession de tant de belles prérogatives que nous étions menacés de perdre, à cause du mauvais usage que nous en avions fait; dès-lors nous avons pu jouir sans trouble d'une émancipation de fait, qui est devenue, par cette haute investiture, une émancipation légale.

En effet, lorsque la Providence veut punir les hommes, elle semble leur enlever pour un temps la liberté dont ils abusèrent, et les placer en quelque sorte sous l'empire de la nécessité : alors paroît au milieu des peuples, ou *le fléau de Dieu*, ou *l'homme du*

Destin; mais, aussitôt que cette mission redoutable est accomplie, le fléau de Dieu est brisé, l'homme du Destin reste sans pouvoir, les nations sont rendues à la liberté.

Louis XVIII, en rentrant parmi nous, ne nous promettoit point d'éclatantes conquêtes, la gloire de vastes et funèbres triomphes, le silence des rois et des peuples devant un sceptre formidable; il ne se présentoit que comme le ministre de la paix et de la réconciliation, le gage de l'indépendance et de la liberté. Fermons un instant les yeux sur le funeste vertige des cent jours, et transportons-nous par la pensée à l'époque où nous revîmes enfin, après tant d'années, le père de la patrie. N'y eut-il pas quelque chose de miraculeux dans ce retour inespéré? Le bruit en avoit couru d'avance parmi les tribus désolées : c'étoit comme un vague pressentiment auquel on osoit à peine se confier, et qui néanmoins suffisoit déja pour alléger le poids d'immenses calamités. Cette fois, l'ardeur de l'espérance fit que l'espérance se réalisa, peut-être même contre toute probabilité. Il est donc des desirs que le ciel récompense en les accomplissant! Ainsi, lorsque la nation françoise vint à tourner les yeux du côté de la terre de l'exil, elle sembla proclamer la pensée généreuse de revenir au culte si moral des aïeux, de renoncer à l'idolâtrie.

C'est toujours à cette mémorable époque du premier retour du roi qu'il faut remonter lorsque l'on veut étudier les destinées qui nous sont promises, parceque c'est là seulement que commence notre avenir. Tout ce qui a pu contrarier la marche des choses, dans cet intervalle de temps, ne doit être évalué que comme obstacle.

Le 20 mars a été une concentration de toutes les forces antisociales. Les cent jours ont été la révolution même, ramenée en quelque sorte à l'unité dramatique. Il faut donc éviter soigneusement de faire entrer ce fatal interrègne dans notre chronologie morale et politique : malgré l'importance dont il a été par ses suites et ses résultats, un si triste événement ne doit être considéré que comme récapitulation de faits antérieurs, et non point comme étant lui-même un fait nouveau. La Charte et les éléments de notre système social actuel n'ont point changé.

Ceci n'est pas en contradiction avec ce qui a
été dit plus haut ; car une telle suspension
de la puissance conservatrice, de l'énergie
vitale, pouvoit en effet entraîner la destruction et la mort ; c'est même ce qui explique
et excuse, au jugement des hommes qui se
sont fait un devoir de l'impartialité, les
opinions de ceux qui ont admis le 20 mars
comme fait nouveau, et qui en ont déduit
la nécessité de modifier nos institutions futures. Cette erreur étoit trop naturelle pour
qu'on n'y tombât pas : elle ne peut donc
point être reprochée avec quelque justice à
ceux qui l'ont partagée.

CHAPITRE II.

MARCHE PROGRESSIVE DE L'ESPRIT HUMAIN.

L'ESPRIT humain marche dans une route
obscure et mystérieuse, où il ne lui est jamais permis de rétrograder; il ne lui est pas
même permis d'être stationnaire. Les nations dégénèrent; l'esprit humain marche
toujours : il a en lui une vie incessamment
progressive, qu'il n'aperçoit point, qu'il ne
peut ni ne doit apercevoir, dont il a néanmoins le sentiment, et qui ne se manifeste
qu'à de certaines époques ; comme, dans
l'homme, il y a des changements qui se
font à son insu, des phénomènes de développement, de croissance, de maturité, qui
s'opèrent indépendamment de ses calculs et
de sa volonté. Enfin, l'esprit humain a, ainsi
que l'homme, ses âges et ses temps critiques.
La vie des sociétés humaines, à son tour,
ressemble tout-à-fait à celle des individus.
Les sociétés humaines naissent et meurent;

mais leur berceau et leur tombeau sont des objets sacrés, également secrets et inconnus. On sait seulement qu'elles se succèdent dans le temps, et qu'elles héritent les unes des autres. Rien, dans les sociétés, n'a un commencement certain, et rien n'a une fin précise et positive. Il n'y a point d'effets sans causes, et les effets, à leur tour, deviennent causes; mais, le plus souvent, il est impossible de distinguer les effets et les causes.

L'intelligence, dans l'homme, continue de se perfectionner lorsque son être physique commence à perdre de ses forces et de ses facultés : il en est de même du genre humain. C'est dans le premier âge que l'homme acquiert tous les matériaux qu'il doit mettre en œuvre par la suite; il est incontestable que, dans ce premier âge, ses progrès sont incomparablement plus rapides que dans les âges suivants : il en est de même aussi des premiers âges de l'esprit humain.

Nous avons donc toujours des enseignements à puiser dans les sources primitives. Ainsi les premiers pas de l'intelligence humaine, ainsi l'organisation des premières sociétés, méritent toute notre attention. La

trace de ces premiers pas est souvent effacée, l'organisation de ces premières sociétés
a entièrement disparu; mais ce qui n'a point
péri, c'est l'influence encore subsistante de
toutes les origines, de toutes les raisons d'ê-
tre. On n'a cru jamais qu'on ne dût étudier
l'homme que dans le vieillard. Vous voyez
une voûte hardie se soutenir d'elle-même;
si vous voulez savoir comment cette voûte a
pu être construite, il faut que vous rétablis-
siez, par la pensée, l'échafaudage dont la
charpente a disparu, et sans lequel la voûte
n'existeroit point à présent.

Pour achever notre première comparaison, l'homme enfin parvient à la vieillesse,
à la décrépitude, à la mort. Les sociétés
humaines se régénèrent et renaissent pour
commencer une nouvelle vie, après avoir
passé par des périodes assez peu en rapport
avec celles qui amènent la mort de l'homme,
et sur-tout sa renaisssance; car ici finit toute
espèce d'analogie : la perpétuité des sociétés
humaines et l'immortalité de l'être spirituel
n'ont aucune ressemblance, l'une étant placée
dans le temps et dans la sphère du monde
sensible, l'autre s'élançant hors des limites du

temps et dans la sphère infinie d'un monde où ne régnent que les lois de l'intelligence.

Au milieu de tant de vicissitudes, l'esprit humain marche toujours; car il faut qu'il marche même pour franchir des déserts, même pour sortir des lieux et des temps que l'ignorance ou la tyrannie changent en vastes solitudes. Je n'irai pas chercher bien loin la preuve de cette assertion. L'esprit humain ne vient-il pas de traverser, sans en éprouver aucun retardement, tout le despotisme de Buonaparte, c'est-à-dire le despotisme le mieux conçu et le plus savant qui ait jamais existé, puisqu'il étoit décoré par la gloire militaire, toujours si séduisante pour les hommes, et qu'il avoit forgé ses chaînes avec le secours de tous les arts et de toutes les industries d'une civilisation avancée?

L'esprit humain survit aussi aux catastrophes qui viennent quelquefois changer la face du globe. Une arche mystérieuse, chargée des destinées nouvelles, vogue toujours au-dessus des grandes eaux.

Au reste, je n'ai pas besoin d'expliquer qu'il ne s'agit point ici du système de la perfectibilité, tel qu'il a été entendu dans ces

derniers temps; car alors j'aurois à assigner
les limites naturelles de cette perfectibilité,
qui ne sont autres que les limites mêmes de
la liberté de l'homme. Or, c'est un sujet d'examen qui ne peut manquer de se présenter
ailleurs. J'ai donc seulement voulu dire que
les générations humaines sont toutes héri-
tières les unes des autres; que le genre humain, dans son ensemble, ne forme en
quelque sorte qu'un seul tout, ce qui nous
mettroit sur la voie de fournir quelques
preuves de plus à la doctrine de la solidarité. Mais cette haute doctrine, qui fait la
base de toutes les religions, qui a été si admirablement perfectionnée dans le christianisme, qui a toujours subsisté comme
sentiment primitif parmi les hommes, qui
est si morale puisqu'elle explique à-la-fois le
sacrifice, le dévouement et le malheur, cette
haute doctrine ne doit pas, en ce moment,
attirer notre attention.

Ne sortons point de ce qui fait la matière
de ce chapitre; et, après les considérations
générales auxquelles nous venons de nous
livrer, entrons dans quelques développements et quelques remarques de détail : ne

mettons pas trop de soin à faire des applications particulières; elles se montreront d'elles-mêmes par la suite.

L'esprit humain marche toujours, avons-nous dit, car il est doué d'un pouvoir immense, celui de la continuité d'action; mais sa marche est progressive, avons-nous dit encore, car rien ne surgit soudainement dans le monde. Comme l'enfant naît, croît et s'élève en présence de ses parents, ainsi les idées nouvelles qui s'introduisent dans la société naissent, croissent et s'élèvent en présence des idées anciennes qui leur ont donné le jour. Quelques hommes marchent en avant : les opinions de ces hommes de choix s'étendent peu à peu, et finissent par être l'opinion de l'âge suivant, qui, à son tour, voit naître d'autres idées, destinées aussi à être d'abord celles du petit nombre, puis les idées dominantes, et enfin les idées de tous. Une génération ne commence pas et ne finit pas dans un désert : aucun fait n'est isolé; rien, en un mot, n'existe de soi et sans raison de son existence. Sous un certain point de vue on pourroit affirmer que toutes les générations, qui sont contemporaines aux yeux de Dieu, le sont aussi aux yeux du sage.

Quelquefois les erreurs même mènent à la vérité, ou s'y mêlent jusqu'à ce que l'alliage en ait été séparé. Ce qu'il y a de plus étonnant encore, c'est que la vérité repose souvent au fond de l'erreur comme le germe d'un fruit délicat est protégé par la dure enveloppe du noyau. Ainsi Descartes osa fonder la certitude sur le doute universel : ainsi Newton dut passer par les tourbillons de Descartes, pour parvenir à la grande et unique loi de la gravitation. Que faut-il sur-tout à l'intelligence ? le mouvement, comme à la matière ; et le mouvement ne manque jamais ni à l'une ni à l'autre. Les fausses religions elles-mêmes révèlent et prouvent les principes de la vraie religion : toutes les fois, par exemple, que, dans le polythéisme, un homme a rencontré le sentiment de l'amour, il a rencontré le christianisme, et il a été ce que Tertullien appeloit une ame naturellement chrétienne.

Les opinions humaines ne ressemblent donc point à la piéce de toile que le tisserand commence et achéve : toutes se croisent, et se feutrent, pour ainsi dire. La trame est de

tous les jours, la chaîne est éternelle, et Dieu
seul la connoît. Le genre humain peut être
considéré comme un seul tout, ainsi que nous
l'avons déja remarqué; et c'est dans cette con
sidération élevée que l'on rencontre une des
bornes assignées par la Providence à notre
liberté. L'homme a non seulement à porter
le joug de son être matériel; il a aussi à suivre les mouvements qui lui sont imprimés
par le tout dont il fait partie. L'individua-
lité n'est point, pour lui, dans ce monde.
Nos destinées futures ont donc cela de *fatal*,
qu'elles sont, en quelque sorte, la conséquence nécessaire de nos destinées passées.

Les hommes de choix, qui marchent en
avant, ne sont point cependant créateurs, car
l'homme n'a pas reçu la puissance de créer;
mais ils ont, au-dessus des autres, une haute
faculté de lire dans le fond des choses : ils ne
sont que précurseurs. Dans le chapitre où
sera développée la théorie de la parole, nous
trouverons peut-être une explication, du
moins plausible, de ce phénomène. Mais ce
que nous disons ici ne doit point être oublié
lorsque nous en serons venus à cette partie de
notre examen.

M. de Bougainville dit fort bien que la
Gréce est en petit l'univers, et que l'histoire
grecque est un excellent précis de l'histoire
universelle. On trouve, en effet, dans ce coin
de terre, l'exemple de toutes les formes de
gouvernement. Ne diroit-on pas que toutes
les combinaisons sociales y ont été épuisées
pour l'instruction des hommes? L'existence
si diverse et si variée de ces peuples est une
poésie tout entière, depuis leurs temps héroïques et fabuleux jusqu'à leur décadence et à
leur mort. Leurs législateurs furent des poëtes et des musiciens. Leurs prêtres et leurs sages furent des poëtes encore. Les poëtes con-
duisoient aux combats, et chantoient la gloire
des héros après la victoire. Les palmes des
jeux olympiques étoient égales aux trophées
de la gloire. La liberté n'étoit autre chose
que la jouissance des arts. Les villes s'hono-
roient d'un athléte célèbre aussi bien qu'elles
se disputoient la naissance d'un poëte illustre. Les vainqueurs aux combats du ceste
avoient des statues dans les places publiques
et dans les temples, comme le guerrier qui
avoit versé son sang pour la patrie. Jamais
la beauté n'eut un culte plus solennel. C'é-

toit donc à la Grèce qu'il appartenoit de
donner le code des lois qui régissent encore
l'empire de l'imagination. Les peuples, les
institutions, les monuments, tout a péri; et
ce code immortel subsiste toujours. Une voix
mélodieuse semble sortir continuellement
de tous ces débris, et donner le prestige
d'une existence nouvelle à tant de créations
du génie. Ainsi le phénix se compose un bûcher symbolique de mille plantes odorantes,
expire au milieu des flammes et des parfums,
et renaît de ses poétiques cendres pour recommencer sa vie merveilleuse. Ainsi encore
ces mêmes peuples de la Grèce, souvent dispersés par des malheurs qui sont devenus
l'héritage exclusif des muses, jettent à toutes
les époques et sur tous les rivages de fabu-
leuses ou d'héroïques colonies destinées à
perpétuer les souvenirs brillants de la gloire
ou les rêves aimables de l'imagination.

Ne disons point, au reste, qu'une telle peinture soit un jeu de l'esprit : les traditions de
la poésie ne sont-elles pas aussi une réalité?
La remarque de M. de Bougainville s'appli-
quoit seulement aux temps historiques de la
Grèce; j'ai voulu l'étendre à tous les temps

qui ont illustré cette péninsule si célèbre
dans les fastes de l'esprit humain : c'étoit
pour la rendre plus générale et par conséquent plus vraie. J'espère, d'ailleurs, qu'elle
pourra nous conduire à des résultats de
quelque importance.

Il y a, n'en doutons pas, des peuples qui
sont types, et qui renferment dans leur histoire celle des autres peuples. La haine pour
les traditions juives a, dans ces derniers temps,
jeté les hommes hors de bien des vérités, et,
entre autres, hors de celle que nous venons
d'énoncer. Les livres de l'Ancien Testament
sont à-la-fois historiques et symboliques : ce
double attribut a épouvanté la raison de nos
sages. Je n'aurois pas osé le présenter de
suite, si je n'avois eu auparavant un exemple
analogue dans l'histoire d'un peuple profane.
Mais celle des Juifs offre des considérations
d'un tout autre ordre. Les destinées des enfants de la promesse ne sont point l'image
seulement des destinées particulières de tel
ou tel peuple; elles sont l'image et l'histoire
même du genre humain. Ici, il faut abaisser
sa pensée, et admirer en silence le magnifique tableau tracé par Bossuet. Il ne nous a

pas été donné des ailes de feu pour nous élever à une telle hauteur, et pour planer ainsi
sur les générations et sur les siècles.

Cependant, s'il m'est permis de m'arrêter
un instant sur les parties moins élevées du
sujet qui nous occupe, nous n'aurons pas besoin du vaste regard de l'aigle de Meaux. Notre courte vue ne doit point nous empêcher
d'apercevoir un soin paternel de la Providence à choisir certains peuples pour diriger
et mûrir les idées des autres. Et, comme rien
ne peut être abandonné à des chances contingentes, nous serons bien obligés d'admettre une direction constante et immédiate,
au moins pour les peuples dont nous parlons.
Qui prolongea, par exemple, le séjour des
rois pasteurs dans les plaines de Sennaar, si
ce n'est la Providence de Dieu, qui vouloit
que le plus bel ouvrage de la création fût soumis à de longues et paisibles observations,
pour qu'elles servissent ensuite à inspirer les
Galilée et les Newton? Qui put déterminer les
premiers habitants de l'Égypte à choisir pour
leur séjour cette immense et limoneuse vallée du Nil? N'est-ce point parcequ'il falloit
un berceau pour les sciences humaines; et

que ce berceau ne pouvoit être qu'une terre
rendue habitable à force de travaux?

Oui, j'en suis convaincu, et ma conviction
repose sur l'autorité des siècles; oui, chaque
peuple a sa mission. Les uns lèguent au monde les arts de l'imagination, les autres lui
donnent les sciences exactes, d'autres sont
établis gardiens des traditions, dépositaires
des doctrines primitives. Les peuples, dès
leur origine, ont le pressentiment de leurs
destinées futures. C'est que Dieu, lorsqu'il
donne une mission à un peuple, lui donne
le pressentiment de cette mission. «Souviens-
toi, ô Romain! disoit Virgile, qu'à toi seul
appartient de donner des lois à l'univers :
tels seront les seuls arts dignes de toi. » Ce
que Virgile disoit, du temps d'Auguste, étoit
l'expression de la pensée même de ce peuple,
qui, à toutes les époques, fondoit toujours
pour l'éternité, et affectoit l'empire du
monde. Mais le poëte n'avoit pu connoître
la véritable mission du peuple-roi. Les Romains, en portant par-tout la guerre, et en
rassemblant toutes les nations sous le même
joug, *comme les œufs d'une seule couvée*, prépa-
roient l'univers à la prédication universelle

de l'Évangile. Le roi d'une petite contrée aride sort un jour de l'enceinte des montagnes stériles où est assis l'étroit domaine que déja son père voulût agrandir. Il s'élance de là comme l'aigle s'élance de son aire. Ce royal et magnanime aventurier réussira-t-il dans ses projets gigantesques? Oui, il réussira, mais à accomplir ce que Dieu veut de lui. Les conquêtes d'Alexandre furent un torrent qui ne fit que passer; toutefois elles répandirent au loin la connoissance de la langue grecque, destinée à servir d'organe aux premiers apôtres de la vérité, aux premiers martyrs de la foi chrétienne, comme elle avoit servi auparavant à préparer, par la culture des lettres, et par des doctrines morales, un grand nombre de nations barbares à recevoir la semence de la parole.

Non seulement la Providence avoit pris soin de rassembler les peuples sous une même domination, et de les réunir dans les liens d'une même langue, elle avoit pris bien d'autres précautions pour que la *bonne nouvelle* fût plus universellement accueillie. Ainsi les traditions de la déchéance de l'homme circuloient dans le monde; et celles d'un répara-

4

teur de la nature humaine, d'un médiateur entre Dieu et l'homme, circuloient en même temps. Ainsi les oracles des sibylles annonçoient un siècle nouveau; et cette grande prophétie, née du besoin des peuples, inspiroit à Virgile de beaux vers dont lui-même ignoroit le sens profond. Ainsi l'apôtre des nations, saint Paul, en arrivant pour la première fois à Athènes, cette ancienne métropole des lumières, des sciences et des arts, y trouva l'autel du *Dieu inconnu*.

On peut suivre le progrès des idées morales chez les païens, en comparant la Nécromancie d'Homère dans l'Odyssée, le Tartare et l'Élysée de Virgile, le Songe de Scipion, et enfin l'Enfer de Plutarque, dans son Traité des Délais de la Justice divine. Pour le remarquer en passant, Plutarque a épuisé, dans ce beau Traité, toutes les raisons qui peuvent porter la Divinité à retarder la punition des coupables; il n'en a omis qu'une, et la meilleure de toutes, le respect que Dieu s'est imposé pour la liberté de l'homme.

Le platonisme fut, sous quelques rapports, une heureuse préparation à la religion de Jésus-Christ. Le platonisme a donc été utile

avant et après le christianisme; avant, pour
y préparer les hommes; après, pour les confirmer dans leur croyance.

Une idée sublime reposoit inconnue, dans
les traditions du Vieil – Orient, où, sans
doute, et nous le savons à présent, elle se
rattachoit à des traditions primitives. Cette
idée, qui consistoit à faire de Dieu même le
type de l'homme et de ses facultés, fut étendue, dans les doctrines platoniciennes, de
l'intelligence aux sentiments. Dans de si
hautes théories, Dieu même, source et modèle de toutes les perfections, devint aussi la
source merveilleuse, le modèle incompré-
hensible du dévouement. Cette pensée, trop
grande pour germer toute seule dans l'imagination de l'homme, ne put qu'être inspi-
rée d'en haut.

Il en est ainsi de toutes les idées qui auroient le plus choqué la raison humaine
dans le christianisme. Dieu avoit pris soin de
les jeter d'avance au sein de la société, pour
qu'elles parussent moins étranges, pour qu'ensuite elles pussent être défendues contre les
attaques des esprits forts.

Le peuple juif n'étoit donc pas seul exclusivement chargé du dépôt de la vérité. Qu'on y réfléchisse, et l'on verra que ce qui conserve les religions fausses, ou les propage, avant comme après la venue de Jésus-Christ, c'est ce qu'elles renferment de chrétien.

Croyez-vous aussi que l'islamisme eût fait tant et de si rapides progrès, sans la parole de vie qui fut prononcée sur Ismaël? Mais, ne craignons pas d'en faire la remarque, puisque l'occasion s'en présente, Voltaire a bien méconnu l'esprit des traditions lorsqu'il a composé sa tragédie de Mahomet. Entraîné par sa haine pour les institutions religieuses, il a voulu faire une satire allégorique, pensée indigne de toute poésie; et c'est ce qui l'a égaré : il commit déja la même faute lorsqu'il fit prononcer à Jocaste des sentences générales d'une impiété sans vraisemblance. Ces tristes allusions, auxquelles un esprit si élevé daigna trop souvent descendre, font gémir sur lui et sur le siècle qui l'encouragea par ses applaudissements. Nous ne nous plairions point aujourd'hui à voir pour la première fois de tels égarements d'une imagination vive et railleuse, qui se joue en même temps et des préjugés, et des affec-

tions des peuples; nous avons pénétré trop
avant dans le sérieux de la pensée. Nous savons que quelque chose de mystérieux, d'irrésistible, repose dans toutes les croyances,
et que toutes sont revêtues d'une puissance
terrible. Les religions fausses n'existent, sans
doute, que par une force de tradition qui
les lie aux révélations vraies; et elles sont,
en quelque sorte, une émanation même de
ces révélations. La vérité seule peut toujours
subsister.

Le développement de cette idée n'est point
de mon sujet; mais si jamais elle est traitée
avec quelque profondeur, la sagesse humaine
sera obligée de reculer devant une telle lumière; et la tolérance philosophique sera
tout étonnée de n'avoir pas du moins entre-
vu les voies de la Providence.

S'il est vrai que chaque peuple ait une mission à remplir, un ministère à exercer à l'é-
gard des autres peuples, qui pourroit nier
l'antique mission du peuple françois, et son
ministère auguste en Europe. Son roi appartient à la plus ancienne race royale qui existe, une race dont l'origine se confond avec
le berceau même de la religion de l'Europe,

qui est en même temps le berceau de notre
monarchie. Ce n'est donc point par hasard
que ce roi reçut le nom de *fils aîné de l'Église*,
c'est-à-dire fils aîné de la société européenne.
N'allez pas dire qu'un tel titre lui a été con-
féré un jour, à une date que précise l'histoire,
et à cause de ses condescendances à l'égard
du siége pontifical. L'une et l'autre assertion seroient démenties. Lorsque l'on trouve
pour la première fois cette expression, elle
est déja consacrée par la tradition; et l'on
sait que nos rois n'ont jamais été moins jaloux que les autres de leur indépendance
dans leurs rapports avec la cour de Rome.
Convenons plutôt que ce titre est le signe de
ce qui est, la manifestation d'un fait non
contesté. Le Tasse, qui parmi les poëtes modernes a fait la seule épopée dont la concep-
tion se rapproche de l'épopée ancienne; le
Tasse vient ici nous offrir l'appui de son témoignage. Il n'étoit point François, et il a
pris ses héros parmi nos ancêtres; il ne pouvoit faire autrement, puisqu'il avoit à créer
une épopée européenne. Le roi de France
gouverne donc un peuple qui fut, et qui sera
toujours le chef des peuples modernes. Et

c'est encore la Providence de Dieu qui nous a donné cette langue dont tous les caractères affectent l'universalité.

Le dépôt des idées conservatrices de la société fut un instant confié à l'Angleterre. Mais elles étoient là comme en séquestre, et dépouillées de toute force extérieure. La mission de l'Angleterre fut alors celle d'un gardien qui ne peut pas user de la chose confiée; c'étoit une sorte de fidéi-commis. Cette mission temporaire ne devoit durer qu'autant que se prolongeroient en France l'anarchie et l'usurpation. L'Angleterre avoit accueilli avec respect nos nobles exilés : elle croyoit, en cela, n'avoir fait qu'accomplir les saints devoirs de l'hospitalité à l'égard du malheur. Elle ignoroit alors que, seulement dépositaire des idées conservatrices de la société, elle devoit aussi religieusement garder les augustes représentants des traditions sociales. Ainsi, elle croyoit n'obéir qu'à un sentiment d'humanité, et elle suivoit un conseil de la Providence. L'Angleterre, au reste, ne pouvoit s'arroger les prérogatives de la France, car le signe de la domination ne lui avoit pas été accordé; je veux dire notre langue, qui est la langue européenne.

Cependant les idées qui doivent diriger la société générale n'étoient point restées tout-à-fait stationnaires. Un peuple, séparé du reste de l'Europe par ses mœurs beaucoup plus que par les montagnes qui forment ses limites naturelles, se saisit du mouvement progressif. Il manquoit aussi à l'Espagne la magistrature de la langue. Maintenant, cette Espagne généreuse, qui a laissé déja échapper une fois l'empire du monde, a repris ses fonctions naturelles dans la société. Il paroît qu'elle est destinée à conserver encore quelque temps, à l'extrémité de l'Europe, le dépôt des vieilles traditions de l'ordre de choses qui vient de finir; il est peut-être, en effet, utile qu'il reste des témoins de plusieurs âges de civilisation.

Nous pourrions à présent jeter un coup-d'œil sur les autres peuples de l'Europe; sur cette Italie qui a régné successivement par la puissance des armes et par les conquêtes pacifiques des arts de l'imagination, et qui, divisée en une foule de petits États, est réunie par un même esprit public; sur cette Allemagne, dont la langue, encore dans le travail de son perfectionnement, est si favorable à la fermentation de toutes les idées : mais on ne peut pas tout épuiser dans un chapitre.

Dans ce soin de la Providence à choisir des peuples-types, on trouveroit encore une des solutions du grand problème de l'accord de la liberté de l'homme avec le gouvernement de Dieu, car toutes les vérités sont sur la même route.

Mais, si chaque peuple a une mission, ne peut-on pas dire que chaque homme a la sienne à l'égard de la société où il est né, quelquefois même à l'égard du genre humain tout entier? *Omnia propter electos.* Il seroit peut-être permis d'affirmer, dans un autre sens, que tout est fait dans le monde pour un certain nombre d'hommes. A chaque âge il y a des rois qui gouvernent, des généraux qui gagnent de grandes batailles, des poëtes et des philosophes qui laissent un nom, des savants qui étendent le domaine des sciences; et, autour des rois, des générations obscures qui s'éteignent au pied du trône; et, autour des grands capitaines, des soldats sans renommée qui ont acheté de leur vie la gloire de leur général; et, autour

des poëtes, des philosophes, des savants,
une multitude vaine et tumultueuse qui a
honoré de ses suffrages le fruit de tant de
veilles, sans laisser elle-même aucune trace
dans la mémoire des hommes. C'est que Dieu
a ses organes au sein de la civilisation, soit
pour l'éclairer, soit pour la défendre, soit
pour l'embellir. Dieu, dans l'Écriture, nomme
Cyrus son Christ. Il nous a donné la liberté,
afin que nous puissions mériter ou démé-
riter; mais, en même temps, il a placé au
milieu de nous des maîtres de doctrines.
L'esprit humain forme comme un vaste fir-
mament éclairé de toutes parts d'étoiles de
différentes grandeurs.

Ne diroit-on pas encore qu'il y a des dynasties dans le monde intellectuel et dans celui
de l'imagination, aussi bien que dans le gouvernement des sociétés humaines ? Voyez,
en effet, cette nombreuse postérité qui doit
en quelque sorte le jour à Homère, et qui a
régné trois mille ans sur notre poésie : dites-
moi comment tous ces nombreux descendants d'Aristote ont conservé l'empire de
la philosophie pendant tant de siècles. Ne
pourroit-on pas faire un arbre généalogique

de toutes les races poétiques ou intellectuelles qui ont mené le genre humain? Ex-
pliquez, si vous le pouvez, l'inspiration par
laquelle ces chefs de dynasties ont saisi le
sceptre des imaginations et des esprits. Re-
présentez-vous le vieillard de Chio, pauvre,
aveugle, délaissé, errant parmi les solitudes,
ou mendiant son pain parmi les peuples des
villes : est-ce là ce roi de l'épopée promettant au monde et Virgile, et le Tasse, et
Milton? Non, non, il ne faut point s'abuser :
il y a je ne sais quoi d'extraordinaire et de
divin dans les créations du plus beau génie
qui fut jamais. Une voix inconnue se fit jadis
entendre à un homme qui s'est appelé Homère; et cette voix ensuite a retenti, pleine
de mille doux charmes, parmi les générations humaines.

N'y auroit-il pas quelque chose de semblable dans l'élection des chefs de dynasties
royales? Virgile, que l'on peut considérer
comme le dernier des poëtes antiques, donne
à Énée le nom de père. Une telle épithète
renferme un vaste sens : elle signifie non
seulement chef d'un peuple, mais encore
père du siècle futur, fondateur d'une société

humaine, souche d'une race destinée à régner. Je cite plus volontiers les poëtes que
les politiques, parceque je regarde les poëtes
comme les véritables annalistes du genre
humain, et que les politiques ou les philosophes sont trop souvent des hommes séduits par des théories sans fondement et
sans fécondité. Ils parlent en leur propre
nom, au lieu d'invoquer les muses, c'est-à-
dire le génie des traditions.

Qu'il me soit permis de citer ici la théocratie des Juifs, parceque chez ce peuple, qui
à cause de cela fut appelé le peuple de Dieu,
la Providence a rendu visibles ses voies. Elle
a jugé à propos, pour l'instruction des hommes, de faire connoître une seule fois les
moyens qu'elle emploie toujours. Là théocratie des Juifs nous montre donc comment
se fait l'élection des races royales. Dieu, qui
s'est réservé le haut domaine sur les peuples, n'a pu leur abandonner le choix de
ceux par qui il veut diriger leurs destinées.

Lorsque Buonaparte se saisit du gouvernement consulaire, tous les écrivains tra-
vaillèrent à la restauration de l'édifice social
avec une ardeur au-dessus de tout éloge, avec

une sorte d'unanimité qui donnoit les plus justes espérances. On propageoit dans les journaux et dans les écrits les bonnes doctrines littéraires, qui tiennent de si près aux bonnes doctrines de la société. Le siècle de Louis xiv fut goûté de nouveau ; et, pour le remarquer en passant, on sentoit, sur-tout dans les feuilles quotidiennes, un instinct monarchique dont il étoit bien facile de tirer parti, mais que l'on sut tourner habilement au seul profit du despotisme. On n'a pas vu assez combien Buonaparte a été favorisé par les circonstances ; on n'a pas vu assez combien il lui eût été possible de relever l'autel des croyances sociales, dont les débris n'étoient pas encore enfoncés dans la poussière des décombres ; et combien on alloit au-devant de lui pour l'accomplissement de l'œuvre de la régénération. Il est certain que s'il eût été un homme marqué pour sauver, au lieu d'être un homme marqué pour détruire, il eût été le législateur actuel de l'esprit humain. Dieu, en retirant à Buonaparte un pouvoir qui fut essentiellement, et par sa nature, temporaire et conditionnel, ne s'est point repenti, selon la belle expression de

l'Écriture; car Buonaparte ne fut qu'un auxiliaire du temps, pour hâter la destruction.

Louis XVIII a eu une tâche bien plus difficile à remplir que celle qui se présentoit à
l'époque où finit le règne absurde du Direc-
toire. Louis XVIII, resté le père du peuple,
avoit à cicatriser la double plaie de la révolution et de l'usurpation. Lorsqu'il est re-
monté sur le trône de ses ancêtres, les traditions monarchiques s'étoient effacées; il
étoit obligé d'enseigner de nouveau la liberté
à ses peuples, et le temps lui manquoit pour
consolider la royauté, comme le temps avoit
manqué à Buonaparte pour consolider le
despotisme. L'époque actuelle a cela de remarquable, que le temps manque toujours,
ou est toujours sur le point de manquer aux
institutions; tant est violente la force d'expansion des idées nouvelles. Les peuples,
par une sorte d'instinct qui ne les trompe
jamais, sentoient que le retour de leurs anciens rois étoit pour eux-mêmes le retour
de leurs anciennes prérogatives et de leurs
espérences nouvelles; mais ils étoient trop
impatients d'en jouir. Nous avons déja signalé ce qu'une telle situation des esprits
a eu de malheureux; et nous ne devons

point revenir sur cette affligeante peinture.

Je n'ai fait qu'indiquer dans ce chapitre la marche progressive de l'esprit humain : ce seroit la matière d'un beau livre, qui est au-dessus de mes forces. J'abandonne à la méditation des sages le simple essai que je viens de présenter.

Dans la suite de cet écrit les voies de la Providence nous seront souvent montrées; souvent aussi nous rencontrerons les limites de la liberté de l'homme. Ainsi, les aperçus qui font le sujet de ce chapitre trouveront, dispersés çà et là, leurs compléments nécessaires; et peut-être en résultera-t-il un ensemble de doctrines, mais seulement par inductions, et non point dogmatiquement. Quoique le plus souvent plusieurs idées soient conçues en même temps, et dussent marcher de front, cependant l'imperfection de nos organes et des moyens qui nous ont été donnés pour exprimer ces idées, nous obligent à ne les produire que successivement. C'est ce qui me fait desirer que le lecteur arrive jusqu'à la fin de cet ouvrage avant de le juger.

Le génie éminemment allégorique de l'antiquité n'a point échappé à la vaste intelli-

gence de Bacon, mais il n'en a développé
qu'une partie. Celle qu'il n'a point aperçué,
ou qu'il a négligée, donneroit ici lieu à d'im-
portantes observations : je m'en abstiendrai
aussi, parceque je ne veux point être accusé
d'être guidé par un esprit de système ; mais
qu'il me soit permis de puiser, dans le peu
que nous connoissons de ce génie allégorique, une hypothèse qui pourra servir à faire
mieux sentir, par la suite, plusieurs choses
qu'il me seroit assez difficile d'expliquer. Je
supposerai donc, sans m'arrêter même à
justifier cette supposition, quelque vraisem-
blable qu'elle soit, je supposerai que, chez
les anciens, les initiations ne fussent, à proprement parler, qu'une imitation de la vie
actuelle : l'initié passoit par une suite d'é-
preuves qui servoient à développer ce qui
étoit déja en lui ; on ne lui révéloit point
la vérité, mais on la faisoit naître de l'é-
branlement de ses propres facultés ; on ne
la lui disoit point ; on la lui faisoit trouver,
en écartant les obstacles qui s'opposoient à
ce qu'elle se montrât. Maintenant, si nous
retournons la supposition, ne pouvons-nous
pas admettre que la vie est une sorte d'ini-
tiation qui sert à manifester, dans l'homme,

l'être intellectuel et l'être moral? De chaque chose, de chaque état de choses, il sort une révélation. Le spectacle de la nature est une immense machine pour les pensées de l'homme. Les propriétés des êtres, les instincts des animaux, le spectacle de l'univers, tout est voile à soulever, tout est symbole à deviner, tout contient des vérités à entrevoir, car la claire vue n'est pas de ce monde. Ce grand luxe de la création, cet appareil de corps célestes semés dans l'espace comme une éclatante poussière, tout cela n'est pas trop pour l'homme, parceque l'homme est un être libre et intelligent, parceque l'homme est un être immortel. « Dieu, comme dit Moïse, a fait le soleil, la lune, les astres, *pour le service* de toutes les nations qui vivent sous le ciel. »

Mais n'oublions pas que si chaque chose produit une révélation, les sociétés humaines sont les dépositaires naturelles et impérissables de ces révélations successives et continues. Nous interrogerons donc, à son tour, l'organe universel de toutes ces révélations, cette voix du genre humain donnée par Dieu même, la parole.

5

CHAPITRE III.

BESOIN D'INSTITUTIONS NOUVELLES.

Nous sommes arrivés à un âge critique de
l'esprit humain, à une époque de fin et de
renouvellement. La société ne repose plus
sur les mêmes bases, et les peuples ont besoin d'institutions qui soient en rapport avec
leurs destinées futures. Nous sommes semblables aux Israélites dans le désert. A peine
échappés, comme eux, à la maison de servitude, nous vivons sous la tente comme eux,
et, comme eux encore, nous sommes nourris en quelque sorte de la manne du ciel;
car le temps n'est pas venu d'avoir des mois-
sons nouvelles. Nos murmures ont éclaté
aussi : nous avons redemandé un instant les
dieux de l'Égypte, le pain des esclaves; nous
avons été punis aussitôt, en voyant briser
sous nos yeux les tables de la loi qui venoit
de nous être donnée au milieu des foudres
et des éclairs. Mais la seconde réconciliation

s'est opérée, et nous continuons notre marche vers la nouvelle terre sociale.

Il peut paroître hardi de nous présenter
dans un tel état de dénuement sous le rapport
des institutions : mais cela est exactement
vrai ; car il ne faut point oublier que le peuple français est le représentant et le législateur de la grande société européenne.

Ce qui doit être nos institutions, sans
doute existe en puissance, mais n'existe point
encore en réalité. Notre constitution n'est
point faite ; elle se fait. La pensée est sortie
de son repos, l'esprit vivifiant étend ses ailes
fécondes sur la surface du grand abyme. Attendons dans un respectueux silence.

La Charte donnée par le Roi n'est, à proprement parler, qu'une formule pour dégager l'*inconnue*, c'est-à-dire une méthode pour
résoudre le grand problème de nos institutions nouvelles ; ce qui le prouve, ce sont
les articles transitoires, les stipulations de
circonstance dont cet acte est surchargé ; ce
qui le prouve encore, c'est qu'on n'invoque
point la Charte, mais l'esprit de la Charte.
Au reste, ces articles transitoires, ces stipulations de circonstance, n'ôtent rien à l'im-

5.

portance de l'acte en lui-même; il est ce
qu'il doit être, l'expression de la force même
des choses, et il deviendra bientôt le point
de départ de toutes les institutions dans lesquelles l'Europe va chercher le repos.

Jamais une loi ne se fait; elle se promulgue. Une constitution ne s'improvise point,
elle ne se calcule point *à priori*, d'après une
théorie plus ou moins savante; elle est. Que
de questions indécises, même sur les premiers éléments de notre nouveau pacte social, sur la Chambre des Pairs, sur celle des
Communes, sur les limites respectives des
pouvoirs de la société! Combien de fois,
depuis trois ans, n'avons-nous pas déja
changé de régle pour les élections! et cependant qu'y a-t-il de plus fondamental
qu'une semblable règle? N'y a-t-il pas aussi
des gens qui, étonnés, dans leur haute simplicité, de l'abandon où est la noblesse, demandent qu'elle soit organisée, comme si
une noblesse s'organisoit, comme si les hiérarchies sociales étoient à la disposition des
hommes, comme s'il y avoit à présent des
familles publiques, c'est-à-dire des familles
pour qui le service de l'État fût une obliga-

tion exclusive? Jusqu'à présent nous n'avons trouvé pour base de l'édifice que la propriété. Est-il bien certain que nos droits politiques ne se régleront désormais que par le registre des impositions? Encore une fois, attendons.

Je vais plus loin : s'il étoit possible, ce qui heureusement n'est pas, d'achever une constitution comme on achève un temple ou un palais, il faudroit s'en abstenir; car que feroient nos neveux, et que deviendroit leur indépendance? Comment voudrions-nous imposer à nos enfants un joug que nous n'aurions pas voulu recevoir de nos pères? Celui qui préside aux destinées humaines en sait plus que nous. Il connoît seul les secrets de cette admirable alliance de la liberté de l'homme, fondement de toute morale, et de cette nécessité providentielle, résultat des lois mystérieuses de l'harmonie générale qui régissent le monde. Nous devons ignorer ce qui, dans les affaires humaines, est laissé aux combinaisons contingentes et systématiques de notre intelligence, au déploiement de nos facultés; mais, ce que nous savons fort bien, c'est qu'il y a des lois nécessaires, éter-

nelles, immuables, des bornes immobiles
que nulle puissance ne peut déplacer.

Les institutions des peuples sont filles du
temps; et le temps, qui fonde et qui détruit,
le temps, ce grand et irrévocable interprète
de la divinité, le temps achève à peine, au
milieu de nous, l'ouvrage de la destruction :
voilà qu'il va commencer à fonder. Laissons
déblayer le sol tout encombré encore de débris. Cependant l'arche d'alliance marche
toujours devant le peuple : c'est le sentiment
religieux, immortel comme nous; c'est la
certitude que Dieu ne cesse de veiller sur les
destinées du genre humain. Au sein du désert que nous traversons péniblement, nous
perdons quelquefois de vue le côté lumi-
neux de cette nuée miraculeuse qui est notre
guide; mais enfin nous voyons toujours la
nuée, et de temps en temps des rayons de
lumière en sortent pour nous éclairer.

Je ne puis m'abstenir, avant d'aller plus
loin, de signaler une erreur à laquelle les
doctrines nouvelles ont donné lieu; c'est d'a-
voir prodigué le nom de loi. Je crois que
cette erreur est très fatale, en ce qu'elle a décrédité la majesté primitive de la loi. Le

dogme de la souveraineté du peuple, enté sur le système représentatif, système ancien dans nos habitudes nationales, mais rétabli dans un autre système d'idées; le dogme de la souveraineté du peuple, disons-nous, a fait croire que le corps institué comme organe de l'opinion et des besoins actuels du peuple, étoit investi du droit de concourir à la formation de la loi. C'est ainsi qu'on s'est accoutumé à honorer du nom de loi tous les actes consentis par le corps représentatif. Cependant, le véritable caractère d'une loi est d'être immuable, et non pas d'être transitoire; d'être d'une application générale, et non point de ne recevoir que des applications particulières, locales et catégoriques. La loi est la règle fixe et universelle; son niveau pèse sur les choses et sur les êtres en général, et non sur les individus en particulier. Un budget, un règlement d'administration, ne peuvent être des lois. Les actes qui exigent le concours du roi et des deux chambres ne peuvent être que les conséquences de la loi. Les délibérations des chambres, considérées, ainsi que nous venons de le faire, comme organes immédiats de l'opinion, la jurisprudence des tribunaux de la justice, forment un ensemble de traditions, qui devient la loi, et que le prince promulgue avec des formes établies : c'est là seulement qu'il faut puiser la raison de l'initiative royale. La Charte, ainsi perfectionnée, sera notre loi existante, comme elle est actuellement notre loi en puissance d'être.

Quoique l'Évangile soit une loi indépendante de toute institution politique, une loi qui admette toute espèce de gouvernement, néanmoins on peut dire que nous n'avons point eu de législateur depuis Jésus-Christ, et que les empires chrétiens ne peuvent point en avoir d'autre. Cela est vrai en bien des sens; mais cela est vrai sur-tout en ce sens, que toute loi qui ne sera pas puisée dans l'esprit du christianisme n'est, et ne peut être qu'une loi antisociale, ce qui implique contradiction.

Mais, qu'on ne s'y trompe point, et le christianisme, qui favorisa toujours l'avancement de la société, qui même le détermina, ne sera jamais un obstacle à ses progrès futurs; qu'on ne s'y trompe point, disons-nous, les institutions nouvelles, réclamées si impérieusement par le besoin des peuples, ne peuvent, en aucune manière, tenir aux institutions anciennes. L'ignorance et l'incertitude où l'on s'est trouvé à cet égard ont produit plusieurs fautes plus ou moins graves; et ceux qui ont de suite aperçu cette vérité ont aperçu en même temps l'embarras de la situation, embarras qu'il est inutile d'expliquer ici, mais qui fut tel que toute erreur de calcul doit être pardonnée. Par l'imprudence des hommes qui ont agi depuis un demi-siècle, tout a disparu de l'ancien édifice social : *les ruines même ont péri.* C'est la première fois que l'on aura vu un ordre de choses nouveau ne pas résulter de l'ordre de choses qui a précédé. Mais cela est devenu nécessaire, parceque le marteau des hommes s'est uni au marteau du temps. Voudriez-vous soutenir de tristes pans de muraille, lorsque le reste de l'édifice, consumé par un incendie dévorant, est déja presque en entier caché sous l'herbe? C'est un malheur, sans doute, mais il est irréparable. On a fait, en quelque sorte, solution de continuité; et, s'il faut le dire d'une manière sévère, les déplorables événements de

1792 et 1793 ont prononcé un divorce éternel, divorce qu'une usurpation courte par
la durée du temps, mais longue par l'intensité du despotisme et par la multiplicité des
événements, avoit été sur le point de revêtir
du manteau légal de la prescription ; divorce
enfin qui fut un instant consacré par ce
qu'il y a de plus éclatant parmi les hommes,
la gloire militaire. Ah ! nous ne pouvons
rien contre cette terrible charrue qui a creu-
sé de si formidables sillons.

La France étant à la tête de la civilisation,
il ne faut jamais oublier que ce que je dis
porte le plus généralement sur toute l'Europe. Et ici, je vais donner un signe sensible ; car, en même temps que la parole in-
térieure s'exprime par la parole extérieure,
l'état de la société se montre toujours par des
monuments. Or, les monuments de cette
époque sont des ruines.

J'ai vu naguère la ville éternelle, la ville
antique des souvenirs, la ville qu'un pauvre
voyageur, venu de la Judée, seul, mais ac-
compagné de la force de Dieu, rendit la ville
des destinées nouvelles, la capitale du monde
chrétien, comme elle avoit été la ville des

destinées anciennes, la capitale du monde
païen. Ce n'étoit point sans un profond sentiment de tristesse que je parcourois cette
Rome déserte, et comme exilée du monde
où elle régna si long-temps. Elle étoit alors
veuve du chef auguste de la Religion, ainsi
qu'elle avoit été veuve du peuple-roi, qui lui-
même avoit succédé aux peuples agrestes du
vieux Latium. Comme de savants géologues
trouvent dans les productions fossiles et dans
les différentes couches de la terre, plusieurs
âges de la nature, je trouvois plusieurs âges
de civilisation dans les ruines de Rome. Je
ne pouvois m'empêcher de remarquer ces
temples chrétiens élevés sur les débris de temples païens, et atteints, à leur tour, par l'in-
fatigable faux du temps. Je considérois cette
majestueuse basilique de Saint-Pierre, com-
mençant déja à s'enfoncer, en quelque sorte,
dans la solitude où elle doit se perdre un jour.
Elle fut à peine achevée; et l'on sent avec
douleur que le peu qui reste à faire ne se fera
jamais. Ainsi, Virgile laissa son Énéide avec
des vers qui attendent encore le dernier regard du maître. Ainsi, les artistes anciens
mettoient sur tous leurs ouvrages, à la suite

de leurs noms, le verbe *faisoit*, pour exprimer, ou que l'homme ne sait point finir, ou
qu'il est toujours surpris par la mort.

Cette vue de Rome jetoit ma pensée dans
la contemplation de quelques unes des vérités qui font le sujet du chapitre précédent.
Je voyois les révolutions successives des empires; les âges de l'esprit humain m'appa-
roissoient; j'assistois, en quelque sorte, à ces
grandes crises qui viennent, de loin à loin,
saisir toutes les nations à-la-fois. Je me re-
portois sur-tout à cette époque mémorable
qui vit tomber le polythéisme au milieu de
l'effrayante corruption du peuple romain.
Mais ne cherchons point ici l'analogie que
d'autres ont cru trouver : les rapports qui
peuvent exister entre les temps où s'établit
le christianisme, et les temps où nous vivons,
ne sont que des rapports d'apparences gros-
sières : nous aurons plus d'une fois occasion
de remarquer les différences réelles et intimes. Sans nous arrêter à un parallèle qui
nous forceroit à une trop longue digression,
et qui se fera de lui-même par la suite, continuons donc de peindre l'âge actuel, celui
des ruines.

Voyons ce qui se passe en France, sous nos yeux. Nos châteaux et nos monastères s'écroulent de toutes parts. Le peu qui en a échappé aux ravages de la révolution, et qui pourroit se soutenir par sa propre masse, n'échappera point au belier que les hommes amènent à l'envi au pied de ces hautes murailles. Dans de certaines contrées de l'Asie ou de l'Afrique, des colonnes tronquées s'élèvent au milieu de vastes déserts qui furent jadis des villes florissantes, et attestent encore aujourd'hui la puissance des vastes empires qui, depuis tant de siècles, ont cessé de régner : nous ne souffrirons point que de pareils débris continuent de peser sur la terre de la patrie, pour nous retracer une civilisation qui n'est plus, pour nous rappeler des souvenirs qui semblent nous importuner. Ces noires tours couronnées de créneaux doivent tomber. Ces longs cloîtres silencieux doivent être transformés en prisons ou en vastes ateliers pour les manufactures. Nos châteaux représentoient les temps de la chevalerie et de la féodalité; il faut qu'ils disparoissent; et les anciens propriétaires eux-mêmes, au défaut de la bande

noire, s'empresseroient de détruire des demeures fastueuses qui ne sont plus en rapport avec nos besoins et nos existences. Nos
monastères subissent une autre loi de la nécessité. Les ordres religieux, pour ne parler
ici que des bienfaits incontestables dans toutes les opinions, avoient défriché les forêts
des Gaules, et avoient défriché aussi les
champs de l'érudition. A présent toute terre
est cultivée; et la science, sortie du sein des
cloîtres, du fond des sanctuaires, s'est ré-
pandue parmi les peuples. Les ordres religieux ne nous imposoient donc plus que le
poids de la reconnoissance, à nous qui avons
sur-tout horreur des services anciens. Les
costumes et les règles de ces ordres rappe-
loient les différents âges de la religion, et,
par conséquent, de la société. La religion,
qui est éminemment conservatrice, qui ne
détruit rien de ce qu'elle a fondé, a pris en
vain sous sa protection sacrée ces médailles
des temps qui nous ont précédés: nous n'en
avons plus voulu; et la proscription a enveloppé même les ordres militaires qui furent
si long-temps, et qui auroient pu être encore le boulevard des peuples chrétiens; la

proscription a enveloppé aussi ces ordres si dévoués qui alloient racheter les captifs dans les bagnes odieux de Tunis et d'Alger, et ceux qui alloient porter chez les nations barbares les lumières de la foi en même temps que les bienfaits de la civilisation.

Ne pourroit-on pas dire que l'état physique de Rome raconte la révolution faite en Europe par le temps, et que l'état de la France raconte la même révolution aidée par les hommes? Ce funeste cri de *guerre aux châteaux*, suivi d'un incendie général et spontané, fut-il chez nous une clameur vaine et sans conséquence? L'expression du besoin, chez le peuple, a toujours une énergie sauvage et funeste. C'est toujours en menaçant qu'il demande tantôt du pain et des spectacles, tantôt l'abolition des dettes et le partage des terres, tantôt, ainsi que l'on vient de le voir en Angleterre, l'anéantissement de ces machines muettes qui multiplient les produits de l'industrie sans le secours de la main de l'homme. Agis mourut pour avoir voulu rendre un instant la vie aux lois antiques de Lycurgue; lois qui firent la gloire et la force de Sparte, mais qui étoient tombées en désuétude. Y auroit-il donc, dans les sociétés qui changent de forme, une sorte d'agonie sanglante, ou bien une sorte d'enfantement douloureux? Et les rois, victimes augustes, seroient-ils alors comme un signe personnifié d'une telle situation, car c'est sur eux, en effet, qu'elle pèse avec le plus d'angoisse, puisqu'ils sont établis gardiens des lois, dépositaires des traditions? faudroit-il enfin qu'un roi, lorsqu'il vient à ne plus représenter qu'une société expirante, dût mourir avec elle, et comme elle mourir d'une mort violente et injuste? Les envahissements de nouvelles formes sociales auroient-ils, en toutes choses, une si cruelle analogie avec les fureurs de la conquête? Mais je sens tout ce que de pareilles idées peuvent réveiller de souvenirs déchirants, et je m'arrête.

Sortons à présent de ces emblèmes et de ces allégories que j'ai employés pour rendre ma pensée plus sensible, et entrons dans la sphère de la réalité.

La société, avons-nous dit, est nouvelle, dans la plus rigoureuse acception du mot. Le berceau de cette société nouvelle n'a point été, en apparence, entouré de mystères et de merveilles; mais c'est aussi un mystère, et un mystère terrible, que cette foule d'hécatombes humaines; mais c'est aussi une merveille, et la plus grande de toutes, que cette suite innombrable de démentis donnés chaque jour, pendant trente années, à la raison humaine, qui, chaque jour, croyoit être sûre de son fait. Enfin, l'intervention de la Providence divine a été plus visible que jamais, parceque la raison humaine a marché dans des voies plus visibles que jamais; et c'est, en dernier résultat, le seul prodige réel qui préside toujours à la naissance des sociétés.

Burke, à l'origine de la révolution françoise, qui devoit être une révolution européenne, prouvoit, avec une grande puissance de raisonnement, que les libertés de l'Angleterre étoient un héritage aussi ancien que la monarchie, et non point une conquête récente de l'ordre de choses qui porta Guillaume d'Orange au trône; ni même une conquête de l'ordre de choses, de beaucoup antérieur, qui produisit la grande Charte du roi Jean. Ce que Burke jugeoit vrai pour l'Angleterre étoit incontestablement beaucoup

plus vrai pour nous. On ne pouvoit s'y tromper par ignorance, car toutes les piéces de
ce grand procès avoient été publiées, depuis
peu, dans les affaires des parlements; et plus
récemment encore dans les cahiers des États-
Généraux. Les publicistes de France, à cette
époque, repoussant dédaigneusement l'héritage de nos pères, voulurent cependant établir que les fastes de notre monarchie n'é-
toient que les fastes de notre longue servitude. Ils nièrent, contre l'attestation de tous
nos monuments historiques, que notre nation, si grande et si noble depuis tant de
siècles, eût des libertés avant 1789. Un tel
fait est beaucoup trop démenti pour qu'il
soit possible de l'admettre : consentons toutefois à le recevoir sans examen, et, pour parler le langage de la jurisprudence, en force
de chose jugée. Mais y auroit-il quelque inconvénient à garder dans le fond de sa pensée la certitude intime où nous devons être,
que sans les libertés qui ont précédé 1789,
jamais la France n'auroit pu parvenir à l'é-
mancipation, car le propre de l'esclavage
est de ne donner que des sentiments d'esclaves?

Qu'il me soit donc permis d'exprimer, à l'égard de ce qui a amené notre situation actuelle, un regret dont rien ne peut tempérer l'amertume. Je sais que des esprits chagrins et jaloux à l'excès supportent peu cette expression de regret, parcequ'ils redoutent encore, par-dessus tout, la superstition des souvenirs anciens. Ils devroient cependant être bien rassurés à présent; car il ne peut plus être question de rétablir notre vieille religion sociale, mais d'affoiblir la haine qu'on lui porte, et d'établir que ses dogmes nous furent utiles. Au reste, pour ne pas heurter l'ombrageuse susceptibilité de certains esprits, je vais expliquer la raison de mon regret. Il porte uniquement sur ce qu'on a voulu faire une révolution, et que la révolution étoit faite; il ne s'agissoit que de la constater. Il étoit, sans doute, convenable et nécessaire que les sages intervinssent dans l'examen des questions nouvelles; mais il eût été desirable qu'eux seuls y fussent intervenus. On a mis mal-à-propos dans la confidence ceux qui devoient ignorer à jamais que le corps social étoit arrivé à un âge de crise. Je le dis une fois pour toutes, ce n'est

6.

que comme remarque, et non point comme
blâme, que j'exprime une telle idée. Je n'entends accuser les intentions d'aucun des hommes dont le nom est resté honorable. J'a-
vouerai même qu'il peut y avoir, et qu'il y a
en effet de nobles et généreuses erreurs : le
passé ne nous appartient plus, je le sais, sinon comme leçon pour le présent, et comme
conseil pour l'avenir.

Maintenant, car les explications mènent
loin, on pourra ne pas sentir la nécessité de
revenir ainsi avec douleur sur ce qui est irrévocable. Cette nécessité peut ne pas être sentie; elle le sera par la suite, si je parviens à
me faire assez bien comprendre, un des buts
de cet écrit étant de démontrer que la marche progressive de l'esprit humain est indépendante de l'homme même. Ainsi donc, et
c'est ce que j'espère faire sentir plutôt que
prouver; ainsi donc, lorsque l'homme veut
hâter, par la violence, cette marche naturellement lente, aussi bien que lorsqu'il veut
y apporter des délais et des obstacles, il met
toujours la société en péril : il ne faut pas
cesser de répéter cette vérité, sous toutes les
formes; il faut, s'il est permis de parler ainsi,

en lasser les peuples et les gouvernements jusqu'à ce que la crise actuelle soit passée. Nous
devons apporter toute notre attention à éviter de nouveaux regrets pour l'avenir; il
faut au moins tirer ce fruit de la funeste
expérience que nous avons faite.

Des esprits superficiels, qui se sont arrêtés
à la surface des choses, ou trop ardents et
trop passionnés pour ne pas vouloir devan-
cer le temps, ont cru que la révolution françoise n'avoit acquis de la violence qu'en
raison même de la résistance qui lui avoit
été opposée. Ils l'ont comparée à un torrent
que l'on veut contenir par des digues trop
étroites, et qui fait naturellement effort pour
briser ces digues. La faute, selon moi, tient,
au contraire, à ce qu'on a enlevé des digues
qui doivent subsister en tout temps, car, en
tout temps, il faut que les peuples soient
gouvernés. Lorsque ensuite on a voulu construire de nouvelles digues, rien n'étoit préparé, et rien ne pouvoit l'être, parceque des
institutions ne peuvent pas s'improviser : les
événements alors sont venus rouler sur les
événements comme des vagues furieuses. Oui,
j'en suis persuadé, la résistance à la révolu-

tion n'a commencé que lorsqu'on a voulu aller au-delà de ce qui étoit dans les mœurs, dans l'état des lumières, dans nos besoins réels. Enfin, comme nous l'avons déja dit, on a voulu faire une révolution, au lieu de constater celle qui étoit faite. Il en est résulté que nos mœurs sont restées en arrière de nos opinions, malheur profond qui pèsera sur nous tant que l'harmonie entre ces deux grandes facultés sociales ne sera pas rétablie, ou, du moins, tant qu'il ne sera pas reconnu qu'elles doivent désormais marcher sur deux lignes distinctes et séparées. En même temps que nos opinions étoient entraînées vers la démocratie, nos mœurs s'attachoient avec plus de force aux bienséances de l'aristocratie et à tous les goûts monarchiques : cette désharmonie, que bientôt nous aurons occasion d'examiner avec quelque détail, et qui subsiste toujours, nous fournira peut-être d'utiles aperçus.

Ainsi, pour rentrer dans ce qui fait l'objet de ce chapitre, la société est nouvelle, c'est-à-dire qu'elle est sans préjugés et sans maximes ; elle est donc encore sans institutions. Notre antipathie pour le passé nous force à nous réfugier dans l'avenir; mais nous sera-t-il permis de soulever ce voile encore si imposant qui nous cache nos destinées futures?

Les souverains de l'Europe doivent savoir à présent une chose qu'ils ont trop ignorée; ils doivent savoir qu'il ne s'agit plus ni de la force des armes, ni des limites de territoires, ni de la balance politique entre les différents États. Les deux grandes puissances qu'il faut concilier avant tout, ou isoler entièrement l'une de l'autre, ce sont les mœurs et les opinions. La société doit être mise de nouveau sous la protection des sentiments religieux, qui heureusement ont survécu, et qui doivent servir à rallier tous les sentiments sociaux.

CHAPITRE IV.

DES CHANGEMENTS SURVENUS DANS NOTRE MANIÈRE
D'APPRÉCIER ET DE JUGER NOTRE LITTÉRATURE
NATIONALE.

PARMI les phénomènes que présente l'état
actuel des choses, il en est qui frappent plus
que d'autres, selon la disposition différente
des esprits différents. Celui sur lequel je desire arrêter en ce moment l'attention, parceque je le crois de la plus grande importance, c'est le discrédit de la parole et la confusion du langage. Je préviens, au reste, qu'ici,
comme dans toute la suite de cet écrit, je
prends la parole dans le sens le plus général
et le plus étendu. Cette observation doit toujours être présente à l'esprit du lecteur : sans
cela je pourrois courir le risque de passer
pour un homme que la trop grande préoc-
cupation de certaines idées jette dans le pa-
radoxe et dans l'exagération.

Les mots, il faut le dire, ne représentent

plus les mêmes idées pour tous; il en est
même, s'il est permis de parler ainsi, qui
sont devenus de simples sons, vides de sens,
auxquels on n'ajoute plus aucune idée, le
signe d'aucun sentiment. Notre littérature
a vieilli comme nos souvenirs : on n'ose pas
encore l'avouer; et certainement je serai soumis à d'amères censures, parceque j'aurai
donné de la réalité à un fait que l'on voudroit refuser de constater, dont on voudroit
même pouvoir douter. Mais je ne conçois
point ce choix arbitraire et raisonné dans
nos anciennes illusions : les unes sont impi-
toyablement condamnées, et l'on voudroit
continuer d'accueillir encore les autres, pendant que toutes se tiennent, que toutes sont
en harmonie entre elles, que toutes doivent
tomber ou subsister ensemble. L'état factice
que nous voudrions créer ne peut donc durer : notre littérature doit subir le même
sort que nos institutions. Consentons à être
vrais et conséquents; nos dénégations d'ailleurs ne peuvent changer rien à l'état des
choses.

Les conceptions littéraires, pour produire
le même effet qu'elles auroient produit au-

trefois, pour jouir de la même estime, pour
exercer une influence semblable, doivent
être essentiellement différentes; et si nos
chefs-d'œuvre n'étoient pas consacrés par
une admiration traditionnelle, par une renommée continue, je pense que nous les ap-
précierions fort peu. N'entendez-vous pas
déja répéter de tous les côtés, et jusque dans
nos chaires publiques, que nos grands écrivains du siècle de Louis XIV ne furent pas à
leur aise dans les institutions de leur temps,
que leur génie a manqué d'indépendance et
de liberté, qu'ils ont imposé à la langue et
à la littérature nationale des entraves dont
elles gémissent, qu'ils nous ont mis à l'étroit
dans leurs pensées trop circonscrites? De
telles accusations et l'expression de tels regrets, sans prétendre ici les discuter ou les
apprécier, ne sont-elles pas le signe d'un
grand changement dans plusieurs de nos
admirations, changement dont il n'est plus
permis de douter, parcequ'il est de toute
évidence. Voilà pourquoi nous sommes si
disposés à accueillir les jugements déprécia-
teurs que les étrangers portent de la plupart
de nos grands écrivains; et ces détracteurs

ont parmi nous plus de complices qu'on ne
pense.

Notre bienveillance enveloppe encore, par
amour-propre et par vanité, notre littérature tout entière; mais notre goût réel est
pour la partie de cette littérature qui est entrée plus ou moins dans les idées nouvelles.
La morale elle-même a besoin d'emprunter
un autre langage pour être entendue. Cependant, il est bon de le remarquer, ce que
je dis est moins une opinion que l'expression
d'un sentiment de malaise assez général pour
que je doive m'y associer en quelque sorte,
puisque je me rends l'historien de cette époque, et que je me suis imposé la tâche d'en
-saisir tous les caractères. Sans doute j'ai été
moins atteint que beaucoup d'autres par ce
discrédit de notre littérature, et je suis per-
-suadé que plusieurs de mes lecteurs en auront été moins atteints encore : ceux-là seront disposés à me trouver étrange; mais je
ne puis raisonner sur des exceptions.

Qu'il me soit permis, avant d'aller plus
loin, de faire observer combien est fausse
l'accusation qu'on nous a faite si souvent de
ne point avoir de littérature nationale. Notre

littérature, nous devons en être convaincus
à présent, fut tellement nationale, qu'elle
commence à nous échapper depuis que nous
commençons à cesser d'être la même nation.
Si trop de développements n'étoient pas nécessaires, je pourrois expliquer ce qu'il y
avoit d'éminemment national dans notre
littérature du siècle de Louis XIV; et cette
digression ne seroit peut-être pas sans quelque utilité et sans quelque intérêt; mais elle
me mèneroit trop loin, et elle sépareroit par
un trop grand intervalle des idées dont le
rapprochement fait toute la clarté. Je me
bornerai donc à établir quelques faits, encore sera-ce d'une manière affirmative, puisque je ne puis ni les développer, ni les justifier par des exemples.

Le caractère particulier de notre littérature étoit d'être classique, parceque le caractère particulier de notre langue étoit d'ê
tre soumise aux lois rigoureuses de l'analo
gie : c'est là, sans autre commentaire, ce qui
a rendu notre langue universelle, et ce qui
a fait de notre littérature la littérature de
l'Europe. Notre versification étoit une langue
ornée, une langue de choix, et non point une

langue différente de la prose : voilà encore, sans autre commentaire aussi, pourquoi notre poésie n'étoit pas toute contenue dans notre langue versifiée. Soyons de bonne foi : uniquement parcequ'il y a des hommes, d'ailleurs de talent, qui n'ont pas senti notre poésie versifiée, cela prouve qu'elle n'est pas notre seule poésie, car le propre de la poésie est d'être sentie par tous. Notre poésie versifiée n'a reçu sa perfection que dans un siècle de politesse extrême : il en a été de même chez les Romains. Lorsque la poésie françoise a voulu s'exprimer en prose, elle a dû affecter l'imitation de la langue grecque; lorsqu'elle a voulu s'exprimer en vers, elle a dû affecter l'imitation de la langue latine. Ainsi, Horace, Virgile, Boileau et Racine sont, en quelque sorte, contemporains, et parlent presque la même langue. Les rapports ne sont pas aussi frappants pour la poésie dans la prose françoise; mais ils n'en existent pas moins, et il me seroit facile de citer des exemples qui ne laisseroient aucun doute à cet égard. C'est depuis moins de temps, au reste, que le nombre des formules de la prose s'est accru, par la raison toute simple que la prose est toujours la dernière à se perfectionner. Chez les Grecs, la poésie s'est souvent réfugiée dans la prose ; chez les Romains, elle a dédaigné cet asile. Nous, sans faire attention que nous nous sommes portés héritiers à-la-fois des Grecs et des Romains, nous voudrions encore conserver des limites artificielles, mais c'est en vain, puisque ces limites ne sont pas dans la nature même des choses. Notre persévérance à vouloir les maintenir télles qu'elles ont été posées par les premiers législateurs de notre langue, prouve que nous ne nous rendons pas compte de la distance où nous sommes du point de départ, et que nous ne nous faisons pas encore une idée juste de l'essence même de la poésie. Le seul écueil que nous ayons à éviter, lorsque nous voulons introduire la poésie dans la prose françoise, c'est, à mon avis, l'imitation de la poésie latine.

Je serois maintenant conduit à parler de cette littérature de mouvement, qu'on a appelée romantique, littérature absolument nouvelle, qui ne remonte pas plus haut que J. J. Rousseau, et dont madame de Staël fut le dernier comme le plus brillant produit.

Il faudroit également que je caractérisasse à-
la-fois et Delille que nous venons de perdre,
et M. de Chateaubriand qui est encore dans la
force du talent, doués, l'un d'une immense
richesse de détails poétiques, l'autre d'une
imagination vaste et féconde, placés tous les
deux sur les derniers confins de notre ancien empire littéraire, et venant terminer
d'une manière admirable toutes les traditions de notre double langue classique dont
le règne va finir : ce qu'il y a de plus remarquable dans l'association que je fais ici de
ces deux noms, c'est que leurs ouvrages, honneur éternel de cette époque, sont à-la-fois
des monuments littéraires et des monuments
de nos anciennes affections sociales. Mais je
ne puis envisager que l'ensemble de mon sujet, et je dois me borner à des aperçus.

Néanmoins, quel que soit mon desir d'a-
bréger, je ne puis m'abstenir de redresser
quelques idées qui ont été émises dans ces
derniers temps. Nous ne connoissions point
jusqu'à présent de genre classique ; nous ap-
pelions auteurs classiques ceux qui ont fixé
la langue, et qui font autorité sous ce rapport ; ensuite, par extension, nous donnions

encore le nom de classiques aux auteurs qui
sont restés fidèles au génie de la langue et à
toutes les convenances de notre littérature
nationale. La même acception se trouve chez
les Italiens. Maintenant, le sens le plus général de ce mot a pris une bien autre extension.
Nous appelons littérature classique celle qui
est fondée sur l'étude et les traditions des langues anciennes, celle qui a puisé ses règles
dans l'analyse des chefs-d'œuvre de ces mêmes langues, celle enfin qui s'astreint à l'imitation de ces chefs-d'œuvre, et qui prend ses
sujets à la même source. Par opposition à la
littérature classique, on a nommé littérature
romantique celle où l'on professe une plus
grande indépendance des règles, où l'on se
permet de nouvelles alliances de mots, et
sur-tout de nouvelles inventions de style; où
l'on secoue les lois de l'analogie, où l'imitation étend son domaine, où la pensée fait
effort contre la parole fixée, la parole écrite;
où les sujets sont tirés des traditions modernes. Nous luttons, en ce moment-ci, de toutes nos forces, contre l'invasion de la littérature romantique; mais les efforts même
que nous faisons prouvent toute la puissance

de cette littérature. Bientôt peut-être, en France comme en Italie, car les États d'au-delà des Alpes participent au même mouvement, bientôt la littérature classique ne sera plus que de l'archéologie.

Sans porter un jugement sur les deux littératures qui se disputent aujourd'hui l'empire du monde, et sur lesquelles nous aurons, au reste, occasion de revenir, qu'il nous soit permis de remarquer d'abord que la littérature romantique a pris naissance au sein d'une langue qui est encore, pour ainsi dire, dans le travail de l'évolution ; c'est la langue allemande que je veux désigner. Remarquons, de plus, que les envahissements de cette littérature ont commencé chez nous à une époque où la langue étoit fixée, et, qu'il me soit libre de le dire, au moment où nos traditions nationales perdoient déja de leur autorité et de leur vénération parmi les peuples. Nous nous sommes donc trouvés de suite dans un double esprit d'opposition. Qui ne sait tout ce que Voltaire montra de mauvaise humeur contre le projet d'une traduction complète de Shakespeare ? Voltaire cependant venoit de flétrir de sa plume cy-

nique et impie l'un de nos plus beaux souvenirs historiques; et il recueilloit des applaudissements égaux pour toutes ses injustices,
comme si on eût voulu verser le discrédit à-
la-fois sur notre passé et sur notre avenir.

Quoi qu'il en soit, et il faut bien l'avouer,
nous nous étions créé une littérature trop
exclusive. Un petit nombre d'écrivains do-
minés par l'ascendant de la pensée se sont
réellement trouvés à l'étroit dans une langue
où les limites de l'expression ne sont point
assez incertaines; ils ont voulu franchir cette
borne immobile : il en est résulté quelques succès et bien des revers. Un phénomène si nouveau dans l'histoire des langues sera expliqué
plus tard. Mais, ce qu'il est permis d'affirmer
dès à présent, c'est que si l'on peut gagner
des avantages dans des combats partiels contre la force des choses, jamais on ne rempor-
tera de victoire décisive. Toutefois, nous ne
pouvons nous passer d'une littérature classique et nationale : si celle de Louis XIV cesse
de faire loi, nous en aurons une autre qui
sera en harmonie avec nos institutions. On
a vu, une seule fois, deux siècles littéraires
sur le même sol ; ainsi l'Italie a son Virgile

et son Tasse ; mais c'est dans deux langues différentes. Il est possible que nous soyons destinés à présenter un spectacle tout nouveau, celui de deux siècles littéraires sur le même sol et dans la même langue. Alors aussi, et par suite du mouvement général de l'Europe, cette Italie, si une d'esprit et de mœurs, produira un troisième siècle littéraire dont il n'est pas facile d'apercevoir encore les éléments épars.

Je dis que la même langue n'a jamais eu deux siècles littéraires ; car, sans vouloir déprécier les services qu'a rendus l'école d'Alexandrie, on peut remarquer qu'elle a produit seulement une imitation servile de la littérature des anciens âges de la Grèce, lorsqu'elle ne s'est pas bornée à les expliquer et à les commenter. Mais nous ne savons pas ce que va faire naître l'établissement d'une académie à Athènes, d'un collège grec dans l'ancienne Tauride, du mouvement imprimé aux îles Ioniennes, et de tant de circonstances nouvelles dont nous ne pouvons prévoir tous les résultats. Enfin, je n'ignore point que souvent les royaumes de l'Orient ont présenté le spectacle de deux siècles littéraires sur le même sol et dans la même langue ; mais il seroit facile de démontrer combien doivent différer tous les éléments de calcul dans les considérations qui s'appliquent à l'Orient. C'est un autre monde relativement à nous ; hâtons-nous donc de rentrer dans celui que nous habitons : tout ce que nous pouvons y apercevoir, quant à présent, c'est qu'il se forme quelque chose de nouveau, pour succéder à ce qui est menacé d'une mort si prochaine.

Voyez, en effet, comme nous avons besoin déja de nous transporter au temps où notre littérature classique et nationale a paru tout-à-coup avec tant d'éclat, si nous voulons l'apprécier et la sentir, du moins en partie. Nos habitudes, nos mœurs, notre goût, notre existence, tout est changé. Certaines idées qui furent vulgaires et triviales ne sont plus comprises. Je ne parle point ici de ces idées fugitives et délicates qui tiennent seulement aux usages du monde, à une élégance convenue : ces idées, tout en nuances, sont, par leur nature même, mobiles et passagères. Je parle de ces idées fondamentales qui sont comme le pivot sur lequel toutes les autres roulent,

de ces idées centrales vers lesquelles toutes
les autres gravitent, enfin de ces idées fécondes qui engendrent toutes les autres.
Pour me servir d'une métaphore déja employée plus haut, c'est une dynastie qui a
fini de régner. Je ne parle même pas de ces
heureux préjugés qui subsistoient encore naguère, sans raison de leur existence, débris
vénérables des temps anciens, qui viennent
de disparoître du milieu de nous, sans autre
raison aussi de leur fin.

Est-il besoin de l'apprendre encore aux
hommes? Il est des choses qui tombent et
s'évanouissent, uniquement parcequ'on veut
les soumettre à l'examen. Ces choses ne peuvent, il est vrai, supporter l'analyse et la
discussion : elles disparoissent comme le
diamant dans le creuset de Lavoisier; mais
cela ne prouve ni contre ces idées, ni contre le diamant. Rien ne peut faire que le
diamant ne contînt de la lumière avant
d'entrer dans le creuset mortel ; rien ne peut
faire non plus que les idées qui ont cessé d'être
à notre usage n'aient long-temps éclairé le
monde. Il ne faut pas cesser de le répéter,
parcequ'il ne faut pas cesser d'entourer de

respect ce qui a été : venir en son propre
nom, pour employer une expression heureuse de Bâcon, suppose une haute vanité,
une présomption condamnable, un orgueil
qui doit être réprimé. Professons un culte
religieux pour la cendre de nos ancêtres, si
nous voulons que notre poussière, lorsque
nous aurons cessé de vivre, ne soit pas, à
son tour, jetée aux vents. Je demanderai
donc aux partisans des idées nouvelles si,
parceque ces idées, qui leur paroissent être
la raison même, eussent été méconnues et
même honnies à de certaines époques, le
mépris dont on les auroit couvertes auroit
pu prouver contre elles. Ne soyons pas aussi
exclusifs, et consentons à croire qu'avant
nous il y avoit de la sagesse et de la raison
sur la terre. Mais la sagesse et la raison eurent jadis d'autres formes. Lorsque l'homme
doué de génie prenoit cette lyre d'or que lui
avoit donnée le ciel, il en tiroit des sons qui
lui étoient inconnus à lui-même; et il n'y
avoit alors que ces sons divins qui eussent
reçu le pouvoir d'adoucir les mœurs, d'élever les sentiments, d'agrandir les facultés.
Les miracles d'Orphée et d'Amphion ne sont

point de vaines fables. Sans cette lyre d'or
les peuples de la Thrace seroient restés sauvages, et les murs de Thèbes ne se seroient
jamais élevés. Essayez, si vous le pouvez, de
faire pénétrer, par le moyen de vos codes
arides, les bienfaits de la civilisation parmi
les hordes barbares qui n'ont point encore
vécu sous le joug et sous la protection des lois.

Maintenant, je le sais, la poésie semble
être exilée de la société : tôt ou tard elle
rentrera dans son domaine, tôt ou tard nous
redeviendrons attentifs aux sons échappés
de la lyre des poëtes. Nous voulons une doctrine positive qui puisse nous être démon-
trée à l'égal d'un problème de mathémati-
ques. Comment faire? Dieu et ses attributs,
l'homme et ses facultés resteront toujours
des objets mystérieux; les bases de toute société échapperont également au flambeau
indiscret de la raison humaine. Qu'on examine avec un chagrin superbe l'origine du
pouvoir; cette témérité ne fera jamais que
porter atteinte à la religion sociale, sans
rien affermir, sans améliorer le sort des
hommes.

En général, on sait bien qu'il s'est opéré

un changement considérable dans les opinions ; mais on ne sait pas assez combien ce
changement est intime et profond. C'est à-
peu-près comme si nous voulions juger, par
exemple, le théâtre grec d'après notre spectacle actuel. Pour avoir sur cet objet des
idées justes et vraies, ne faudroit-il pas rétablir, par la pensée, les idées qui dominoient
à l'époque où Eschyle, Euripide et Sophocle
régnoient sur la scène tragique? Ne faudroit-il
pas créer de nouveau la puissance de ces traditions mythologiques, la pompe de ces so-
lennités religieuses et nationales qui donnent
la vie à ces admirables compositions? Ne faudroit-il pas même connoître la forme matérielle des théâtres anciens, les fonctions du
chœur, enfin tout cet ensemble qui fut imaginé pour produire l'effet qu'il devoit produire? Lisez Pindare, même dans la langue
harmonieuse qui lui inspira ses beaux vers :
vous n'aurez rien fait encore si vous n'êtes
pas entré dans le génie de cette inspiration.
Ne souriez pas à ces généalogies de héros et
de coursiers, car votre pitié accuseroit votre
ignorance. Laissez-vous entraîner aux digres-
sions du poëte, pour témoigner que vous

vous êtes identifié avec les imaginations vives
et mobiles des peuples de la Grèce. Apprenez
à secouer le joug des transitions, puisqu'il
s'agit des mouvements impétueux de l'ame,
et non point d'un discours mesuré de la raison. Ne vous plaignez pas de ce que votre
oreille entend d'autres récits que ceux auxquels vous aviez peut-être quelque droit de
vous attendre. Vous n'êtes point trompé : on
vous avoit promis de l'or, et c'est de l'or que
l'on vous donne. Ayez vécu au milieu de ces
mœurs si différentes des nôtres, et assisté a
à ces festins des rois, d'écuyers et d'athlétes,
soyez-vous enfin rendue familière l'histoire
domestique de ces temps : alors toutes les allusions seront vivantes, et vous saurez que
Pindare n'est pas seulement le chantre de la
gloire, mais le chantre de l'ivresse même de
la gloire.

Notre littérature du siècle de Louis XIV a
cessé d'être l'expression de la société; elle commence donc à être déja pour nous, en quelque sorte, comme nous l'avons dit, une littérature ancienne, de l'archéologie. Voyons-
nous à présent beaucoup de femmes lire avec
charme et Nicole et Bourdaloue, et préférer

Corneille à Racine? Mais, entre tous les faits que je pourrois citer pour prouver la thèse où je me suis engagé, je vais en choisir un qui frappera peut-être d'autant plus que, sans doute, on l'attend moins.

A quoi serviroient, en effet, de timides ménagements? Pour introduire de suite le lecteur dans le sens intime d'une pareille discussion, je vais le mettre aux prises avec le plus grand nom des lettres françoises, avec Bossuet; encore ne prendrons-nous pas Bossuet tout entier. Nous n'arrêterons nos regards que sur les Oraisons funèbres et sur l'Histoire universelle. Cette économie des desseins de la Providence, dévoilée avec la prévision d'un prophète; cette pensée divine gouvernant les hommes depuis le commencement jusqu'à la fin; toutes les annales des peuples, renfermées dans le cadre magnifique d'une imposante unité; ces royaumes de la terre, qui relèvent de Dieu; ces trônes des rois, qui ne sont que de la poussière; et ensuite ces grandes vicissitudes dans les rangs les plus élevés de la société; ces leçons terribles données aux nations et aux chefs des nations; ces royales douleurs;

ces gémissements dans les palais des maîtres
du monde; ces derniers soupirs de héros,
plus grands dans le lit de mort du chrétien,
qu'au milieu des triomphes du champ de
bataille; enfin l'illustre orateur, interprète
de tant d'éclatantes misères, osant parler de
ses propres amertumes, osant montrer ses
cheveux blancs, signe vénérable d'une longue carrière honorée par de si nobles travaux,
et laissant tomber du haut de la chaire de
vérité des larmes plus éloquentes encore que
ses discours. Tel est le Bossuet de nos habitudes classiques, de notre admiration traditionnelle. Mais je demande si déja nous n'a-
vons pas besoin de nous rappeler la personne
même de Bossuet, et l'assemblée imposante
devant laquelle il parloit, et l'autorité de sa
parole, fortifiée par le caractère auguste dont
il étoit revêtu, et l'empire irrésistible de doctrines non contestées, et toutes les gloires et
toutes les renommées de cette époque si brillante, et tous les souvenirs de la vieille monarchie, pour sentir les éminentes beautés de
l'oraison funèbre du grand Condé. Mais je
demande si le discours sur l'Histoire universelle est maintenant autre chose, pour un

grand nombre, qu'une magnifique concep-
tion littéraire, une sorte d'épopée qui embrasse tous les temps et tous les lieux, et dont
la *fable*, prise dans de vastes croyances, est
une des plus belles données de l'esprit humain.

Que seroit-ce donc si j'embrassois tous les
ouvrages de Bossuet; si je descendois avec
lui dans l'arène de cette haute polémique où
il consuma une partie de ses forces; si j'inter-
rogeois avec lui les oracles des anciens jours,
afin de m'initier moi-même et d'initier mon
lecteur aux secrets de cette Politique sacrée
que l'on croiroit appartenir à un autre âge,
tant pour les princes que pour les peuples; si
je m'élevois sur ses ailes à la contemplation
des mystères du christianisme; si je creusois
avec son analyse lumineuse et pénétrante les
profondeurs d'un mysticisme exalté où s'éga-
rèrent quelques ames tendres? Sans doute,
dans tous les ouvrages de Bossuet, l'esprit res-
teroit étonné par un style vif, énergique et
pittoresque; par la grandeur des images et la
hardiesse des figures; par ce quelque chose de
rude et de heurté d'un fier génie pour qui la
foible langue des hommes est une condescen-

dance de la pensée, car le feu de sa pensée, à lui, s'allume dans une sphère plus élevée. Mais, je le demande encore, désaccoutumés que nous sommes de la forte nourriture des livres saints, pourrions-nous remarquer dans ce dernier Père de l'Église, sa merveilleuse facilité à s'approprier les textes sacrés, et à les fondre tout-à-fait dans son discours qui n'en éprouve aucune espéce de trouble, tant il paroît dominé par la même inspiration?

Plus d'un lecteur hésitera sans doute à admettre la rigoureuse vérité; et moi-même qui viens éclairer sur de tels résultats, moi-même je recule devant l'incroyable entraînement de mes propres méditations. Oui, continuant de m'associer aux idées du temps, aux pensées des hommes qui vivent en ce moment, aux nouveaux errements de la société; oui, je trouve dans Bossuet je ne sais quoi de plus vieux que l'antiquité, je ne sais quoi de trop imposant pour nos imaginations qui ne veulent plus de joug. Il est devenu comme le contemporain de ces textes sacrés qui se mêlent à ses paroles d'une manière à-la-fois si audacieuse et si naturelle. Ne diroit-on pas que notre langue, remuée par lui avec tant de puissance, est ensuite demeurée immobile ainsi qu'un géant endormi? Ne sent-on pas qu'elle ne reprendra plus ces attitudes si naïvement majestueuses qui lui furent données par le prophète des temps modernes? Oui, encore une fois, il me semble voir Bossuet s'enfoncer avec Isaïe et Jérémie dans la nuit des traditions antiques; et le voile de l'inusité commencer à tomber sur sa grande stature.

Comment se fait-il donc que nous ayons déja besoin d'un tel effort de l'imagination pour contempler Bossuet, malgré que nous n'ayons pas cessé de le pratiquer, malgré que la première admiration ait un retentissement qui a toujours duré? C'est, il faut l'avouer, que nous n'habitons plus la même sphère d'idées et de sentiments; et, s'il en est encore parmi nous qui soient restés citoyens de la vieille patrie, ceux-là n'ont plus que des sentiments solitaires, qui ne peuvent ni se communiquer ni se propager. Cette génération mourra sans postérité.

CHAPITRE V.

PREMIÈRE PARTIE.

LES IDÉES ANCIENNES DEVENUES ININTELLIGIBLES.

Avançons dans la route difficile que nous nous sommes tracée : je l'ai déja dit, ma fonction est de venir expliquer des ruines.

Les idées qui ne peuvent pas devenir populaires sont frappées de mort en naissant, et alors elles ne causent aucun trouble. Cependant, plus tard peut-être, comme un germe qui a besoin d'être long-temps couvé, elles reparoîtront pour bouleverser le monde qu'elles avoient d'abord laissé tranquille. Les idées qui cessent d'être populaires, ou parcequ'elles ont été usées par le temps, ou parcequ'elles ont reçu tout le développement dont elles étoient susceptibles, ou enfin parceque le bien qu'elles devoient produire est consommé, ces idées meurent aussi, mais dans une longue et terrible agonie, car tout est souffrance pour le genre humain. Celles qui ont été préparées d'avance, qui se trouvent d'accord avec les instincts d'un peuple, avec les progrès naturels de la civilisation, finissent toujours par s'identifier dans les esprits, par se manifester dans toutes les formes de la société; cependant celles-là même ne peuvent parvenir à gouverner les hommes qu'après avoir fait éprouver de grandes douleurs.

Parmi ces différentes sortes d'idées il est bien facile de reconnoître celles qui cherchent à s'introduire de force dans le monde, sans y être attendues, et celles qui ont fini de régner, mais dont on voudroit prolonger l'empire parmi les peuples. Les hommes même qui veulent établir les unes, lorsqu'elles n'ont pas en elles la raison de leur existence, ou qui veulent propager encore les autres lorsqu'elles ont perdu ce principe de vie qui est dans l'assentiment général, témoignent, par l'expression indécise de leurs discours, qu'ils ne les comprennent point. Elles se montrent alors les unes et les autres, sans parure, sans charme, sans cortége, avec mille contradictions : ce sont des dieux étrangers ou des rois détrônés.

Dans les temps où la société est ainsi agi-
tée par la lutte des idées anciennes qui voudroient ressaisir le sceptre du pouvoir, et des
idées nouvelles qui ne veulent pas souffrir
de partage, souvent c'est un malaise vague
et intérieur dont il est difficile de marquer
les périodes et de signaler tous les symptômes. Cette difficulté est bien moins grande à
présent : les dernières sessions des Chambres
peuvent être considérées comme une arène
où nous avons été appelés à juger du combat
sans effort pour nous, car toutes les opinions se sont trouvées naturellement en présence, et à découvert. Il est devenu sensible pour tous que les idées anciennes non
seulement étoient décréditées, mais encore
qu'elles étoient frappées d'une sorte d'obs-
curité qui les rendoit inintelligibles au plus
grand nombre, comme ces paroles de cette
fille de Priam, qui étoient empreintes du sentiment de l'avenir, mais à qui le don d'imposer la croyance avoit été refusé. Au milieu
de ce violent tumulte, qui fut le plus souvent
une discussion très solennelle, les idées anciennes étoient défendues, tantôt avec une
réserve que l'on prenoit pour de la foiblesse,

tantôt avec un courage que l'on prenoit pour
de l'exagération; quelquefois on eût dit le
chant du cygne qui va mourir : mais ce chant
du cygne n'étoit point entendu, et n'avoit
point la force d'émouvoir; il n'y avoit rien
de contagieux dans ces derniers accents d'i-
dées expirantes, ou dont l'empire n'étoit
plus que dans le passé : encore, il faut l'a-
vouer, souvent aussi ce n'étoit point même
le chant du cygne; c'étoit quelque chose de
vague et d'incertain, comme un éblouisse-
ment des oreilles; c'étoit, en un mot, une
cause mal comprise et mal défendue. On
plaide toujours avec gêne devant des juges
prévenus, sur-tout lorsque l'on diffère de
langage avec eux; on voudroit vaincre des
répugnances, faire des concessions pour être
écouté avec moins de défaveur, s'accommoder aux temps et aux lieux; couvrir, s'il est
permis de parler ainsi, par le néologisme
du langage, l'archaïsme des idées et des sentiments. Tous ces artifices de la parole, toutes ces ruses des affections et des souvenirs,
ne produisoient aucune illusion, aucun entraînement. L'éloquence, comme on sait,
n'est pas seulement dans l'orateur qui parle;

elle est aussi dans ceux qui écoutent. S'il
fait autre chose que leur montrer ce qui est
déja en eux, il n'aura réussi qu'à être trouvé
étrange, qu'à être considéré comme un homme d'imagination : il faut de la sympathie
et des points convenus entre tous ; et l'émo-
tion qui s'arrête sur le bord de la tribune,
sans aller au-delà, finit par s'y éteindre. L'o-
rateur enfin ne peut être animé, ne peut être
entraîné hors de lui-même, et ramener ainsi
son auditoire à un centre commun, que par
la conscience de l'impression qu'il produit,
de l'ascendant qu'il exerce. Le cavalier doit
sentir frémir dans sa main la bouche déli-
cate du cheval, sous peine d'être renversé
avec dédain par lui. L'éloquence prodiguée
en pure perte se glace sur les lèvres, et re-
tombe avec amertume sur le cœur.

Remarquez bien qu'il ne s'agit plus ici
d'une simple composition littéraire où le
lecteur, placé dans une sphère convenue
d'idées et de sentiments, se prête à toutes
les illusions qui lui sont prescrites, et s'é-
meut vivement d'une création dont il a
adopté d'avance toutes les données. C'est
ainsi que la scène tragique nous fait com-

8.

patir tous les jours aux malheurs de personnages entièrement placés en dehors de toutes nos affections. Mais ici nous ne pouvons pas sortir du monde positif, de la sphère de la réalité; l'imagination doit rester attachée à ce qui est dans le moment actuel.

Dans l'assemblée dont nous parlions tout-à-l'heure, on voyoit deux choses à-la-fois : certains dogmes de la société ancienne, à moitié admis, à moitié rejetés par ceux qui les professoient encore, ou qui vouloient encore les professer; certains dogmes de la société nouvelle, qu'on avoit le dessein d'admettre sans conviction, et par la seule nécessité des circonstances. En cela il ne faut accuser personne d'incertitude et de mauvaise foi. Il est des esprits timides qui s'effraient, il est des esprits vigoureux qui croient pouvoir dominer les temps. Ainsi, chez les uns l'opposition venoit de la force de leur caractère; chez les autres, d'une sorte de timidité qui est une marque certaine de droiture. Des opinions ne peuvent avoir l'impulsion irrésistible des sentiments, et cependant on défendoit des opinions comme on eût défendu des sentiments. Aussi arri-

voit-il encore qu'on vouloit tourner les opinions en sentiments, et cela dans tous les
partis : alors c'étoit tout ce qu'il pouvoit y
avoir de plus discordant. Voilà pourquoi
vous avez vu, durant l'année qui vient de
s'écouler, des prodiges inouis de contre-sens
et de désharmonie. Vous avez vu, en effet,
soutenir le droit par les mêmes arguments
que le fait, le juste par les mêmes arguments
que l'utile; d'un autre côté, le fait et l'utile
avoient des champions qui puisoient leurs
moyens de défense dans les doctrines sur
lesquelles reposent le droit et le juste; la
légitimité étoit confondue avec l'hérédité,
avec l'hypothèse de l'élection continue ou
du pacte primitif : il en résultoit une grande
confusion de langage; mais tout, dans ce
combat inégal, tournoit au profit des idées
nouvelles, parceque ce sont elles seulement
qui sont douées de la force expansive. La
Chambre de 1815, qui a été l'objet de tant
d'éloges et de tant de critiques, eut cela de remarquable, qu'elle représentoit très bien le
mouvement des opinions françoises, qu'elle
représentoit très bien aussi cet état d'anxié-
té, de trouble, d'incertitude, résultat néces-

saire de la lutte des mœurs et des opinions.

Dans une telle révolution, qui atteint jusqu'aux éléments mêmes de la société, il a été bien permis, sans doute, et il n'est peut-être encore que trop permis à un grand nombre d'hommes de désespérer de notre existence sociale; et ce malaise si naturel, qui continue toujours de se faire sentir, pourra bien ne se prolonger que trop long-temps. Néanmoins, que les timides se rassurent, la société ne peut périr, et la France est restée à la tête de la civilisation de l'Europe, malgré toutes les vicissitudes de la fortune. Il faut donc que la France soit sauvée, sous peine d'entraîner tous les autres États de la vieille Europe dans une vaste ruine.

Plus d'une fois la France a vu son sol couvert d'ennemis; mais il y a en elle une telle énergie vitale qu'elle n'a pu jamais succomber, ni plier son front au joug de la conquête. Encore de telles invasions n'auroient point eu lieu, si les François n'eussent pas été divisés entre eux; et leur division n'existoit que parcequ'il y avoit des questions indécises, car la fidélité se trouvoit également dans les deux partis. Le François peut avoir beaucoup d'erreurs; mais la félonie n'est point dans son caractère. Ainsi la plupart des défections du 20 mars, défections déplorables dont la patrie gémira si long-temps, ne furent chez nos soldats que l'instinct égaré de la gloire. Laissons-en tout l'opprobre aux factieux et aux intrigants, toujours si habiles à se saisir des circonstances.

La France ne doit donc jamais désespérer de son salut. La Providence, qui lui a donné la magistrature des civilisations modernes, tantôt suscite Charles Martel pour écraser d'un seul coup les formidables armées des Sarrazins au milieu même de leurs immenses triomphes; tantôt met dans les mains d'une jeune vierge l'étendard des lis, pour faire sacrer à Rheims le fils de nos rois; tantôt convoque à Paris tous les souverains de l'Europe, pour assister à la restauration de la monarchie conservatrice de leurs propres droits.

Noble terre de la gloire et des beaux-arts, terre des héros, non, tu ne périras point; j'en jure et tes trophées et tes revers : j'en jure et les plaines de la Massoure, et les sables de l'Afrique, et les jardins de la Touraine, et les murs de Pavie, et les bocages de la Vendée, et deux fois les champs de Fleurus. Noble terre de ma patrie, la Providence a trop fait pour toi; elle n'abandonnera point son ouvrage, et tu resteras le beau pays de France.

CHAPITRE V.

SECONDE PARTIE.

DES MŒURS ET DES OPINIONS.

JE crois devoir maintenant appeler plus spécialement l'attention sur un des grands phénomènes qui marquent les temps où nous vivons, et qui les rendent si remarquables, je veux dire la différence qui existe entre nos mœurs et nos opinions. Les mœurs, ainsi que nous l'avons déja remarqué, sont restées dans la sphère des idées anciennes ; les opinions prennent leur source dans les idées nouvelles, et leur doivent toute leur puissance. Nous ne nous livrerons point, sur ce sujet, à un examen étendu et approfondi ; nous tâcherons seulement de faire sentir ce que produiroit cette partie de la discussion, si nous pouvions l'embrasser tout entière ; mais le peu que j'en dirai servira du moins à compléter le tableau de cette lutte

des idées anciennes contre les idées nouvelles, et à me faire ainsi mieux comprendre.

Si vous voulez comparer les peintures du
caractère françois dans les mémoires des
différentes époques, à commencer même
par les Commentaires de César, vous verrez
combien ce caractère est resté immuable.
Or, le caractère d'un peuple se compose
éminemment de ses mœurs. Cette grande
permanence dans le fond de nos mœurs a
toujours été couverte par une non moins
grande mobilité d'imagination, ce qui a suffi
dans tous les temps à l'observateur peu attentif pour motiver l'accusation de légèreté
qui nous a été faite si souvent. Sans doute
nos mœurs extérieures, c'est-à-dire nos habitudes sociales, nos rapports entre nous
dans les relations publiques et dans les relations privées, ont plus d'une fois subi de
très grands changements; peut-être même
qu'aucun peuple n'a été soumis à autant de
vicissitudes, et n'a plus présenté le spectacle
d'un peuple changeant et mobile, d'un peuple difficile à fixer. Nous fûmes, en effet,
dès l'origine ce que nous sommes à présent,
vains, frondeurs, impatients, habiles à sai-

sir le côté foible ou ridicule de toutes choses, prompts à l'exécution, peu dociles au conseil, susceptibles d'entraînement plutôt que d'exaltation; mais nous fûmes aussi, dès l'origine, et nous serons jusqu'à la fin, nobles et généreux, accessibles à la pitié, compatissants au malheur. L'esprit guerrier ne peut être chez nous cruel et oppresseur : aussi, dans ces temps d'opprobre où avoit pu être porté cet exécrable décret de la guerre à mort, avons-nous vu nos armées reculer devant leurs propres triomphes, rester immobiles après des victoires achetées déja par tant de sang, et refuser de ternir l'honneur de la patrie, dont elles seules alors étoient dépositaires. Plus d'une fois, sans doute, et sur-tout en dernier lieu, on a voulu dénaturer cet esprit militaire, en le faisant servir à la conquête; mais il sera toujours l'amour de la gloire acquise par le danger, car le François ne se laisse pas conduire seulement par le sentiment du devoir, trop sec et trop métaphysique pour lui; enfin cet esprit militaire est protecteur avant tout; il doit donc toujours tendre à redevenir de la chevalerie.

Le culte des femmes, chez nos premiers aïeux, se transformera en galanterie sous Louis XIV, et subira une bien autre métamorphose sous la Régence; mais ne craignez jamais que chez nous les femmes soient considérées autrement que comme la noble compagne de l'homme. La révolution a fait perdre aux femmes de leur influence, mais elle leur a laissé l'empire de nos mœurs, que rien ne pourra leur arracher. Cette austérité des habitudes républicaines, cette aridité du régime constitutionnel, sont peu à notre usage : nous aimons à pouvoir nous occuper de la chose publique, comme de tout; et en nous jouant, si j'ose parler ainsi; car tout ce qui nous intéresse, tout ce qui fait le sujet de nos études ou de nos méditations, nous aimons à en parler, le soir, dans la chambre des dames, comme disoient nos anciens chevaliers sur le champ de bataille ou sur la brèche d'une forteresse ouverte par leur vaillance.

Nous ne sommes point inhabiles au sérieux, mais notre esprit a trop de vivacité, il a trop vite fait le tour d'un objet quelconque pour qu'il ait besoin de se livrer à un

long examen. Si nous nous ennuyons dans
une discussion, c'est que la discussion n'a
plus rien à nous apprendre : nous ne sommes inépuisables pour parler et patients
pour écouter que lorsque la chose qui nous
occupe entraîne de l'agrément avec soi. Si,
dans un cercle, vous voyez un homme d'É-
tat dépouillé, en apparence, de tout soin,
rassurez-vous ; il a réfléchi auparavant ; sa
réflexion a duré peu, mais enfin il ne lui a
pas fallu plus de temps. Les ordres sont donnés, les dépêches sont expédiées, les affaires sont finies ; il ne lui reste plus qu'à être
François aimable, à causer dans la chambre
des dames. Ce bon goût dans les manières,
cette fleur de la conversation, cette mesure
en toutes choses, ce tact exquis des convenances, nous ne perdrons point tout cela
tant que nous n'aurons point renoncé à la
société des femmes ; et il faut espérer que
nous n'y renoncerons jamais, ou plutôt nous
sommes dans cette heureuse nécessité.

Nos vieilles chroniques font une grande
différence, sous le rapport des mœurs et
des opinions, entre les François du nord et
ceux du midi : cette différence peut se com-

parer avec celle que les poëtes et les historiens établissent, dans les temps héroïques,
entre les peuples du Péloponnèse et ceux
de la Grèce proprement dite. Mais cette
différence, qui fut si considérable autrefois parmi nous, s'est affoiblie depuis long-
temps; il n'en reste plus que quelques traces
qui finiront bientôt par s'effacer tout-à-fait;
et même on peut dire que la révolution est
venue leur rendre un relief qu'elles com-
mençoient à n'avoir plus. Pour apprécier au
juste ce qu'une telle cause a pu jusqu'à présent produire de modifications, il faudroit
remonter aux époques et aux modes des différentes réunions à la couronne de France,
ce qui nous mèneroit beaucoup trop loin.

Jetons maintenant les yeux sur cette île
qu'on a appelée la terre classique des idées
constitutionnelles, sur l'Angleterre. Tous les
pouvoirs de la société y sont tellement ba-
lancés par leur nature même, qu'aucun d'eux
ne cherche à empiéter sur les prérogatives
de l'autre. Un tel équilibre ne peut pas être
le fruit d'un calcul, le résultat d'une combinaison; car les passions, toujours irréfléchies
et dépourvues de mesure, auroient bientôt

franchi des barrières qui n'auroient été élevées qu'à force d'art. Rien de fixe et de positif n'existe comme limite constatée; mais
il y a une limite bien plus certaine que celle
des contrats écrits et signés, des actes au-
thentiques faits en présence de témoins; cette
limite, qu'il est impossible de briser, c'est
celle des mœurs. Une pareille constitution
ne peut être que l'ouvrage du temps, parceque c'est le temps seul qui met en harmonie
les mœurs et les opinions.

Il y a dans l'ouvrage de M. Delolme sur la
constitution angloise, une page où cette constitution est admirablement analysée dans un
sens général, comme une théorie pure, sans
aucune application particulière. Cette page
a cela de remarquable, qu'elle semble présenter aussi tout-à-fait l'analyse de notre Charte
actuelle. Mais, dans cet état d'abstraction,
ce n'est qu'un système de gouvernement, une
simple spéculation politique. Il manque en
effet à notre Charte ce que nous ne pouvons
y ajouter, c'est qu'elle soit assimilée au peuple françois par une lente et continuelle
intus-susception, s'il est permis de parler
ainsi, qui est l'œuvre nécessaire des tradi-

tions. Il lui faut enfin, sinon l'accord des
mœurs et des opinions, du moins une telle
indépendance entre ces deux forces, qu'elles
ne puissent plus se rencontrer pour se com-
battre; car nos mœurs ne sauroient s'avancer au niveau de nos opinions, et l'on ne
voudra pas souffrir que nos opinions rétro-
gradent pour marcher d'un pas égal avec les
mœurs. N'oublions pas que maintenant,
comme j'ai déja eu occasion de le remarquer, le principe intellectuel a pris l'ascendant sur le principe moral, pour la direction de la société.

Cette séparation que j'ose ici conseiller
existoit, par le fait, dans la plupart des sociétés anciennes. La faute en fut aux institutions religieuses, qui n'étoient pas assez
conservatrices de la morale. Il falloit alors
que la philosophie luttât contre les égarements de l'imagination, contre les séductions des sens, mais toujours en respectant
le sentiment religieux, sorte d'instinct qui
seul donne de la durée à l'existence de
l'homme, qui seul revêt d'une sanction invio-
lable les lois auxquelles il doit obéir. Le christianisme étoit venu réconcilier les mœurs et

les opinions, parceque le christianisme est
éminemment fondé sur la morale. Cette réconciliation cesse, par une raison contraire
à celle qui plaça, dans les sociétés anciennes, les mœurs et les opinions sur deux lignes différentes, et que la suite de cet écrit
expliquera. Mais, dans les sociétés anciennes,
les peuples différoient entre eux, et par les
mœurs, et par les opinions : ainsi le sentiment de la nationalité reposoit à-la-fois sur
deux bases ; voilà, sans doute, ce qui donnoit au patriotisme une énergie si terrible
et si farouche.

Au reste, j'ai besoin de le dire d'avance,
il sera prouvé aussi, dans la suite de cet écrit,
que les mœurs ne doivent pas rester stationnaires.

Le principe de la tolérance des cultes, que
nous avons admis, exclut, à lui seul, l'accord
des mœurs et des opinions, car, depuis le
christianisme, la religion est le vrai fondement des mœurs. L'Angleterre a beau s'e-
norgueillir, quant à présent, de l'unité des
mœurs et des opinions, elle ne pourra pas
résister long-temps à l'impulsion générale ;
et tant que durera l'asservissement des ca-

tholiques, elle sera réellement en arrière de
la civilisation actuelle.

Du temps de Henri IV le problème étoit
encore bien facile à résoudre : sans parler
des principes sur lesquels repose toute société, et qui n'avoient reçu aucune atteinte,
il est certain qu'alors les mœurs étoient assez conformes aux opinions, pour qu'en s'as-
sociant aux mœurs de la nation françoise,
le trône fût assuré au généreux vainqueur
d'Ivry.

Mais à présent, si l'on vouloit ramener
tout-à-coup les mœurs au niveau des opinions, ce qu'il est permis à des hommes de
bien de croire encore possible, il faudroit
prendre garde de ne pas les blesser, car les
mœurs aussi ont une puissance de révolte
qui peut occasioner de grands malheurs.
Désaccoutumons-nous de vouloir toujours
suppléer au temps, de vouloir faire nous-
mêmes le travail des siècles.

Ne craignons pas maintenant d'entrer
dans quelques détails.

Le divorce étoit certainement dans nos
opinions, mais il étoit repoussé par nos
mœurs. Le mouvement de la révolution

étant de tout accorder aux opinions et de
tout refuser aux mœurs, il en est résulté
que le divorce a été introduit dans nos institutions; mais on l'a graduellement res-
treint, on a dû finir par le supprimer. Cette
fois, il n'y a pas eu besoin de la révolte des
mœurs, parceque le divorce étant facultatif,
l'opposition consistoit à ne pas en user. C'est
ce que la nation a fait tout le temps que le
divorce a été autorisé par notre législation.
Mais le respect pour la loi des convenances,
loi fondamentale chez les François, a dû
faire disparoître cette désharmonie cho-
quante, et obliger à abolir une disposition
étrangère à nos mœurs, à retirer une loi
frappée de désuétude en naissant.

Qu'il me soit permis de citer un autre
exemple d'un genre bien moins important.
L'opinion, qui souvent allie tous les contraires, veut, d'une part, le libre exercice des
cultes, et, d'une autre part, une dépendance
excessive des ministres des divers cultes.
Ainsi, l'excommunication admise par les
traditions du clergé de France contre les
spectacles paroît être en opposition avec les
opinions actuelles, avec les progrès de la

société : cependant elle est tellement dans nos habitudes de bienséance, que si elle tombe devant la force de l'opinion il restera toujours cette sorte d'excommunication civile dont les Romains, avant nous, avoient déja frappé cette classe qui se dévoue aux plaisirs du public, cette profession, où ceux qui l'exercent immolent leur personne même à la multitude. Ce ne sont pas des gladiateurs que, d'un signe, nous condamnons à mourir; mais ce sont des histrions pour lesquels nous n'avons aucun respect, et que nous outrageons sans pitié sur les planches. D'ailleurs, quel est le père de famille qui voudroit introduire dans l'intimité de ses habitudes domestiques une femme qui fait métier de se donner en spectacle, dont la beauté et les agréments sont discutés et analysés au sein d'un parterre tumultueux et dans les feuilletons des gazettes, quelquefois avec une si grossière indécence? Les femmes, qui chez nous sont les gardiennes des mœurs, ne peuvent admettre dans leur société une femme qui est hors de nos mœurs. Les comédiens resteront donc toujours sous le poids d'une excommunication civile, lors même que l'excommunication religieuse n'existeroit plus.

La question de la liberté de la presse nous offriroit le même désaccord entre les mœurs et les opinions. Certainement, nulle institution n'est réclamée plus impérieusement par l'opinion que la liberté de la presse, et même on peut dire que nulle n'est plus dans les besoins actuels de la société ; néanmoins, nulle n'est plus repoussée par les mœurs françoises : si nous ne nous en apercevons point, c'est que nous cherchons à nous aveugler sur ce qui est dans une tendance contraire à nos opinions. Un peuple léger, frondeur, impatient, sans prévoyance de ce que peut produire une démarche inconsidérée ; un peuple passionné, toujours disposé à vivre dans le présent, et à ne pas tenir compte des circonstances antérieures qui ont pu influer sur la conduite des hommes soumis à son éloge ou à sa critique ; un peuple enfin qui, avec un sentiment très vif de la justice, peut être si souvent entraîné à l'injustice par la violence et la spontanéité de ses passions, ou même par l'ascendant de ses caprices ; qui, avec le tact le plus exquis de la mesure

et des convenances, est trop souvent jeté
hors de toute mesure et de toute convenance
par je ne sais quel besoin de plaisanterie, je
ne sais quel attrait de frivolité : un tel peuple devroit plus qu'aucun autre être contenu dans les voies de la décence et de la
modération, car il est toujours près d'en
sortir. Qu'on ne m'accuse pas d'être trop
sévère à l'égard du peuple françois. Qui ne
voit que les inconvénients de son caractère
tiennent à tous les avantages que j'ai pris
soin de signaler auparavant? Voudroit-on,
par exemple, que nous eussions l'imagination mobile, l'esprit très prompt à saisir les
rapports, et que nous fussions, en même
temps, prudents et circonspects en toute oc-
currence? Ce seroit vouloir l'impossible. Ne
nous le dissimulons point : avec la liberté de
la presse l'honneur et le repos des particuliers et des familles courront souvent le risque d'être odieusement compromis. Dans un
pays où le bien-être social consiste en des
choses de délicatesse et de goût, où l'existence intime repose sur l'honneur, où les discours légers ont tant de gravité, où les interprétations d'une conduite exempte de tout

reproche peuvent être si fatales, où les femmes sont tellement mêlées à la société, et y mêlent tellement toutes les sortes de susceptibilités, et j'oserois dire toutes les sortes de pudeur, où tous les amours-propres sont toujours éveillés et si facilement irritables; dans un tel pays, avouons-le, la médisance devient de la calomnie, les écrits indiscrets feront des blessures profondes que nulle puissance au monde ne pourra guérir, la censure deviendra un tribunal public dont les arrêts justes ou injustes seront trop souvent des outrages. Les grands intérêts, sans doute, seront protégés, mais nulle protection n'est possible pour les petits intérêts moraux dont se compose, chez nous, le bonheur de la cité. L'urbanité françoise ne sera bientôt plus qu'une tradition finie. Je ne parle pas encore de cet ostracisme de l'envie, qui existe par-tout, mais qui doit faire plus de ravages parmi nous. En un mot, nos mœurs sont trop exquises et trop susceptibles pour le régime âpre et sévère de la liberté de la presse. Remarquez bien que, dans cette question sur-tout, l'existence des femmes, telle qu'elle est en France, telle qu'elle doit y subsister, est encore, en dernier résultat, le plus grand obstacle à la sympathie de l'opinion avec les mœurs. Mais, je l'ai déja dit, il faut que les mœurs cèdent et se façonnent; il faut qu'elles s'accoutument aux outrages, et que leur conscience soit en elles-mêmes. Si le jury n'étoit pas établi ailleurs pour les délits de la presse, il faudroit l'inventer pour la France.

L'égalité, ainsi que je l'ai remarqué plus haut, est aussi dans nos opinions actuelles; mais elle est bien loin d'être dans nos mœurs. Nos mœurs, nous ne pouvons nous le dissimuler, sont éminemment aristocratiques; et la langue françoise, ainsi que nous l'établirons bientôt, est aussi éminemment aristocratique. Mais, j'ai besoin de le répéter, cette aristocratie qui repose dans nos mœurs et dans notre langue ne peut empêcher le mouvement progressif. Les révolutions qui se font pour obtenir la liberté sont légitimes; celles qui se font pour obtenir l'égalité sont toujours antisociales. Quand je parle de révolutions pour obtenir la liberté, je me place en quelque sorte dans une hypothèse spéculative; je ne crois pas que les vérita-

bles gouvernements puissent être gratuitement oppresseurs, car ils ne peuvent vouloir que le bien de tous. Les révolutions qui
ont pour but d'établir l'égalité sont antisociales, et la raison en est bien évidente : c'est
qu'elles ont pour but un nouveau partage
dans la propriété, et par conséquent la spo-
liation. Or, ce sont les seules révolutions
que les hommes fassent; celles qui doivent
fonder la liberté sont faites par le temps :
aussi avons-nous vu la révolution françoise
produire l'abolition des dettes par les assi-
gnats, et un nouveau partage des propriétés
par la vente à vil prix des biens nationaux,
et par la suppression du droit d'aînesse.

Il y a chez toutes les nations, à toutes les
époques, dans tous les siècles, une majorité
numérique à contenir plutôt qu'à gouverner.
L'idée contraire a fait le malheur de ceux
qui ont voulu diriger le vaisseau de la révolution françoise après l'avoir lancé sur l'élément des orages populaires. Si l'on eût d'a-
bord compris que la majorité ne doit pas
être évaluée par le nombre des voix, mais
par la qualité des suffrages, on auroit évité
beaucoup de crimes et on se seroit épargné

beaucoup d'embarras. Quoique la majorité numérique ne doive pas compter, cependant il faut qu'elle entre dans le calcul général pour une somme quelconque ; même ce nombre, dont il faut repousser l'influence, doit être consulté : il ne faut pas adopter ses opinions, mais il ne faut pas les dédaigner. Les institutions de Numa furent d'une grande prévoyance sous ce rapport.

L'égalité ne sera pas même parmi les justes dans le séjour de la félicité qui leur est préparée, car il est dit dans l'Évangile : « Il y a plusieurs demeures dans la maison de mon père. » L'égalité est dans la société, sauf la différence des fortunes, sauf la différence des rangs, sauf la différence des facultés, sauf enfin l'inégalité.

Je n'ignore point qu'il y a une véritable appréciation à faire du système de l'égalité, et que même cette appréciation a été faite par de fort bons esprits; mais il n'en est pas moins vrai que ce système, proclamé sans précaution, a jeté dans bien des erreurs, et que les conséquences rigoureuses qu'on en a tirées ont produit bien des crimes. On est descendu trop bas : les factieux ont cru qu'ils devoient faire comme l'Antée de la fable, s'approcher continuellement de la terre pour y puiser de nouvelles forces; mais enfin il faut que l'Hercule de la civilisation finisse par triompher. Le génie antisocial, le fils de la terre, doit être étouffé par le génie de la civilisation, par l'enfant des dieux.

Je suis obligé de citer encore l'Angleterre, car la manière dont s'est formée la constitution angloise est un fait si considérable dans ce moment, que nous ne pouvons pas nous abstenir d'avoir toujours les yeux sur ce qui s'est passé dans cette île. Là, il faut voir les choses comme elles sont, la noblesse stipuloit pour elle à l'égard de la couronne; mais elle stipuloit aussi pour la masse de la nation à l'égard de la noblesse elle-même. Les barons émancipoient leurs vassaux en même temps qu'ils réclamoient pour eux le bienfait de l'émancipation : voyez la Charte du roi Jean, fondement authentique de toutes les libertés qui ont suivi. Chez nous, au contraire, la noblesse a été graduellement vaincue par la couronne, qui, de son côté, a toujours cherché ses appuis dans la masse de la nation. C'est peut-être dans cette seule

combinaison de la marche de l'esprit public
qu'il faut attribuer la distance qui se trouve
maintenant entre les mœurs et les opinions.

Ce que je dis ici n'est point pour accuser
la noblesse françoise; car, si je voulois approfondir la question, j'aurois trop de choses à expliquer : il faudroit remonter à toutes
nos origines, montrer que notre système
social fut, dès son berceau, fondé sur des
données toutes différentes de celui de l'Angleterre; énumérer tous les privilèges des
provinces et des corporations, qui venoient
continuellement tempérer chez nous tous
les dédains d'une constitution purement féo-
dale, et en renverser les barrières; il faudroit enfin en venir à apprécier toutes nos
libertés antérieures à la révolution. La noblesse n'avoit donc point à stipuler pour la
masse de la nation, puisque toutes les classes
avoient des moyens pour s'élever dans les
hiérarchies sociales, et pour parvenir à l'é-
mancipation. La couronne, protectrice de
tous les ordres d'un État, favorisoit cette
marche progressive : c'étoit son devoir. La
noblesse n'avoit pas besoin de s'en mêler.
Chez les Anglois, le sceptre pesant sur tous,

la noblesse, en se défendant, devoit défendre la masse de la nation. Ainsi, chez les
deux peuples, la marche progressive a été
tout-à-fait naturelle. Ce que la révolution
françoise a voulu, c'est que les individus pussent s'élever eux-mêmes dans la hiérarchie,
au lieu que dans notre ancienne monarchie
c'étoient les familles. Quoi qu'on dise contre
l'ordre de choses qui existoit autrefois, il
n'en est pas moins vrai qu'il résultera un
grand inconvénient de cette ambition sans
mesure, fruit de l'ordre de choses actuel.
Mais ce n'est point l'objet de notre examen :
qu'il nous suffise de remarquer que chez
nous les familles pouvant s'élever dans la
société, la noblesse n'avoit rien à faire pour
la masse de la nation.

Ce que je voudrois que l'on sentît, c'est
que notre système social étoit un, car, sans
cela, il n'auroit pas pu subsister si long-
temps. Ce que je voudrois que l'on sentît
aussi, c'est que nous n'avons point de reproche juste à faire à ce qui a précédé, car
cela ne pouvoit pas être autrement. Les prérogatives de la noblesse n'étoient point une
usurpation ; elle avoit un ministère public

qu'elle a accompli. Nous ne pouvons pas
l'accuser de ce qu'elle a été revêtue d'un tel
ministère, puisqu'il lui a été délégué par la
force même des choses; seulement il nous
seroit permis d'examiner si elle a accompli
ce ministère, tout le temps qu'il a duré, avec
persévérance, zèle et dévouement : or, il n'y
a point de doute à cet égard, puisqu'elle
a fini par nous donner la monarchie de
Louis XIV. Sa mission, nous ne pouvons en
douter, a été finie sous le règne de ce grand
prince.

Mais, ce qu'il ne faut point perdre de vue,
et ce qu'on est beaucoup trop disposé à oublier, c'est que la nation françoise n'a jamais
été sans libertés. Ce qu'il ne faut point perdre de vue non plus, c'est que la couronne
a toujours été l'alliée de la nation, sur-tout
depuis que la race des Bourbons est montée
sur le trône.

Cette digression sur la noblesse m'a écarté
un peu de ma route : je voulois seulement
mettre sur la voie d'expliquer pourquoi cette
différence entre les mœurs et les opinions se
fait sentir avec une telle puissance. On peut
s'égarer, il me semble, sur ce qu'est réelle-

ment l'opinion; mais il est impossible, je le crois, de s'égarer sur l'appréciation des mœurs : or, c'est encore par les mœurs qu'il faut juger une nation. Chez nous, par exemple, pour la certitude du calcul, il faut considérer les opinions où elles sont actuellement, et les mœurs où elles étoient avant la Régence; car ce n'est qu'à cette époque que l'on peut juger de nos véritables mœurs nationales; à présent elles sont trop voilées par nos opinions : les mœurs de la Régence et celles qui ont suivi sont une exception dans l'histoire de notre caractère, une sorte d'interrègne et de confusion. Les hommes, devenus tout-à-coup désoccupés de grands intérêts et de nobles travaux, étoient descendus à une décadence honteuse, dans laquelle ils voulurent entraîner les femmes. Les mœurs se sont relevées parceque les femmes n'ont jamais complétement cédé à cette dégradation, fruit de l'oisiveté.

Je l'ai déja fait remarquer : notre grand malheur a été d'avoir ajouté une révolution faite par les hommes à la révolution faite par le temps. Les mœurs, selon le cours ordinaire des choses, ont marché avec la ré-

volution du temps; les opinions, au contraire, ont marché en avant avec la révolution des hommes. Qu'en est-il arrivé? C'est
que, pour suppléer à la force puisée dans les
mœurs, on a imaginé d'en créer une dans
les intérêts; et l'on n'a pu réussir, dans ce
système habile, qu'en alarmant sur les intérêts : on a senti, de plus, qu'on ne pouvoit
espérer d'obtenir quelque faveur pour les
intérêts qu'en leur ralliant les amours-propres et les vanités, car les intérêts tout seuls
n'auroient pas eu la puissance d'émouvoir.
On est parvenu ainsi à développer dans la
masse de la nation cet immense besoin de
l'égalité, qui couve toujours, quoique souvent inaperçu, dans le fond des peuples.

Les publicistes de tous les partis sont
d'accord sur ce point, que les nations ne
peuvent plus être guidées par les affections.
Une telle unanimité est assez étrange; mais
elle s'accorde avec notre propre assertion,
que le principe intellectuel tend à prendre
l'ascendant sur le principe moral, pour la
direction de la société. Où je trouve l'erreur,
c'est qu'on prétende que cela a toujours été
ainsi; quant à moi, je pense que c'est un

des caractères de l'âge actuel des nations :
seulement, cela est plus sensible chez nous
en ce moment, parceque nos mœurs n'ont
pas marché d'un pas égal avec les opinions.
Autant que je puis le croire, du temps de
Henri IV les peuples se laissoient encore
guider par les affections.

Les observations de détail ne nous man-
queroient pas si nous voulions nous y livrer.
Je pourrois dire, ce que je crois vrai, que
la masse d'une nation, qui d'ordinaire suit
une marche progressive, mais lente, et par
conséquent ne fait qu'obéir à une impulsion
imprimée de plus haut et de plus loin, maintenant a une marche rapide et spontanée,
et aide elle-même au mouvement, ce qui
change toutes les données sociales. Chez
nous, par exemple, dès le moment où le
tiers-état a commencé à se soustraire à la
féodalité, c'est-à-dire vers le temps des croisades, il a commencé à être la nation même ;
car la noblesse n'a plus eu qu'un ministère
à l'égard de la société, c'est-à-dire un service
public à accomplir : des honneurs sans doute
étoient attachés à ce service public, mais
enfin la nation tout entière marchoit dans

10

la direction progressive dont nous venons
de parler.

Or, remarquez que dans cette masse d'une
nation il y a un très grand nombre d'hommes, ceux qui sont sans propriété, qui n'ont
jamais participé aux mœurs : ceux-là n'ont
eu jamais que des besoins qui tiennent à
l'existence matérielle. Les femmes, qui sont,
dans les autres classes, les gardiennes des
mœurs, ne comptent point dans cette classe, dont toutes les mœurs étoient dans les
croyances et dans les pratiques religieuses.
On a voulu, pour suppléer aux mœurs de
cette dernière classe, y faire pénétrer les lumières, c'est-à-dire renforcer encore le principe intelligent aux dépens même, s'il le
faut, du principe moral : voilà tout juste où
nous en sommes.

Si nous parcourions toute la série d'idées
que peut faire naître le sujet qui nous occupe, nous verrions que le duel, reste de nos
anciennes mœurs, s'est conservé intact dans
nos mœurs nouvelles, mais qu'il commence
à sortir de la sphère des opinions; que l'institution du jury, réclamée par nos opinions,
et regardée avec raison comme le fondement

de toutes nos garanties sociales et de nos libertés actuelles, n'est point entrée dans nos
mœurs, puisque nous obéissons avec tant
de répugnance à la loi qui nous impose le
devoir de juger nos pairs, puisque les jugements rendus dans le sanctuaire de la justice, sous la responsabilité de la conscience
des jurés, sont attaqués ouvertement, et discutés comme nous discutons tout; nous verrions enfin que si nous n'étions pas soutenus
par l'esprit de parti, nous nous acquitterions
de nos fonctions d'électeurs avec une négli-
gence que l'on prévoit déja pour l'avenir.
Un orateur de la Chambre des Députés demandoit une sorte de code pénal pour punir ceux des électeurs qui se montreroient
trop peu empressés à exercer leurs droits :
sans doute il pensoit aussi que le régime représentatif n'étoit point encore dans nos
mœurs.

On a beaucoup parlé de la puissance des
salons : elle est grande en effet; c'est toujours la chambre des dames. Le guerrier le
plus fameux, le plus brave sur le champ de
bataille, s'il n'est pas un homme aimable
dans la société, perd tout le fruit des dan-

gers qu'il a courus. Il en est de même du
savant : les réputations, chez nous, sont des
engouements qui ne peuvent devenir populaires ; et les succès ressemblent toujours à
des succès de cotteries. On pourroit citer
quelques exceptions à une règle aussi générale ; mais je parle ici du train ordinaire des
choses. Autrefois un homme qui se présentoit avec une illustration de naissance, et
qui pouvoit y joindre une gloire person-
nelle, avoit d'incontestables avantages, parceque sa renommée s'appuyoit sur une considération déja acquise : son nom portoit
par lui-même une signification traditionnelle. Il est à remarquer encore que les femmes, conservatrices des mœurs, sont très
habiles à s'élever dans la hiérarchie du
monde, et à s'acclimater promptement dans
les rangs au-dessus de ceux où elles se trouvent placées par la naissance. L'éducation
n'a pas tant à polir en elles que dans les
hommes. Le bon goût et l'élégance des manières, qui pour être parfaits ont besoin
d'être des choses naturelles au lieu d'être
des choses apprises, donnent tout de suite de
grands avantages aux femmes sur les hom-

mes, et entretiennent dans notre nouveau système social des limites analogues à celles qui existoient auparavant.

Dans les gouvernements anciens, tous les hommes libres comptoient pour l'exercice des droits et des devoirs de la cité; chez les Égyptiens tous étoient nobles : la roture, c'étoit l'esclavage. Dans les gouvernements qui ont suivi la chute de l'empire romain, le régime féodal est venu en quelque sorte ressaisir ceux que le christianisme avoit affranchis. L'esprit de société, à mesure que le régime féodal s'affoiblissoit parmi nous, créoit une aristocratie factice et arbitraire, qui tend à son tour à devenir moins exclusive, et qui doit finir par s'éteindre, puisqu'elle n'est pas assise sur la force des choses.

Les femmes présentent une série semblable de faits dans l'ensemble de leurs destinées : elles se sont graduellement élevées; leur condition a subi les mêmes vicissitudes, selon les états différents de la société. Elles ont aussi successivement pénétré dans le domaine de la poésie, de la littérature, des arts et même des sciences : madame de Staël vient de leur ouvrir la carrière de la pensée.

Pénélope, pleine de respect pour son fils, savoit qu'il étoit revêtu d'une autorité qui alloit jusqu'au droit de lui donner un époux. Nos anciennes dames, lorsqu'elles devenoient veuves, apportoient à leur fils aîné les clefs du château, et le reconnoissoient comme chef de la famille. Les femmes, contenues par l'instinct de la pudeur, se sont même long-temps abstenues de s'aventurer dans celles des routes de la renommée qui pouvoient être accessibles pour elles. Notre immortel Molière signale, par un de ses chefs-d'œuvre, l'époque où les femmes commencèrent à vouloir entrer en partage avec les hommes, et à cesser d'être sous le joug de l'antique tutèle. La suppression du droit d'aînesse achève, à mon avis, cette espèce d'émancipation. Mais, comme il est impossible de régner à-la-fois de deux manières, il est certain que cette puissance dont nous parlions tout-à-l'heure, la puissance des salons, s'affoiblit de jour en jour sous le rapport de l'opinion; il lui restera néanmoins l'influence des mœurs.

Les progrès de l'opinion, qui ont introduit un plus grand nombre d'hommes dans

le partage des charges et des avantages de
la société, le résultat des affranchissements
successifs, doivent amener aussi un développement dans les mœurs. Les classes qui
n'ont pas compté dans cette évaluation morale doivent arriver à y être comprises; et
les femmes, dans ces classes, obéiront à leur
tour à cette impulsion progressive. Mais il
n'en reste pas moins prouvé, pour moi, que
les mœurs et les opinions doivent rester sur
deux lignes différentes, parceque les mœurs
ne peuvent marcher que lentement, sous
peine de briser tous les ressorts.

En généralisant cette idée, nous trouverons que les divers peuples continueront de
différer entre eux par les mœurs, parceque
c'est par les mœurs que doivent se conserver les individualités nationales; mais qu'ils
tendront continuellement à se rapprocher
et à se ressembler par les opinions : cette
demi-sympathie doit atténuer, par la suite,
ce qu'il y a de trop exclusif dans le patriotisme, et multiplier par conséquent les liens
de la bienveillance parmi les hommes.

Il est évident que nous perdons ici le principe de l'unité, principe vers lequel la so-

ciété a constamment gravité à toutes les
époques de l'esprit humain. Si nous pouvons
à présent nous en écarter sans inconvénient,
c'est au christianisme que nous devons ce
nouveau bienfait. Le sentiment moral est
tellement entré, par lui, dans tous les hommes, qu'il n'a plus autant besoin de se mettre sous la protection des institutions sociales. Cette assertion sera, je l'espère, prouvée
lorsque nous serons plus avancés dans notre
examen. Mais, je ne puis m'abstenir de l'a-
vouer, ma confiance dans une telle hypothèse vient sur-tout de ce qu'il faut qu'elle
soit vraie pour que la société puisse continuer de subsister : or, il m'est impossible de
ne pas croire, avant tout, que la société ne
peut périr.

M. Ancillon a remarqué fort bien que
l'histoire est le tableau de la lutte perpé-
tuelle qui existe entre la nécessité et la liberté. Nous chercherons à établir, plus tard,
que la société étant imposée à l'homme, les
lois de la société sont nécessaires. Or, les hiérarchies sociales sont au nombre des lois nécessaires. La légitimité est en France au nombre des nécessités sociales ; c'est le seul frein

à l'impétuosité de notre esprit et à la mobilité de notre imagination. La légitimité,
dont le discrédit dans l'opinion vient uniquement de ce qu'elle est peu comprise, la légitimité est le seul asile qui reste à nos mœurs;
c'est là qu'elles doivent se réunir et se concentrer. Je le dis avec une entière conviction : le jour où nous perdrions la légitimité,
nous cesserions d'exister comme nation.

Les trois races de nos rois ont une origine
commune, qui est le berceau même du christianisme dans les Gaules. Ainsi, nos rois
nous ont donné notre religion, ou notre religion nous a donné nos rois ; ainsi, la religion, la patrie, le roi, se confondent pour
nous dans un sentiment commun ; ainsi, le
dogme de la légitimité n'est point pour nous
une chose vague et obscure ; il sort de toutes
nos traditions, de tous nos sentiments nationaux, de toutes nos affections de famille ;
il a cru, il s'est élevé sur le sol même de la
patrie ; son ombrage s'est étendu de siècle
en siècle sur les générations qui nous ont
précédés, sur les tombeaux de tous nos ancêtres. Ainsi, nos institutions anciennes furent à-la-fois le bienfait du christianisme et

des rois qui nous gouvernent sous l'empire du christianisme. Nos rois ont étendu et honoré le nom françois : tous nos souvenirs de gloire tiennent à eux comme nos souvenirs de religion.

Nos mœurs sont fondées sur le christianisme ; le christianisme ne peut disparoître de la société sans que la société elle-même ne disparoisse. Le trône des Bourbons fut donc la clef de la voûte pour notre système social ; il fut le trône conservateur de la civilisation européenne.

Ne soyons plus étonnés de ce que la conservation de l'Europe soit tellement liée à la couronne de France, puisque la France est encore la tête de la civilisation actuelle.

La légitimité françoise vient de sauver l'Europe de l'anarchie dont elle étoit menacée ; sans cette légitimité, l'Europe auroit acheté de notre ruine et de sa propre ruine la chute de ce génie oppresseur qui pesoit sur elle et sur nous.

Louis XVIII, en fondant la monarchie constitutionnelle, a ressaisi pour la France la direction des destinées de l'Europe.

CHAPITRE VI.

DU TROUBLE DES ESPRITS AU SUJET DU SENTIMENT RELIGIEUX.

TOUTES les révolutions politiques se mêlent ou se lient à une révolution religieuse ; celle qui agite en ce moment l'Europe fait seule exception à ce principe général : l'impulsion qu'elle a reçue a été plutôt anti-religieuse ; ainsi, nous ne devons pas nous étonner si, dans la plupart de ses phases, elle a été antisociale.

Cette époque-ci ne ressemble donc, quoi qu'on en dise, à aucune autre époque de l'esprit humain. Ce ne sont point des choses nouvelles en religion qu'il nous faut, parceque les institutions chrétiennes étant la perfection même des institutions religieuses, il est impossible de rien prévoir au-delà. Je ne crois pas avoir besoin de l'appareil de beaucoup de preuves pour appuyer une telle assertion ; il suffit de voir ce qui est : or, je le demande, s'aperçoit-on qu'il germe de nouvelles doctrines religieuses à côté des doctrines politiques, dont l'invasion tourmente en ce moment la société?

Nos mœurs, disions-nous tout-à-l'heure, sont restées immobiles, et ont même opposé une grande force de résistance au mouvement des opinions. J'ajouterai à présent que cette même immobilité et cette même résistance se sont trouvées, chez nous, dans le domaine de la religion. Nos opinions, il faut l'avouer, seroient assez inclinées au protestantisme, à cause de cet esprit d'analyse et de discussion qui porte à tout examiner, à se rendre raison de tout, à cause enfin de cette confiance à ses propres lumières qui rejette toute doctrine imposée; mais nos mœurs religieuses sont catholiques parceque nous tenons à un culte extérieur, à des signes sensibles de notre croyance. Une religion aride, dépouillée de cérémonies, enfin une foi métaphysique ne peut nous convenir. Une religion sans amour, sans pâture pour l'imagination et le sentiment, sera toujours repoussée par nous.

A l'époque où commença la prédication

de Luther, si la question eût pu n'être qu'une question politique, la réformation n'auroit pas eu lieu : cela est si vrai, qu'à présent ceux des luthériens et des calvinistes qui pensent, qui regardent au fond des choses, n'hésitent pas à prononcer que les communions protestantes devroient se réunir à la religion catholique. Ceci mérite toute notre attention.

Remarquons d'abord que dans tous les gouvernements anciens les institutions politiques ont toujours été fondées sur les institutions religieuses ; remarquons ensuite que dans les gouvernements modernes les institutions politiques se sont toujours appuyées sur les institutions religieuses ; remarquons enfin que toutes les questions qui tiennent à l'existence de la société sont des questions religieuses. Aussi, en nous arrêtant sur ce dernier point, voyons-nous que la révolution actuelle a commencé dans l'Église avant d'être dans l'État. La réformation a été le résultat de discussions théologiques antérieures à Luther, et qui avoient plus ou moins pour objet de secouer le joug de l'autorité, de se rendre indépendant des

traditions, de livrer l'Écriture sainte, fondement de la foi, aux interprétations diverses de la multitude; de là il n'y avoit qu'un
pas à l'examen de l'origine du pouvoir. Ce
pas a été bientôt franchi sous les auspices du
jansénisme et de la doctrine des libertés de
l'Église gallicane. Le principe de la révolution a été épuisé dans la société religieuse
avant de passer dans la société civile. Nos
mœurs nous ont garantis du changement qui
nous menaçoit comme les autres États, au
moment de l'invasion du protestantisme :
maintenant nous sommes dans l'heureuse
nécessité de rester fidèles à la communion
de nos pères.

Le principe dont nous parlons a tellement
été épuisé dans la société religieuse, que nous
voyons les écrivains les plus distingués des
communions protestantes le sacrifier volontiers à présent. M. Ancillon, à Berlin,
professe ouvertement que l'hypothèse du
contrat primitif n'est qu'une fiction, et que
les peuples, dans l'origine, n'ont point délégué le pouvoir. Un publiciste de Genève
vient de publier un ouvrage qui contient la
même doctrine. M. de Constant, en France,

n'admet la souveraineté du peuple que comme garantie contre l'usurpation, et non point
comme principe de liberté, c'est-à-dire comme dogme fondamental de la société. J'ose
à peine citer Burke, parceque son nom ressemble, pour la thèse que je défends, à un
nom de parti : cependant il n'est pas hors de
propos de remarquer que cet illustre anta-
goniste de la révolution françoise puisoit
aussi ses arguments dans un système opposé
à celui de la réformation. L'Angleterre, au
reste, dans la révolution qui a appelé au
trône Guillaume d'Orange, a solennelle-
ment protesté contre ce même système, système qui avoit fait couler le sang de Charles Ier sur l'échafaud, système, chose bien
plus étonnante, qui précipitoit au moment
même Jacques II du trône où il n'avoit pas
su s'asseoir : tant il est vrai que le principe
qui commence par agiter la société religieuse
s'épuise, et devient sans force en passant
dans la société civile !

Si les questions qui tiennent à l'existence
de la société sont des questions religieuses
avant d'être des questions politiques ; si ces
principes s'épuisent en passant d'une sphère

dans l'autre, c'est que l'homme, qui prend
un intérêt très vif à ce qu'il y a d'immuable
dans ses destinées, en prend beaucoup moins
à ce qu'elles ont de passager. L'homme ne
vit pas avec autant d'intensité dans le temps
qu'on le pense. Tantôt c'est à sa gloire future
qu'il sacrifie son repos actuel, tantôt c'est à
sa patrie, tantôt c'est à ses enfants, tantôt
enfin c'est à une félicité dont les trésors ne
peuvent s'ouvrir pour lui qu'au-delà du tombeau. L'infini est toujours au fond de son
cœur : sitôt qu'une idée a pris, pour ainsi
dire, un corps; sitôt qu'elle est devenue sensible par une transformation matérielle,
cette idée a épuisé son énergie.

Je ne pouvois donner la conclusion du
chapitre précédent que dans celui-ci. Les
mœurs sont restées religieuses; les opinions,
au contraire, ont pris une direction sinon
antireligieuse, du moins indépendante des
opinions religieuses. Voilà, en dernière analyse, la raison de la désharmonie fondamentale que nous avons signalée.

Il y auroit ici des observations très impor-
tantes à faire sur l'état où se trouvoient et
l'empire romain en général, et le peuple

juif en particulier, lorsque le christianisme
est venu renouveler le monde. Dans l'empire
romain, les institutions politiques et les institutions religieuses succomboient à-la-fois ;
chez le peuple juif, depuis les Machabées,
la force des institutions religieuses étoit con-
centrée dans les institutions politiques, et,
par conséquent, étoit matérialisée. Les nations soumises à l'empire romain reçurent
une nouvelle existence du christianisme. Si
les Juifs eussent voulu adopter la loi chrétienne, ils fussent restés en corps de nation
à cette époque ; mais le jugement de Dieu
reposoit sur ce peuple, dont la mission devoit se borner désormais à être le gardien
des promesses anciennes, et à entretenir des
témoins désintéressés et impartiaux parmi
les gentils appelés à la foi.

Notre position est toute différente, puisque nous nous occupons seulement d'intérêts
politiques ; puisque enfin les intérêts moraux
sont fondés, et qu'il n'y a plus à s'occuper
qu'à les conserver. Cette différence de position impose d'autres devoirs aux hommes
d'État : nous appellerons bientôt leur attention sur cet objet. Nous devons auparavant

peindre le symptôme qui rend la crise actuelle si peu semblable aux autres crises de
l'esprit humain ; je veux dire l'affoiblissement du sentiment religieux, sans qu'on
puisse entrevoir aucune doctrine nouvelle
préparée d'avance, et croissant derrière celles qui paroissent devoir s'éteindre. Cette
peinture, je puis l'avouer, sera toute d'imagination, car c'est un ordre de phénomènes
peu appréciables à la vue de l'esprit, et qui
se passent au fond des cœurs.

Quand nous sommes éloignés de la patrie,
nous nous rappelons toujours avec délices
les jours où nous vivions sous les arbres qui
ombragèrent notre berceau ; nous aimons à
retracer à notre mémoire et la prairie et le
ruisseau et la forêt qui étoient près du toit
paternel : nous visitons mille contrées fa-
meuses ; nous admirons les aspects les plus
variés d'une nature tantôt belle, tantôt
agreste et sauvage ; mais nulle part il ne sort
de la terre que nous foulons sous nos pieds
des souvenirs animés ; nulle part nous ne
reconnoissons et le vent et la lumière et les
ombres. Tout est nouveau, tout est solitude.
Cette voix des hommes, qui n'est plus la pa-

role que nous apprîmes à bégayer en naissant,
nous cause une tristesse inexprimable. Tel est
celui qui s'est éloigné de la religion. Il laisse
avec mélancolie errer ses regards en arrière;
il porte au-dedans de lui une vague inquiétude dont il ignore la cause; il se crée des
sentiments factices, et qu'il sait être ainsi,
pour suppléer aux émotions qu'il ne retrouvera plus; il s'étonne du désenchantement
où il est plongé; il a beau être séparé de la
religion, ou par les passions dont il est devenu le jouet infortuné, ou par les séductions
d'un esprit raisonneur, qui, à force de vouloir approfondir, égare; il ne peut être sourd
aux plaintes touchantes d'une mère, qui ne
devoit pas s'attendre à lui voir trahir ce
qu'elle regardoit comme ses plus chères espérances, ni aux terribles accusations de ses
aïeux, qui lui reprochent, du fond de la
tombe, d'avoir abandonné la portion la
plus précieuse de leur héritage. Alors, il
passe ses heures solitaires à regretter et l'innocence qui précéda ses doutes, et la tran-
quillité dont il jouissoit naguère. La religion
est comme une patrie: quand on l'a quittée,
on tend vers elle de tous ses vœux, et, mal-

gré soi, on l'invoque à chaque instant. Fichte a dit avec autant de profondeur que de raison, que nous naissons tous dans la croyance.

Ne l'oublions point, le genre humain tout entier regrette aussi une patrie qu'il a perdue. Il a toujours le regard fixé sur ce chérubin qui veille, avec une épée de feu, à l'entrée du lieu de délices où nous habitâmes, et d'où nous avons été exilés. Mais souvent il arrive que ce grand gémissement, ce gémissement général du genre humain se fait mieux entendre. C'est lorsque des doctrines finissent, et que d'autres doctrines commencent. A présent nous éprouvons une bien autre peine, puisque nous voyons finir sans voir recommencer. Nous sommes semblables à cette femme désolée qui poussoit de grands cris, et qui ne pouvoit se consoler parceque ses enfants n'étoient plus.

Les anciens philosophes formoient des écoles, qui étoient comme autant de sectes, parceque, professant leurs opinions à côté de religions qui n'avoient rien de positif, ils pouvoient rester unis à la morale. Les philosophes modernes n'ont pu fonder d'école, et faire secte, parcequ'ils vouloient renverser une religion positive, qui a tout prévu. En cela, il faut l'avouer, ils alloient même contre toutes les tendances du siècle. Toujours on pouvoit leur demander : Que nous présentez-vous, pour substituer à ce que vous voulez renverser? Ils ne pouvoient embrasser la morale tout entière, parcequ'ils seroient rentrés, par cela même, dans le christianisme. D'ailleurs, il n'y a de contagieux que la conviction intime, et l'on sentoit trop que lorsque nos philosophes affirmoient, ils ne faisoient que douter. Ainsi, leur grande erreur a été de se croire appelés, comme les philosophes anciens, à renverser des superstitions; ils n'ont pas fait attention à cette différence énorme d'une religion dont les préceptes enveloppent, pour ainsi dire, l'homme de tous les côtés, à des religions qui ne s'adressoient qu'à une partie de l'homme, qui flattoient son imagination, sans rien dire à son cœur. Le seul avantage que conservèrent les religions anciennes, ce fut de perpétuer le sentiment religieux chez les peuples qui leur furent soumis; car, comme nous l'avons déja remarqué, l'erreur même sert quelquefois à conserver la vérité; et c'est le sentiment religieux, toujours si respecté par les philosophes anciens, que les philosophes modernes ont tenté d'ébranler, parcequ'ils craignoient toujours, comme nous venons de le dire, de retomber tout vivants dans le christianisme.

Il n'y a que ce moyen d'expliquer ce renouvellement de l'enthousiasme pour Voltaire; mais cet enthousiasme est factice, car il n'a plus aucun fondement. On pense bien que c'est du philosophe que je parle, car c'est comme philosophe qu'il vient de recevoir une nouvelle apothéose. Si donc Voltaire a exercé quelque influence dans la direction d'idées que vous approuvez, cette influence n'est-elle pas consommée? Quel bien attendriez-vous encore de lui? La liberté de conscience! vous l'avez. La tolérance de religion! vous avez plus que cela, puisque vous avez l'égalité des cultes. Voilà des conquêtes que Voltaire n'a pas craint d'acheter par des infamies, comme les fruits de la révolution ont été achetés par des crimes. Si, dans le siècle dernier, il y avoit quelque prétexte pour excuser le cynisme de Voltaire, quoique la morale passe avant tout, le prétexte n'existe plus. Le cynisme reste avec ce qu'il a de hideux. Ainsi le mal est maintenant tout seul, sans correctif. Abjurez donc le cynisme de Voltaire et ses aveugles fureurs, comme vous abjurez les saturnales de la révolution.

M. de Sainte-Croix se proposoit d'écrire une histoire du théisme, depuis la plus haute antiquité. Les recherches de cet illustre écrivain sur les mystères du paganisme, n'étoient qu'une partie du grand ouvrage dont nous parlons. Depuis l'établissement du christianisme, le théisme étoit devenu le culte public. Les philosophes qui attaquoient le christianisme étoient donc en contradiction avec les sages et les philosophes de l'antiquité. Le christianisme, en outre, a mis dans le monde des idées morales qui ne peuvent plus en être exclues, qui sont la sauvegarde de la civilisation, et qui, par conséquent, serviroient encore à le conserver, indépendamment même de son origine divine, et du fait de la révélation.

Oh! qui rendra à la génération actuelle la jeunesse de la foi, la fraîcheur de la croyance! le bonheur n'est que là, parceque là seulement est le repos. Ne voyez-vous pas ces hommes nés dans le siècle de l'incrédulité, et élevés dans l'absence de toute crainte religieuse? Leurs belles années se sont écoulées au milieu des discordes civiles; ils sont parvenus à l'âge de la maturité, sans avoir passé par celui de l'adolescence. A leur entrée dans le monde, ils ont été détrompés de toutes choses, et le bienfait des illusions n'a pas tardé de leur être enlevé. Rien n'est venu remplacer dans leur cœur ce qui leur avoit été ravi; et la vérité, qui les environnoit de toutes parts, n'a pu trouver le chemin de leur oreille assourdie : ils ont été chassés de l'héritage de leurs pères, et, dépouillés de toutes leurs espérances, ils ont fini par vouer l'avenir au néant. Ils se sont trouvés sans bouclier contre le choc des passions, et sans dédommagement pour des penchants qu'ils ne pouvoient plus satisfaire. Une grande tristesse est accourue les saisir; ils ont été dégoûtés de la vie sans oser desirer la mort, ou plutôt sans chercher ce qui peut consoler de vivre dans des temps aussi terribles. Les lectures oiseuses, qui ont inondé toutes les classes de la société, ont fortifié ces fâcheuses

impressions en donnant une fausse direction
à la sensibilité, et en créant un monde fan-
tastique qu'on a décoré du nom de monde
idéal. J. J. Rousseau est le type de cette
sorte de découragement moral; et, pendant
bien des années, tous les jeunes gens doués
de quelque talent auroient pu écrire la plupart des pages des Confessions, celles sur-
tout qui sont d'une lecture si douloureuse
dans les Rêveries du promeneur solitaire.
Ainsi, il nous restoit à acquérir une dernière
preuve de notre misère, celle d'établir, par
l'expérience des plus déplorables événements, combien les peintures imaginaires
nous troublent plus que les tableaux réels.
Quand a-t-on vu, en effet, toutes les affections plus détournées de leurs véritables objets? Ce n'étoit point assez que le monde physique fût livré aux incertitudes et à l'esprit
de système, nous voulions dénaturer encore le
monde moral, et achever de décolorer la vie.

Dans tous les temps, sans doute, l'homme
a enfanté des pensées vaines et gratuitement
angoisseuses; mais elles mouroient dans l'i-
magination qui les avoit conçues, dans le
cœur qui les avoit nourries. L'imprimerie

est venue tirer de leur solitude ces pensées oiseuses : nul alors n'a voulu perdre le fruit amer de son propre tourment; il falloit être Pascal pour se réjouir de sa pensée oubliée.

Qui n'a pas senti ce malaise général? Qui n'a pas senti le poids de l'exil au sein même de la patrie? car, pour se trouver étranger, il n'étoit pas nécessaire d'être transporté sur une terre étrangère par la rigueur des événements, comme les Israélites sur les bords des fleuves de Babylone; nous fûmes souvent, et plusieurs d'entre nous sont encore comme des voyageurs égarés sur le sol natal lui-même. Sans doute cette grande maladie de l'esprit humain n'auroit pas été accompagnée de symptomes si affreux, sans l'imprudence de quelques uns de nos plus illustres écrivains du siècle dernier. Ils faisoient le sac de Troie, et ne songeoient point à en tirer l'ancien palladium, les vieux pénates, pour leur chercher, comme Énée, un asile assuré, de nouveaux sanctuaires. Maintenant il faut revenir sur ses pas, et c'est une chose difficile; car, comme disent les poëtes, on ne voit pas deux fois le rivage des morts.

La génération dont nous venons d'esquisser la peinture est celle qui forme actuellement le fond de la nation : d'autres générations se sont déja élevées autour d'elle. Ceux qui cherchèrent aux armées la sûreté qu'ils ne trouvoient plus dans leurs foyers, ou les distractions aux ennuis dont ils étoient dévorés, ceux-là sont devenus à leur tour des pères de famille. Nous voyons à présent s'avancer cette autre génération dont l'esprit militaire fut la proie d'un homme nouveau qui voulut abolir l'ancienne patrie : celle-là prend aussi successivement sa place parmi les pères de famille. Enfin, il y a cette dernière génération, si nombreuse, si brillante, si cultivée par de fortes études, cette génération qui donne à la France actuelle de si justes espérances par un grand développement de facultés, en qui l'éducation religieuse a jeté de si heureux germes par l'effet de la force des mœurs contre les tendances exagérées de l'opinion, cette génération doit être l'objet de nos vives sollicitudes ; car, il faut le dire, en entrant dans le monde elle trouvera d'autres enseignements, elle sera soumise à d'autres directions, elle sentira la société assise sur d'autres bases que celles de l'éducation. Ne voyez-vous pas, en effet, que le sceptre de l'éducation est confié sans partage aux mœurs, pendant que l'empire de la société est sous le joug de l'opinion?

Ici se présente une considération que je voudrois en quelque sorte cacher à mes lecteurs, à cause des réclamations trop vives qu'elle peut exciter chez la plupart d'entre eux; mais, sans la développer, je l'énoncerai du moins, quand ce ne seroit que pour acquitter un devoir de conscience, et afin que les sages en fassent leur profit.

Les sociétés anciennes n'auroient pu subsister sans l'esclavage, parceque les idées morales, qui n'existent que depuis le christianisme, peuvent seules contenir une multitude chez qui est la force par le nombre, et en qui le besoin de l'égalité tend toujours à développer tous les instincts antisociaux.

Si le christianisme venoit à disparoître, il faudroit bien recommencer à parquer de nouveau l'espèce humaine, à la partager en castes, à en condamner une partie à l'esclavage. Philosophes de nos jours, je vous en conjure, voyez à quel danger vous nous avez exposés par vos doctrines antireligieuses.

Buonaparte, l'homme le plus antique des temps modernes, Buonaparte y avoit songé; car toutes ses conceptions étoient très harmonieuses entre elles. Il ne croyoit point à la religion de Jésus-Christ, qu'il regardoit comme une institution humaine, et, à cause de cela, comme un édifice en ruine. Il vouloit donc, et il étoit conséquent, faire rétrograder le genre humain vers les temps qui ont précédé le christianisme.

Si Dieu lui-même ne veilloit pas à la conservation du christianisme, j'oserois dire qu'il faudroit que les hommes s'en occupassent.

Le christianisme et les idées que le christianisme a mises dans le monde sont encore à présent notre seul salut. La chute du christianisme entraîneroit inévitablement l'esclavage des peuples, l'abrutissement des nations.

Je sais qu'on espère, par la grande diffusion des lumières, obvier à l'inconvénient qui résulte de l'affoiblissement du principe religieux ; c'est, en d'autres termes, croire que les lumières peuvent remplacer la mo-

rale. Je suis loin de penser qu'il ne faille pas
faire pénétrer le plus possible l'instruction
dans toutes les classes de la société; je sais
tout ce qu'il y a d'inévitable et de *fatal* dans
la force des choses, et j'ai déja expliqué ma
pensée à cet égard; mais enfin cette diffusion des lumières trouvera toujours, et inévitablement aussi, une limite dans le besoin
du travail, pour le plus grand nombre. Enfin, on espère encore que multiplier la propriété est un excellent moyen de faire entrer
la morale dans les peuples, de les attacher
aux institutions, de leur faire craindre les
révolutions. Je n'en doute point non plus;
mais vous ne parviendrez jamais à diviser assez la propriété pour qu'elle puisse arriver
à tous, et vous aurez toujours la multitude
des prolétaires qui vous embarrassera.

Mais je crains de profaner la religion en
la faisant descendre à de tels calculs. Disons
qu'elle est nécessaire à toutes les classes de
la société, parceque toutes les classes de la
société ont besoin de frein contre les passions, de consolation dans le malheur, d'a-
venir au-delà du tombeau.

CHAPITRE VII.

LES HOMMES PARTAGÉS EN DEUX CLASSES, D'APRÈS
LA MANIÈRE DONT ILS CONÇOIVENT QUE S'OPÈRE
EN EUX LE PHÉNOMÈNE DE LA PENSÉE.

Qu'IL me soit permis de réclamer ici un peu
plus d'attention; je me propose de pénétrer,
pour me servir d'une expression énergique
de Bâcon, dans l'intimité même des choses.
S'il est vrai, comme je le crois, que la divergence des opinions diverses qui se disputent
aujourd'hui l'empire de la société commence
immédiatement à l'origine de la pensée, nous
allons être obligés de creuser jusque-là pour
expliquer cette divergence; car, je ne puis
assez le répéter, la lutte des intérêts contraires, quelque active qu'on puisse la supposer,
ne suffiroit pas toute seule pour amener les
résultats dont nous sommes témoins. On a
beaucoup trop calomnié jusqu'à présent la nature humaine : les intérêts doivent être considérés comme effets ou comme signes, et non

point comme causes. Ne seroit-il pas possible, en effet, d'admettre qu'il s'est opéré chez un très grand nombre d'hommes un changement dans la production même de la pensée, que ce changement a été lent et graduel, et qu'il vient de se manifester tout-à-coup? L'âge de l'établissement du christianisme fut pour le genre humain l'âge de l'émancipation morale, qui avoit succédé à celui de l'empire absolu de l'imagination. L'âge actuel seroit, dans le système que je me propose de développer, l'âge d'une seconde émancipation, celle de la pensée par l'affranchissement des liens de la parole. Comme le genre humain ne doit rien perdre de ce qu'il a successivement acquis, il faut tâcher de retenir ce que nous pourrons des deux âges qui ont précédé; et sur-tout il faut admettre que l'âge actuel ne pourroit pas exister, tel qu'il est, ou tel qu'il sera par la suite, s'il n'eût pas été préparé par tous les développements des deux autres âges.

Maintenant je puis me décider à vaincre certaines répugnances de ceux qui sont placés à la tête du mouvement de la société, soit pour attaquer les opinions nouvelles,

soit pour les défendre. La question de l'origine du pouvoir est évidemment la même
que celle de l'origine de la parole. Ainsi,
nous ne pouvons pas éviter d'en venir à
examiner ce grand problème de l'intelligence humaine, ou plutôt la nature de l'instrument qui nous a été donné pour la production et la manifestation des actes de notre
intelligence. Je n'aurai point la prétention
de le résoudre; je me bornerai à présenter
les faits avec toute la clarté que je pourrai
mettre dans un tel sujet. Ce n'est point même
encore l'objet de ce chapitre, parceque je
dois, pour le moment, laisser la question
indécise jusqu'à ce qu'elle sorte d'elle-même
de la discussion comme conséquence rigoureuse. Commençons donc par une hypothèse, ainsi que, dans l'algèbre, il y a un
signe qui représente l'inconnue. Je n'ai pas
besoin, je pense, d'avertir que nous écarte-
rons de cet examen toutes les doctrines qui
tendent plus ou moins au matérialisme; et
que Locke et Condillac seront eux-mêmes
mis hors de cause, à plus forte raison Helvétius et Cabanis.

On aura beau faire, il faut absolument

choisir entre deux systèmes : ou l'homme a
reçu le pouvoir de créer les langues , ou
cette faculté lui a été refusée. Dans le premier cas, l'invention du langage seroit un
résultat nécessaire de la forme même , si
l'on peut parler ainsi , de notre intelligence :
les langues seroient alors comme un ensemble de signes convenus , devenu graduellement plus ou moins complet, graduellement
perfectionné, à mesure que de nouveaux besoins se seroient fait sentir. Dans le second
cas, l'homme auroit reçu sa langue d'une
tradition obscure et mystérieuse , qui remonte d'anneaux en anneaux jusqu'au berceau du monde , mais dont la société a toujours été dépositaire. Ceux qui attribuent à
l'homme le pouvoir de se faire sa langue,
ne disent autre chose sinon que la pensée
naît d'abord en lui, et qu'ensuite il choisit,
pour l'exprimer, un signe qu'il adopte ou
qu'il trouve déjà convenu. Ceux, au contraire, qui refusent à l'homme la faculté de
se faire sa langue, ne disent autre chose sinon que, par l'habitude de l'éducation, ou
par une loi primitive qu'ils ne connoissent
point, ils ne peuvent penser sans le secours

de la parole. En un mot, la parole est nécessaire à l'homme pour penser, et alors
l'homme n'a pu inventer la parole, car on
ne peut supposer un temps où il ait été sans
pensée, et on ne peut expliquer comment
il auroit pu créer la parole, sans laquelle il
ne pouvoit penser; ou la parole n'est pas
nécessaire à l'homme pour penser, et alors
il a pu graduellement inventer la parole.

Admettons, quant à présent, et sans examen, ces deux systèmes à-la-fois; et parta-
geons les hommes en deux grandes classes,
d'après ces deux manières d'envisager la production de la pensée : l'une sera composée
de tous ceux qui ne peuvent penser qu'avec
la parole; l'autre sera composée de tous ceux
qui ont la faculté de penser indépendamment de la parole.

Je suis loin, sans doute, d'admettre, quant
à moi, la séparation de la parole et de la
pensée; mais il ne s'agit point de mes propres expériences. J'ai cru m'apercevoir que
le phénomène de la pensée ne s'opéroit pas
de la même manière dans tous les hommes
de cet âge, et cela me suffit, la supposition
que je fais devant ensuite être remplacée par

ce que je crois être la vérité, ou même par tout autre système que mes lecteurs voudroient lui substituer. Ce n'est point une doctrine métaphysique que je prétends établir : je ne veux, quant à présent, que jeter des pontons pour traverser le fleuve; nous verrons si nous pourrons ensuite construire un véritable pont. Les objections que l'on voudroit me faire ne doivent donc point m'arrêter, parcequ'elles n'auroient aucune base si elles se présentoient ici : je n'entends être jugé que sur les conséquences et les résultats. On me pardonnera de prendre ainsi mes précautions d'avance, puisque c'est pour m'accommoder aux opinions nouvelles, et les expliquer : cela, au reste, n'augmente ni ne diminue en rien le crédit de ces opinions; c'est une méthode pour mes lecteurs aussi bien que pour moi.

A la première classe dont nous venons de parler appartiennent les hommes qui font dériver les lois sociales de l'existence même de la société, posée comme fait primitif, antérieur à toute convention ; ceux qui croient, par l'association naturelle de leurs idées, et par la forme intime de leur intelligence, que

les lois ne peuvent être faites par l'homme,
qu'elles sont données par Dieu même au
moyen d'une révélation positive et primor-
diale, ou qu'elles viennent de Dieu encore,
mais de Dieu se manifestant par des interprètes, des envoyés, ou seulement par le temps,
les mœurs, les traditions. Voici ce que l'on
trouve dans un chœur de Sophocle (OEd.,
act. III), et que je transcris comme expression d'une doctrine non contestée alors :
« Selon les règles qui nous sont prescrites par
« les lois qui sont descendues du ciel, et dont
« l'Olympe est le père ; car ce n'est pas la race
« mortelle qui les a engendrées : aussi n'est-il
« pas en son pouvoir de les ensevelir dans
« l'oubli. Il y a dans les lois un Dieu puissant
« qui triomphe de notre injustice, et qui ne
« vieillit jamais. »

A la seconde classe appartiennent ceux
qui puisent la raison de ces lois dans un état
abstrait de la nature de l'homme ; ceux qui
croient à l'homme la puissance de faire des
lois ; ceux qui, par conséquent, sont obligés d'admettre un contrat primitif. Ceux-là
pensent que les libertés d'un peuple résul-
tent de ses droits, et non point des conces-

sions des princes, non plus que d'états antérieurs; ils pensent que l'homme fait une
sorte d'acte libre en entrant dans une association politique, et qu'à cet instant, qui est
une fiction convenue, il cède une partie de
ses droits, pour jouir de certains avantages
qu'il n'auroit pas sans la société, comme,
par exemple, celui de la propriété. Dès-lors,
il n'y a plus de législateur, il n'y a que des
rédacteurs d'un contrat synallagmatique.
Hors de là tout pouvoir est une usurpation.

Enfin, pour tout réduire à la plus simple
expression, les uns placent la raison des lois
de la société dans la société même, et les autres dans l'homme.

J'écarte pour le moment, comme on voit,
l'examen de l'action continue de la Providence sur les sociétés humaines, parcequ'on
l'écarte assez généralement dans la discussion
actuelle : au reste, aucune des deux classes
ne la nie; seulement chacune l'explique à
sa manière. D'ailleurs, ce n'est point ici le
lieu d'entrer dans le fond même de la question, puisque je dois admettre, quant à présent, les deux hypothèses.

Si les hommes qui appartiennent à la pre-

mière classe dont nous avons parlé sont plus
attachés aux idées anciennes, la raison en
est bien simple. Leur respect pour les traditions, le sens immobile qu'ils attachent aux
mots, les rendent inaptes à entrer dans des
routes nouvelles. Il ne peut y avoir parmi
eux de ces esprits investigateurs qui marchent
à la tête des destinées humaines. Ils craignent
de s'aventurer dans un désert, parcequ'ils ne
peuvent pas faire sortir du milieu d'eux un
guide, et ils restent ainsi isolés et dépourvus
de la force d'ensemble. Ils demandent toujours à celui qui s'avance hors des rangs : Où
est ta mission ? Pour eux, la parole sera toujours une chose immuable et sacrée qui
contient les lois immortelles de la société
en même temps que les manifestations de
l'ame humaine. Les générations se succédant
les unes aux autres, sans aucune interruption, ils ne voient pas d'instant où une génération puisse sortir, d'elle-même, par ses
propres forces, et tout-à-coup, des liens dont
elle est entourée, puisse adopter simultanément d'autres règles que celles qui ont régi
les générations précédentes. Ceux-là, on
peut les appeler les archéophiles. Les autres,

n'étant point enchaînés par la parole, sont
plus accessibles aux idées nouvelles; ils ne
demandent à l'homme qui s'avance hors des
rangs avec une bannière d'autre mission
que celle qu'ils lui donnent à l'instant même.
De là vient qu'il a été dit que les idées nouvelles trouvent toujours un représentant.
Voilà pourquoi les hommes de cette classe
sont aventureux et prompts à l'exécution. Ils
ne craignent point de manquer de guide, et
de marcher isolés; ils se lancent hardiment
dans la carrière, sûrs qu'ils sont de se rallier
entre eux, et de s'entendre à de grandes dis-
tances. Ceux-ci, on peut les appeler les néophiles.

Si une fois cette division des hommes en
deux classes pouvoit être admise, il en résul-
teroit une explication simple de plusieurs
phénomènes sur lesquels on se dispute fort
inutilement, puisque ces phénomènes se ma-
nifestent de différentes manières chez les différents hommes. Je desirerois seulement que
les uns et les autres voulussent bien comprendre que, s'ils ne s'entendent pas entre
eux, cela vient de ce qu'ils ont cessé de parler
la même langue, car, comme dans l'antique

Orient, les uns parlent une langue divine, et les autres une langue mortelle, et non point de ce qu'ils ont cessé d'avoir les mêmes raisons de s'aimer et de s'estimer. Ici, et j'en ai déja prévenu plus d'une fois, je ne dois tenir aucun compte des intérêts différents qui peuvent exister : cela compliqueroit la question, et n'est point de mon sujet. D'ailleurs, il n'y a des intérêts changés que parcequ'il y a eu un changement d'ordre de choses ; d'ailleurs encore, ainsi qu'on a pu le voir, je suis loin d'accorder aux intérêts toute la puissance qu'on est trop disposé à leur croire : les opinions et les sentiments sont beaucoup plus désintéressés qu'on ne pense. Les idées morales ou intellectuelles mènent bien plus les hommes que les grossiers intérêts de fortune et de subsistance. Je voudrois que l'on secouât enfin le joug des Helvétius politiques.

La classe des hommes qui ne pensent qu'avec la parole a long-temps été la plus nombreuse ; elle existoit seule dans les premiers âges du monde. Cette assertion est fondée sur tous les enseignements que l'on peut tirer de l'étude approfondie des doctrines anciennes. Il est très probable que la seconde classe

s'est graduellement augmentée, à mesure
que la musique s'est retirée de la poésie; ensuite à mesure que la parole écrite s'est ré-
pandue : et maintenant, cette seconde classe
est devenue la plus nombreuse, sans aucune
contestation. Le dépôt des connoissances
humaines est peu-à-peu sorti du lieu mystérieux où les sages le tenoient caché pour
en tirer des trésors qu'ils dispensoient aux
peuples dans le temps, et autant que le besoin s'en faisoit sentir. Il est permis de croire
que cette classe, devenue ainsi la plus nombreuse, finira par être seule. On pourroit
assigner toutes les périodes et toutes les causes de cette suite de révolutions successives
et inaperçues; mais ce n'est pas ici le lieu.
D'ailleurs, il faudroit beaucoup de temps et
l'appareil de beaucoup de faits et de raisonnements.

Nous avons dit que la seconde classe étoit
devenue la plus nombreuse. De là vient, sans
doute, cette indépendance de l'autorité, caractère particulier des temps où nous vivons.
En effet, on en est venu à repousser l'autorité des siècles, l'autorité des usages, l'autorité des traditions. Mais on peut compter

sur le respect pour la règle fixe, pour la loi écrite, pour la lettre en un mot, pour la lettre sans interprétation, pour la lettre devant qui tout rentre dans l'égalité.

Cet esprit d'indépendance a dû nuire immensément à la religion. Le discrédit de la parole traditionnelle a dû amener le discrédit des doctrines mystérieuses et sacrées. Mais le sentiment religieux survivra, n'en doutons point, à la confusion des langues. Il en est résulté néanmoins un grand trouble dans les esprits; c'est celui que nous avons cru devoir peindre comme tous les autres symptômes de l'époque actuelle.

Rendons sensible, par un seul fait, le point que nous discutons en cet instant.

A peine pouvons-nous comprendre ce que fut la royauté dans les temps anciens. Tout pouvoir fut donné aux rois, chez les juifs. Que dis-je, tout pouvoir? L'abus même du pouvoir étoit de l'essence de la royauté. Voyez ce que dit Samuël aux peuples qui demandoient un roi. La royauté étoit libre dans l'exercice de ses prérogatives, comme l'homme est libre dans l'exercice de ses facultés. La liberté est nécessaire pour établir la mo ralité des actions; et nul être n'est libre, s'il ne peut faire un mauvais usage de ses facultés. Les rois alors avoient cette sorte de liberté qui est accordée encore aux sujets. Le roi n'avoit de compte à rendre à personne; c'est devant Dieu seul qu'il péchoit, selon le langage de l'Écriture. Les peuples alors étoient punis pour les fautes des rois; mais il falloit que les peuples eussent mérité d'avoir de mauvais princes, car les jugements de Dieu furent toujours équitables. Ici nous nous trouverions de nouveau sur la route du développement d'une doctrine que nous avons déja regardée comme au-dessus de nos forces, celle de la solidarité.

Voyez encore quel fut le respect dont on entoura la royauté chez les premiers Grecs. Les rois étoient enfants de Jupiter, et la volonté des rois étoit l'expression de la volonté même de Dieu. Chez ces mêmes Grecs, le respect pour les lois prit ensuite le caractère du respect pour la royauté qui n'étoit plus. Socrate, injustement condamné à mort, n'allégua, pour ne point se soustraire à l'iniquité de son jugement, d'autre raison que son respect pour la loi.

Il n'est aucun de mes lecteurs qui ne puisse compléter une telle série de faits : il me suffit de l'avoir mis sur la voie. Les annales de tous les peuples sont ouvertes à chacun.

Lorsque nous établirons, plus tard, que la société est une des conditions de notre nature, et que, par conséquent, la société a été imposée à l'homme, nous trouverons la liaison des deux questions, si distinctes en apparence, de l'origine du pouvoir et de l'origine du langage.

Mais, avant de terminer ce chapitre, il faut que j'explique deux choses; car, dans une telle matière, il est très difficile d'être clair d'après un simple énoncé, sur-tout lorsqu'on a peu l'habitude de ces sortes de discussions. D'abord, il a pu paroître assez singulier que j'aie admis aussi facilement une hypothèse que je regarde comme peu exacte, et que je sois parti d'une donnée aussi contestable, pour en tirer non seulement les inductions que l'on vient de lire, mais encore celles que je me propose d'en tirer dans la suite de cet écrit. Cependant, si l'on m'a bien compris, on a pu voir déjà que cette théorie de la séparation de la pen-

sée et de la parole, admise par moi comme
moyen d'explication de plusieurs phénomènes, et sur-tout comme moyen de conciliation entre les partis, on a pu voir, dis-je,
que je considère cette théorie comme fausse,
si on veut l'appliquer aux faits qui tiennent
à l'origine des sociétés, et comme vraie, si
on ne veut l'appliquer qu'aux faits qui tiennent à l'existence actuelle de la société. En
un mot, les liens de la parole ont été jusqu'à présent une des limites de la liberté de
l'homme ; et l'émancipation de la pensée
par l'affranchissement des liens de la parole
est une des prérogatives de l'âge présent de
l'esprit humain. Cette idée, que j'ai énoncée
plus haut, recevra, par la suite, son entière
explication, telle que je la conçois.

Il me reste donc à établir que notre intelligence, successivement affermie, a pu s'avancer vers un ordre de choses où elle a moins
besoin d'un appui, mais que cet appui lui
fut très nécessaire. C'est là que repose, à
mon avis, toute la difficulté ; mais enfin si
les conséquences et les résultats, quelles que
soient mes opinions intimes, sont favorables aux partisans des idées nouvelles, ils

n'auront pas à se plaindre. Que nous nous rencontrions plus tôt ou plus tard sur la route, l'essentiel est que nous finissions par nous rencontrer. L'autre observation que j'ai à faire consiste dans l'importance que j'attache à une question aussi abstraite et aussi tenue que celle dont nous sommes occupés ; car enfin, il ne s'agit plus, au point où nous en sommes venus, que de prouver que si, à présent, l'union de la pensée et de la parole n'a plus cette sorte de simultanéité qui lui est attribuée par quelques personnes, elle n'a pu s'en passer pour l'établissement de toutes choses. Ceci est donc très important, puisqu'il s'agit, en dernière analyse, d'établir que les deux systèmes sont fondés en raison ; c'est-à-dire, de faire tout reposer sur les traditions, au moment même où les traditions nous échappent.

Comme l'origine de la parole et l'origine de la société sont absolument la même question, il en résulte que les deux systèmes relativement à la parole s'appliquent aussi à la société, et peuvent se résoudre de la même manière. Ainsi, la société, à présent qu'elle est établie, peut se soutenir d'elle-même, et par la seule force du principe primitif en vertu duquel elle existe.

Je dirois donc volontiers aux néophiles : » Ceux contre lesquels vous vous élevez avec tant de violence n'ont d'autre tort que celui d'être restés fidèles au code des idées anciennes, et ils n'y sont restés fidèles que parceque c'étoit dans la forme même de leur intelligence, dans la manière dont s'opère en eux le phénomène de la pensée. » Je dirois aux archéophiles : « Vous craignez de retomber dans le chaos, parcequ'il vous semble que le principe générateur des sociétés humaines cesse d'agir. Vous croyez que les partisans des idées nouvelles ont brisé cet antique palladium, et vous ne concevez pas comment il pourra être remplacé. Sachez donc que ce palladium n'a point été brisé par ceux que vous en accusez, mais par le temps ; ainsi vous devez leur rendre votre estime et votre amour. »

La question de l'origine du langage a souvent occupé les philosophes depuis quelques années. Les uns ont regardé le problème comme insoluble, les autres ont établi des hypothèses plus ou moins probables.

Autrefois ce n'étoit pas même un problème.
Il n'étoit pas venu dans la pensée d'imaginer
que l'invention du langage pût être au pouvoir de l'homme. Ceux qui, dans ce moment, professent, à cet égard, les doctrines
anciennes, croient jeter dans la société une
lumière nouvelle, en annonçant comme une
vérité qui va être admise, que l'homme n'a
pas le pouvoir de créer sa langue. Voilà pourquoi leurs opinions ressemblent quelquefois
à des systèmes, et pourquoi il leur arrive
de protéger des principes consacrés par l'autorité des siècles antérieurs avec des arguments et des raisons puisés dans la sphère
des idées de ce siècle. Ils n'ont pas fait attention qu'ils présentoient comme nouvelle une
vérité très ancienne, une vérité vieillie, et
qui se retiroit de la société au lieu d'y entrer.
D'autres sont placés sur les limites des deux
mondes ; leur vue les embrasse tous les deux ;
ils prêtent tour-à-tour l'appui d'une haute
métaphysique aux idées anciennes et aux
idées nouvelles. Seulement ils sont sujets à
se tromper dans le choix même de leurs arguments. D'autres encore, abandonnés tout-
à-fait aux idées nouvelles, ne comprennent

pas même les idées anciennes. De là l'espèce
de violence qu'ils mettent dans leurs attaques , et le dédain qu'ils ont pour les archéophiles , dédain souverainement injuste, car
les partisans des idées anciennes sont loin de
manquer de lumières et de talents, et sur-
tout ils sont loin de manquer de sincérité :
leur conscience, pour la plupart, est placée
si haut qu'il est impossible de l'atteindre.
Ces néophiles , ainsi égarés , ne peuvent prêter à leurs opinions que la lumière de leur
esprit, sans y ajouter l'autorité d'une raison
supérieure. Ils n'éclairent réellement point
le siècle ; ils marchent avec lui , et du même
pas. Ils ont un instinct sûr pour dire ce que
pense la multitude, parceque eux-mêmes
pensent comme elle, et avec elle. Enfin, il
en est qui , sentant un obstacle invincible à
comprendre les idées nouvelles, mais qui
sentant aussi que ces idées doivent être fondées en raison, veulent s'expliquer ce qui
leur est si profondément antipathique. Ceux-
là sont venus à comprendre qu'il s'est opéré
un grand changement dans l'intelligence
humaine, et que ce changement a pénétré
dans le sanctuaire même de la pensée. Ils

croient que la parole a eu une mission qui maintenant est accomplie. Cette croyance est la mienne, et c'est celle que je vais développer. Je ne sais si je réussirai ; je ne puis certifier qu'une chose, c'est ma parfaite bonne foi. Au reste, qu'il me soit permis de dire d'avance, que si la mission de la parole est finie dans le monde intellectuel, elle n'est pas finie dans le monde moral, et qu'elle doit toujours trouver un asile dans les sentiments religieux. Dans l'ordre politique nous sentons encore les bienfaits de la parole, car c'est elle qui a organisé primitivement la société ; et même, l'ordre intellectuel, d'où elle est bannie, n'est riche que des idées qui y ont été apportées par elle.

Mes conseils, au reste, pour parvenir à la réconciliation des partis, doivent plutôt s'adresser aux enthousiastes des idées nouvelles, car je crois que la mesure et la modération sont nécessaires, sur-tout au parti vainqueur. Ainsi, il ne faut pas insulter au vaincu, en proclamant qu'il a été absurde. Ainsi, il ne faut pas dire, de ce qu'une chose se passe aujourd'hui de telle manière, qu'elle a dû, ou qu'elle auroit dû se passer toujours de même.

13.

Ainsi, il ne faut pas affirmer, de ce qu'il y a aujourd'hui un pacte entre le souverain et le peuple, on doive toujours remonter à un pacte primitif. Ainsi, de ce que les langues sont considérées comme les signes de nos pensées, et comme des méthodes, il ne faut pas croire que l'homme ait eu le pouvoir de faire sa langue dans l'origine. Ainsi, de ce que toutes nos traditions sociales finissent, il ne faut pas méconnoître l'esprit de ces traditions, qui ne doit point cesser de nous régir, ni les bienfaits qu'elles ont répandus parmi nous, et qui sont toujours subsistants. Ainsi, en définitive, de ce que l'opinion des peuples existe à présent comme puissance dirigeante, il ne faut pas en conclure la souveraineté du peuple et l'usurpation des gouvernements.

CHAPITRE VIII.

SUITE DU CHAPITRE PRÉCÉDENT.

DE LA PAROLE TRADITIONNELLE. DE LA PAROLE ÉCRITE. DE LA LETTRE. MAGISTRATURE DE LA PENSÉE DANS CES TROIS AGES DE L'ESPRIT HUMAIN.

Dans l'ordre naturel des idées, ce chapitre ainsi que le précédent devroient se trouver après celui où je me propose de développer la théorie de la parole; mais il faut que j'intervertisse cet ordre naturel des idées, pour me soumettre à un plan non moins impérieux, qui consiste à mettre de suite tout ce qui peut amener à comprendre le caractère de l'âge actuel. Ce n'est donc point par inadvertance que je dirai l'histoire de la parole avant de dire ce qu'elle est et comment elle existe : seulement je suis obligé d'en prévenir.

(I. Il fut un temps, ainsi que nous le verrons tout-à-l'heure, où la parole n'étoit pas
seulement le signe de l'idée, mais étoit, en
quelque sorte, l'idée elle-même. Il étoit tout
simple alors que la parole traditionnelle eût
la puissance qui lui a été attribuée, et ré-
gnât toute seule. C'étoit plus que la voix des
siècles, puisque c'étoit la voix de Dieu même. Voilà pourquoi la première loi de Lycurgue fut une défense d'écrire les lois.)On
fixe assez généralement l'ère des lois écrites,
chez les Grecs, à Zaleucus, postérieur, comme on sait, de plusieurs siècles à Minos.
La musique, dans ce premier âge, fut une
doctrine tout entière ; c'étoit l'ensemble
même des lois sociales. Ajouter une corde
à la lyre devoit être un événement considérable. Et Porphyre remarque très bien
que tant que les hommes furent heureux
ils n'eurent pas de lois écrites. Au reste,
cette défense d'écrire les lois se trouve trop
souvent consignée dans les monuments de
l'antiquité pour ne pas lui supposer une raison. Les envahissements de la parole écrite
étoient sans doute trop évidents et trop rapides, et l'on vouloit en retarder l'effet,

parceque les institutions étoient fondées dans un esprit de fixité. On avoit peut-être aussi déja des exemples antérieurs du danger qui résulte de la confusion du langage. Mais la pente est irrésistible. Il n'y a pas très long-temps que l'Europe a secoué le joug de la langue latine, par laquelle les rédacteurs des lois et les dépositaires de la science mettoient une barrière entre eux et les peuples, ce qui étoit toujours une manière de remplacer la parole traditionnelle.

Remarquons, en passant, que les castes sont conservatrices des traditions. De là résulte la nécessité des castes, ou d'institutions analogues, dans les temps où les hommes sont gouvernés par des traditions. De là résulte, par conséquent, l'inutilité des castes, ou d'institutions analogues, dans les temps nouveaux. Tout se tient dans le système social, tout marche en même temps : gardons-nous donc; je ne saurois assez le répéter, gardons-nous de porter un jugement quelconque sur une législation ancienne ou moderne, avant d'avoir examiné l'ensemble de cette législation.

II. Cependant, comme il est facile de le

sentir, la parole traditionnelle ne s'est pas retirée des institutions sociales au moment même où la langue écrite a paru, car toutes les révolutions sont successives et graduelles. Ainsi, la parole écrite n'a servi long-temps qu'à constater les résultats ou les conséquences de la parole traditionnelle. Alors, il lui restoit une sorte d'influence analogue, et comme un souvenir de ce qu'elle fut avant de s'être à demi matérialisée par l'écriture. Ce qu'il y avoit d'immédiat dans cette première transmission contribuoit à lui conserver quelque chose de son énergie primitive. De plus, les deux paroles ont long-temps régné en concurrence l'une avec l'autre. Il a passé alors pour constant, et il a été constant en effet, que la loi écrite, ou n'étoit que la loi traditionnelle constatée, ou n'étoit qu'une explication, un commentaire de cette loi. Dans les deux cas, la parole traditionnelle subsistoit comme lumière pour éclairer continuellement la parole écrite et en vérifier le sens. Alors, car, comme nous l'avons dit, tout marche en même temps, alors on a connu deux sortes de langage; la poésie, qui fut à l'origine l'expression de la parole traditionnelle; la prose, qui fut seulement l'expression de la parole écrite. C'est, encore à présent, à cette origine des choses qu'il faudroit remonter pour fixer les limites de la poésie et de la prose ; on a beau lutter contre la tyrannie des lois primitives, il faut toujours en venir à les étudier pour bien connoître ce qui est réellement. La poésie, abandonnée de la musique, s'est graduellement retirée; elle a été remplacée par la versification. Mais je vois, et il deviendra bientôt évident pour tous, que la poésie cherche un asile dans la prose ; et plus la langue écrite prendra de l'ascendant, plus la poésie cherchera les moyens de s'acclimater dans la prose; car enfin il faut que cette noble exilée rentre un jour dans son héritage.

III. Nous commençons une nouvelle ère, celle des lois écrites sans l'intervention de la parole traditionnelle pour en expliquer le sens. C'est la lettre qui remplace l'esprit. Ceci est un fait que je raconte ; ce n'est point un blâme ni un regret que j'exprime. Je sais tout ce qu'il y a d'inévitable dans la succession des idées, et, j'oserois dire, tout ce qu'il y a de fatal dans les progrès de l'esprit humain. D'ailleurs, il va être démontré qu'une autre force morale commence à succéder à celle qui vient de se briser, une force morale, modifiante et extensible. Mais il faut que l'attention reste encore un peu fixée sur le fait actuel, sur le présent.

La parole écrite a été une première matérialisation de la pensée, car l'écriture hiéroglyphique avoit laissé à la pensée humaine toute son énergie primitive et toute son élasticité, si l'on peut parler ainsi; mais l'imprimerie a achevé la matérialisation. Je crois donc que l'on s'est beaucoup trompé lorsque l'on a raisonné sur l'influence de l'imprimerie. On croit, en général, que cette influence a été plus grande qu'elle ne l'a été en effet; ou peut-être a-t-elle été seulement différente. Je ne sais pas jusqu'à quel point elle a accéléré le mouvement des esprits; mais si elle l'a accéléré ce n'est que par une sorte de puissance compressive. La pensée a voulu réagir contre de nouvelles entraves qui lui étoient imposées. Je contesterois même à l'imprimerie la prérogative d'art conservateur, qui lui est cependant si unanimement attribuée. Les livres tuent les livres bien plus sûrement que les incendies des bibliothèques. Les lettres sont devenues une profession, et la pensée un commerce. Nous avons vu, de nos jours, ce que l'on peut faire avec et contre l'imprimerie, lorsqu'un ministre de la police étend un œil inquisiteur sur toute la scène où s'exerce le mouvement des idées, et peut mettre la pensée en état de blocus continental.

IV. Dans le temps où la parole traditionnelle conservoit tout son empire, il falloit veiller à ce qu'elle ne fût pas altérée : alors on évitoit de la livrer aux profanes : alors elle étoit exclusivement réservée à ceux qui avoient autorité sur les peuples. Telle est l'origine des doctrines secrètes et des langues sacrées. Plus tard il y eut des institutions fondées pour remédier aux inconvénients de la trop grande expansion des idées. Tout livre, dans cette période des sociétés humaines, étoit soumis aux maîtres de la science, pour être approuvés ou rejetés par eux. En Égypte, par exemple, le livre approuvé ne paroissoit que revêtu du nom d'Hermès ; et le livre rejeté étoit voué au néant. Lorsque, plus tard

encore, la parole écrite a admis les explications de la parole traditionnelle, il a fallu
maintenir la magistrature de la pensée avec
des modifications nécessitées par le nouvel
ordre de choses. On a reconnu des livres
canoniques et des livres apocryphes. Enfin,
dans ces derniers temps, nous avions la censure discrétionnaire : sans doute c'étoit un
remède insuffisant, mais on n'avoit rien
trouvé de mieux. Dans quelques états de
l'Europe cette censure discrétionnaire étoit
confiée au pouvoir ecclésiastique; dans d'autres, elle étoit confiée au pouvoir civil. Une
telle législation ne pouvoit être qu'incom-
plète et insuffisante, parcequ'elle tenoit à
un état transitoire ; parceque, depuis long-
temps, l'unité manque aux directions de la
société ; parceque enfin aucun des pouvoirs
ne possédoit en entier le dépôt des traditions sociales.

La magistrature de la pensée, toujours
modifiée selon les temps et les lieux, a pu,
sans doute, être quelquefois une arme dan-
gereuse entre les mains de ceux qui furent
chargés de l'exercer parmi les peuples. Mais
quelles sont les institutions dont on n'abuse

pas ? Pourquoi la liberté n'appartiendroit-
elle pas aux gouvernements comme aux nations, et aux princes comme aux sujets ? Et
alors, pourquoi s'étonner que les gouvernements et les princes fassent de temps en temps
un mauvais emploi de leur liberté, quand
ce ne seroit que pour la constater? Il faut
faire attention que les placer dans les voies
de la nécessité, c'est y placer la société tout
entière, prétention en même temps absurde
et immorale. Au reste, on est trop disposé,
dans ce siècle, à se tromper sur l'essence de
la magistrature de la pensée, comme sur
beaucoup d'autres choses ; car l'absence et
le discrédit des traditions est, en ce moment,
la cause d'un grand nombre de faux jugements. Nous sommes sous la dictature des
circonstances, et dans l'interrègne des doctrines. Ainsi donc je crois que les différentes magistratures de la pensée n'ont pas été
établies seulement pour la conservation des
mœurs ; car, s'il ne se fût agi que des mœurs,
on n'auroit eu besoin que de lois répressi-
ves et pénales, et non point de lois somptuaires ou préventives. Leur utilité doit être
beaucoup plus étendue ; et ce n'est pas sous

le rapport des mœurs que l'expansion des
idées et la diffusion des lumières ont des inconvénients. Ce qu'il y a de pernicieux pour
la société, dans tous les temps, c'est le demi-
savoir ou l'apparence du savoir. La vérité
est sans danger, mais la manière d'interpréter la vérité peut en avoir beaucoup. Les législateurs anciens étoient dirigés par de bien
plus hautes raisons que celles qu'on leur suppose si gratuitement d'avoir voulu entretenir l'ignorance des peuples; et, une fois
pour toutes, ne devrait-on pas s'entendre
sur la vraie et juste acception de ce terrible
mot d'ignorance? Il n'y a pas de l'ignorance
à n'employer, à un âge de l'esprit humain,
ou dans une sphère d'idées, que les directions applicables à cet âge, ou en harmonie
avec cet ordre de choses. Les Chaldéens ne
purent se servir des lunettes de Galilée pour
observer les astres; et les premiers navigateurs eurent, au défaut de la boussole, un
astrolabe plus ou moins parfait. Ce que nous
gagnons d'un côté, nous le perdons de l'autre. Nous avons, il est vrai, découvert un
monde nouveau; mais nous avons cessé de
connoître l'intérieur de l'Afrique.

Lorsque Pythagore avoit deux doctrines, ce n'étoit point qu'il voulût en celer une, mais il vouloit y amener graduellement ses disciples ; ou plutôt il avoit appris, dans les initiations, que nul n'est propre à recevoir la vérité, si elle n'est pas déja en lui. Le système de Platon a prévalu dans le monde, et il devoit y prévaloir ; mais soyons persuadés que, sans le petit nombre de pythagoriciens qui sont restés fidèles à la doctrine des épreuves et des ménagements ; qui savent que le pain des forts ne peut pas être distribué à tous ; que tous ne peuvent pas être nourris de la moelle du lion ; que le lait doit être donné à l'enfant jusqu'à ce qu'il puisse manger les fruits de la terre ou la chair des animaux ; soyons persuadés, dis-je, que sans le petit nombre de pythagoriciens fidèles, les vérités seroient encore plus gaspillées qu'elles ne le sont, et déshonorées par plus de discussions intempestives : heureusement il en est resté en réserve.

Au reste, la liberté de penser a été réclamée souvent par les peuples : c'est le désir de l'obtenir qui donna une si triste énergie à la révolution d'Angleterre. Toutes les fois qu'on a réclamé la liberté de penser, on ne demandoit en effet que la liberté d'agir en vertu de sa pensée. Maintenant il ne s'agit plus que de la liberté d'écrire et de publier ses pensées. N'oublions pas cependant comme, du temps de Bossuet, la lice fut ouverte à toutes les opinions au sujet des points contestés. N'oublions pas non plus que les publicistes et les jurisconsultes, en France, et hors de France, discutoient fort librement les droits de Louis XIV au trône d'Espagne. On se souvient de l'avis de Fénélon. Je ne rappelle ce temps de notre histoire que pour avoir occasion de faire remarquer que nous étions loin d'être placés sous un gouvernement despotique, à l'époque même où ce gouvernement fut le plus absolu. Les gouvernements en effet étoient moins ombrageux, parceque les peuples n'avoient pas encore contracté la funeste habitude de discuter les bases mêmes de la société. Les publicistes pouvoient, sans inconvénient, contester au roi de France ses titres à la couronne d'Espagne, parceque personne ne s'avisoit de douter de ses droits au trône de France. D'ailleurs, si nous savons à présent toutes

les répugnances de Louis XIV pour accep-
ter cet héritage, on l'ignoroit dans le temps.
Ainsi deux choses ont été prouvées à-la-fois,
la liberté de la discussion et le désintéres-
sement personnel du roi dans cette affaire
où l'on est si porté à accuser son ambition.

Quoi qu'il en soit, aujourd'hui que le ré-
gne de la lettre commence, comme nous
l'avons déja dit, il faut que l'opinion prenne
un ascendant tel, que ce soit elle qui dirige
tout dans la société ; car la lettre, de sa nature, étant imployable, elle se briseroit continuellement par l'effet même de l'expansion
des idées. Les hommes ont beau n'être pas
disposés toujours à toute justice, il se forme
une conscience générale, une morale publique, qui ont besoin d'être consultées à chaque instant, et dont les arrêts sont sûrs ; à-
peu-près comme dans un parterre composé
d'hommes plus ou moins éclairés, il s'établit
des jugements et même des impressions, qui,
en définitive, méritent toute notre estime et
toute notre confiance. Dès-lors la liberté de
la presse devient un des éléments nécessaires des gouvernements représentatifs , qui
eux-mêmes sont un résultat forcé d'un tel

14

ordre de choses, ainsi que la coopération des
jurés dans les procès criminels ; car, encore
une fois, tout se tient et tout marche en même temps. La liberté de la presse est, dans
nos institutions nouvelles, ce que, dans les
machines à vapeur, sont les soupapes de sûreté pour remédier à l'excès de la force d'expansion de la vapeur. Je demande pardon
d'employer une telle comparaison, mais j'espère qu'on voudra bien la tolérer en faveur
de son extrême justesse. Ainsi, j'admets la
liberté de la presse comme un moyen d'obvier aux nombreux inconvénients qui doivent résulter de l'établissement du nouvel
ordre de choses dans lequel nous entrons.

Il est à remarquer néanmoins que l'institution du jury a besoin d'être considérable-
ment modifiée pour être en harmonie avec
l'ensemble de notre système social. Le jury
tel qu'il est, sans parler même de sa composition arbitraire, n'a pas assez de latitude
morale ; il est trop circonscrit dans les limites du fait matériel, et trop astreint,
par conséquent, à l'imployable rigidité de
la lettre. La nécessité d'admettre, tôt ou
tard, la coopération du jury dans les juge-

ments sur les délits de la presse, aménera nécessairement aussi les modifications dont je parle, car, dans ces sortes de délits, il est évident qu'on ne pourra renfermer la conscience d'un jury dans les limites du fait.

Ce que nous avons dit sur la nécessité de donner une part si considérable à l'opinion n'est une chose nouvelle qu'en considération de l'étendue de cette part. Toujours l'opinion a fini par gouverner ; mais autrefois elle avoit une puissance lente et séculaire, à présent elle est rapide et presque instantanée : elle se forme quelquefois comme un orage ; et le pilote qui conduit le navire a souvent à peine le temps d'observer à l'horizon le point noir qui doit enfanter la tempête.

Nous ne pouvons assez le remarquer, le symptôme effrayant des temps où nous vivons c'est l'activité dévorante des esprits qui est hors de proportion avec la mesure du temps. Le temps est toujours sur le point de nous manquer.

L'opinion est donc devenue cette force morale, modifiante et extensible dont nous parlions tout-à-l'heure, et qui est destinée à

14.

remplacer la parole traditionnelle. Autrefois il suffisoit de gouverner avec l'opinion ;
à présent il faut gouverner par elle, sous
peine de la laisser gouverner elle-même,
ce qui constitueroit une vraie anarchie.

Ainsi donc, il s'agit de bien connoître
l'opinion ; il faut savoir la diriger, et même
lui résister lorsqu'elle s'égare. Avouons-le,
c'est une tâche d'autant plus difficile que le
problème devient, de jour en jour, plus
compliqué. L'opinion peut aussi avoir, que
l'on me permette de le dire, des directions
contradictoires.

Il faut prendre l'opinion dans une région
élevée, et seulement pour les choses générales, car si l'on descend terre à terre, ou
que l'on veuille la consulter dans chaque
cas particulier et interroger toutes les sortes d'instincts de la multitude, on risque
de faire de grandes fautes. Par exemple,
les jurés doivent, après avoir écouté avec
calme leur conscience, rester impassibles à
tous les bruits des villes, car c'est le cri de
l'opinion publique qui obligea une cour
souveraine à condamner les Calas.

Sans doute l'opinion existe, mais il faut

la connoître et la dégager de ce qui peut lui être étranger. Ceux qui s'établissent d'eux-mêmes les organes de l'opinion doivent se borner à éclairer les gouvernements par leurs écrits ; sitôt qu'ils ont la prétention de vouloir les diriger et en appeler à l'opinion, ils deviennent factieux.

En un mot, il faut que l'opinion délègue ses organes, soit dans le corps représentatif, soit dans les jurys, et qu'ensuite elle s'en rapporte à eux, sauf à leur retirer son mandat, dans le temps et avec les formes consacrées. Lorsque l'opinion s'est égarée dans une fausse route il faut l'éclairer; mais si vous avez fléchi devant cette erreur passagère, comment réparerez-vous le mal que vous aurez fait? L'opinion elle-même portera contre vous une accusation terrible.

Les gouvernements se sont toujours appuyés sur les traditions ; mais les peuples refusent de se soumettre désormais à l'autorité des traditions : tous les termes du problème sont donc changés. Ce n'est pas d'aujourd'hui, au reste, que la diffusion des lumières parmi toutes les classes de la société effraie les timides. Dès 1763, dans un réquisitoire qui avoit pour objet d'engager le parlement de Bretagne à demander au roi une réforme de l'éducation nationale, M. de La Chalotais, procureur général, après avoir déploré qu'il y eût un si grand nombre de colléges, s'exprimoit ainsi : « Les frères « de la doctrine chrétienne, qu'on appelle « *ignorantins*, sont venus pour achever de « tout perdre. » Je ne cite ceci que parceque ce n'est pas un fait isolé.

Jusqu'à présent je n'ai été qu'observateur ou historien ; maintenant je vais entrer dans des considérations générales. Ma doctrine résultera de tous les enseignements de l'antiquité sacrée et profane, et nous tâcherons d'en déduire les conséquences rigoureuses qui peuvent recevoir leur application dans les circonstances actuelles.

CHAPITRE IX.

PREMIÈRE PARTIE.

DE LA PAROLE ET DE LA SOCIÉTÉ.

JE viens d'esquisser l'histoire de la parole ; essayons maintenant de l'étudier sous le rapport philosophique.

L'homme est éminemment un être social. Sa longue enfance, pendant laquelle il sert de lien à deux êtres, et qui lui est si nécessaire pour se développer graduellement, cette longue enfance, disons-nous, annonce déja l'intention du Créateur. L'homme a besoin de tout apprendre ; et ses sens ne serviroient qu'à le tromper s'il n'étoit pas instruit à en rectifier les erreurs. Il ne peut naître que dans la famille, et la famille ne peut exister que dans la société. Son intelligence, comme lui-même, ne peut naître que dans la famille, et, comme lui-même

encore, ne peut se développer que dans la
société. Cette assertion est également vraie
pour le sentiment moral.

Si la longue enfance de l'homme prouve
la nécessité pour lui de naître dans la famille, et, par conséquent, dans la société,
la brièveté de sa vie prouve avec non moins
de force la nécessité où il est de consacrer à
l'état social le peu de jours qu'il passe sur la
terre. Les livres saints disent que la vie de
l'homme fut, au berceau du monde, plus
longue, et que, depuis, elle a été accourcie :
je ne cite ici les livres saints que comme dépositaires des traditions antiques. Il semble
bien, en effet, que la vie de l'homme n'est
point en proportion, pour la durée, avec
tout l'ensemble de son existence et de ses
facultés. Il n'a le temps de rien finir de ce
qu'il ose entreprendre, et c'est ce qui le
plonge si souvent dans le découragement
et la tristesse, parcequ'il est trop souvent
porté à douter des vues de la Providence
à son égard. Qu'il se hâte de planter un
arbre, car il est menacé de ne pas en re-
cueillir les fruits, de ne point se reposer
sous son ombrage ; ou plutôt qu'il ne crai-

gne pas de travailler pour autrui, puisque d'autres auparavant ont dû travailler pour lui-même. Il lui est accordé d'avoir des enfants jusqu'à un âge où évidemment il ne peut plus espérer de les voir en état de se faire leur propre destinée. Tous ses projets, même ceux qu'il peut le plus raisonnablement former, sont trop vastes pour sa courte vie. Mais la société hérite de toutes ces entreprises commencées ; elle hérite de ces projets à peine conçus, que le malheur ou la mort empêchent d'exécuter ou d'achever, et qui ne seroient que de vaines pensées, d'inutiles conceptions s'ils n'étoient pas recueillis par la société, ce grand et universel légataire de tous les hommes. Je ne parle que de la société, parceque l'homme a quelquefois, à cause même de son existence sociale, des devoirs plus impérieux à remplir que celui de se donner des enfants ; et, par la société, il est toujours sûr d'avoir des successeurs.

Cette vie, je le sais, n'accomplit pas toutes les destinées de l'homme ; et la société, qui lui est si nécessaire, ne lui suffit point encore : il lui faut la certitude d'un avenir au-delà de ce monde. Mais nous devons rester dans la série d'idées qui nous occupe en ce moment : il nous suffit d'affirmer que si l'homme a besoin de la société pour développer en lui l'intelligence et le sentiment moral, il est démontré, par cela même, que la société lui est nécessaire aussi pour ses destinées définitives dans une autre vie. Ainsi, nous pouvons nous abstenir, dans cette discussion, d'étendre notre vue plus loin que notre existence actuelle.

L'homme n'est jamais né hors de la société, car la société a été nécessaire pour qu'il naquît, pour qu'il devînt un être intelligent et moral, pour que sa vie fût utile à lui-même en l'étant aux autres : il ne peut être séparé des siens sans cesser d'être ce que Dieu a voulu qu'il fût ; et il doit joindre incessamment ses propres travaux à ceux de ses prédécesseurs, comme ce qu'il est appelé à accomplir agrandira l'héritage commun de ses descendants. En un mot, l'homme, s'il étoit seul, seroit un être incomplet, sans but, sans facultés, sans avenir.

Ainsi, tous les raisonnements que l'on peut faire sur un état antérieur à la société sont inadmissibles, puisque cet état seroit contraire à la nature et à la destination de l'homme. Nous n'avons pas besoin d'hypothèse là où il y a un fait constant et historique, là où la nature et la force des choses s'expliqueroient encore au défaut des faits, si les faits n'existoient pas. L'état qu'on a appelé l'état de nature est donc une chimère. L'état sauvage ou de barbarie n'est qu'une dégénération dont nous n'avons pas pu suivre les périodes, mais qui certainement n'est ni un état naturel, ni un état primitif.

L'homme a trouvé toujours la société existante, n'importe à quel degré de perfection; il n'a pu, par conséquent, fonder primitivement la société. Il n'a pas même été libre de choisir l'état social, car la société lui a été imposée comme les autres conditions de son existence.

Les sens sont à l'usage de chaque individu, abstraction faite de ses rapports avec la société; mais chaque individu a été doué d'un sens intellectuel, que j'appellerai le sens social; c'est la parole.

Un philosophe matérialiste a prétendu que la nature avoit procédé par ébauches successivement perfectionnées. Une telle hypothèse ne mérite pas même d'être examinée. Les végétaux ont été faits complets, avec la faculté de se perpétuer tels qu'ils furent dès l'origine. Il en a été de même pour l'homme. Depuis que la nature est observée nous ne voyons pas qu'aucune espèce ait franchi la barrière qui a été fixée dès l'origine ; car, dès l'origine, *Dieu avoit vu que cela étoit bien*, comme s'exprime le plus ancien historien, Moïse. Lorsque l'homme a voulu exercer sa puissance à faire de nouvelles espèces, soit dans les plantes, soit dans les animaux, il n'a pu parvenir qu'à créer un individu ; et cet individu isolé n'a point eu en lui ce qu'il falloit pour se perpétuer.

L'homme, ainsi que les animaux et les plantes, a dû être complet dès l'origine.

Ce n'est point assez. L'homme étant essentiellement et non point fortuitement, ou par une perfection contingente, ou par choix, mais nécessairement, puisqu'il faut trancher le mot ; l'homme étant nécessairement, disons-nous, un être social, il en résulte qu'il a été, dès l'origine, doué du sens social, de la parole; car la parole est nécessaire pour la société, et l'homme n'a jamais été hors de la société. Remarquons bien que la faculté de parler n'auroit point suffi : dès l'origine il a dû nécessairement parler, puisque dès l'origine il a été nécessairement dans la société.

Ce n'est point assez encore. La parole, qui est le sens social, et qui a dû être, dès l'origine, un sens parfait comme les autres, est, en même temps, le sens par lequel nous existons comme êtres moraux et comme êtres intelligents.[1]

Les animaux ont des instincts inflexibles qui les dirigent avec certitude, parcequ'ils les dirigent nécessairement. L'homme est un être libre; et il lui falloit un sens qui lui permît l'exercice de sa liberté, un sens au moyen duquel il pût dominer ses organes par la pensée.

Ainsi l'homme ne peut être ce que Dieu a voulu qu'il fût sans la parole; il ne peut avoir de pensée sans elle : la parole lui sert donc non seulement à la manifestation de sa pensée, mais encore à la production même de cette pensée. Elle lui sert enfin,

non seulement pour communiquer sa pensée aux autres, non seulement pour s'en rendre compte à lui-même, non seulement pour
l'apercevoir, si l'on peut parler ainsi, mais
sans elle il ne penseroit pas, comme sans
ses yeux il ne pourroit pas voir, comme
sans ses mains il ne pourroit pas toucher,
comme sans ses oreilles il ne pourroit pas
entendre.

Dans l'état social, nos organes peuvent se
suppléer mutuellement, à cause de notre
éducation sociale elle-même; mais je parle
d'une loi primitive de notre être.

L'homme n'étant point un individu isolé
et solitaire, et devant toujours vivre au sein
de la société, il en résulte que sa puissance
et ses développements possibles sont dans
la société; il en résulte encore que la société
est souvent un supplément à l'imperfection
de ses organes; il en résulte enfin que la plupart des instincts même de l'homme, si une
telle expression est permise, sont placés hors
de lui, se trouvent dans la société, ce qui
nous ramène encore une fois à cette doctrine de la solidarité, doctrine qui seroit ici
susceptible de sortir de l'ordre des vérités

spéculatives pour entrer dans l'ordre des vérités d'expérience , pour prendre rang parmi les faits historiques.

La nécessité de la parole est donc un fait en quelque sorte physiologique, comme la nécessité de ses autres organes. L'homme naît donc soumis aux lois de son organisation, non seulement comme être moral et comme être intelligent, mais encore comme être social ; il suffiroit même de dire comme être social , car cette désignation comprend les deux autres. Les règles de la conscience sont primitives , mais la parole est primitive aussi. Ainsi, les règles de la conscience et les lois générales de la société existent en même temps. En remontant à l'origine de la société on ne pourroit trouver de pacte conventionnel , parceque jamais des hommes ne se sont réunis simultanément et volontairement pour se donner des lois *à priori*. Les animaux restent et doivent rester emprisonnés dans leurs instincts divers : l'homme, perfectible sous le rapport de ses facultés comme sous le rapport du sentiment moral ; l'homme, à qui il est donné de savoir et de connoître ; l'homme, qui peut choisir le bien ou préférer le mal, l'homme est un être libre, et ce n'est que dans l'état social qu'il trouve à-la-fois et les attributs et les limites de sa liberté : alors il peut en abuser, au point de renoncer à la société elle-même, au point de faire le sacrifice de sa vie ou de s'en dépouiller de sa propre main. Au reste, si j'ai employé les mots physiologie et organisation en parlant du sens intellectuel et moral de la parole , c'est pour me faire mieux comprendre, pour rendre mieux sensible l'analogie de ce sens particulier avec les autres sens de l'homme. Le lecteur n'a pas besoin que je lui trace les justes bornes de cette analogie.

Les livres saints placent toujours la prérogative essentielle de l'homme dans la parole ; en désignant les animaux dépourvus d'intelligence ils emploient cette expression : *les animaux muets.* « Ne vous rendez point « semblables aux animaux muets » , disent-ils ; et nos philosophes n'ont pas fait attention qu'en fondant la doctrine de l'invention de la parole ils ont fait de l'homme un *animal muet* lorsqu'il est sorti des mains du Créateur, ou plutôt, pour me servir de leurs propres termes, lorsqu'il a été produit par la nature. Encore ici les livres saints peuvent être considérés, indépendamment de l'inspiration, comme dépositaires des traditions antiques; et il ne faut pas oublier que le plus ancien des écrivains sacrés, Moïse, d'après le témoignage de l'apôtre saint Jacques, s'étoit rendu savant dans les sciences des Égyptiens. Le Pymandre, livre assez peu intelligible, attribué à Mercure, mais qui paroît avoir été composé dans les premiers siècles de l'Église, c'est-à-dire, à une époque où une foule de traditions graduellement défigurées et affoiblies finissoient, et où l'on cherchoit à les faire revivre en les rattachant au christianisme, ce livre qui contient, quoi qu'il en soit, les éléments de la philosophie hermétique, fait de la pensée et de la parole une émanation directe de Dieu. Nous pourrions, à ce sujet, remarquer les rapports qui existent entre la philosophie hermétique, la philosophie indienne et le mysticisme des théosophes; mais cette digression nous meneroit beaucoup trop loin.

Si l'homme avoit inventé le langage et

15

fondé la société, il faudroit savoir par où il
a commencé, ce qui ne seroit pas un mé-
diocre embarras. Il faudroit ensuite examiner la question sous ces deux faces, et prouver l'impossibilité d'inventer le langage sans
la société, ou de fonder la société sans un
langage établi. Seroit-il même possible d'inventer une langue sans inventer en même
temps l'écriture, et l'invention de l'écriture
peut-elle accompagner l'invention du langage? Il me semble que sur cette route on
rencontreroit bien des obstacles. (1)

Sans doute je ne nie point à l'homme,
d'une manière absolue, la faculté d'inventer l'écriture, quelle que soit d'ailleurs la
difficulté d'une telle invention. Je dis seulement que l'on ne sauroit concevoir l'invention d'une langue, sans l'invention au moins
simultanée de signes écrits; car, sans le secours de ces signes écrits, par quels moyens
des intelligences humaines pourroient-elles
embrasser tout le système du langage? et
même pour apprécier les obstacles qu'il y
auroit à surmonter, il faut entrer dans l'hypothèse des partisans de l'invention des langues; hypothèse qui nous présente l'hom-

me, à son origine, pauvre, chétif, misérable. Un tel point de départ me paroît le comble de l'absurdité ; et cependant il faut bien descendre jusque-là. Mais le langage existant une fois, n'importe de quelle manière, il est plus facile de comprendre comment l'homme a pû ensuite fixer la parole par l'écriture : les difficultés ne sont rien lorsque l'on parvient à écarter l'impossibilité absolue. Ainsi donc, l'objection que je fais en ce moment ne porte toujours que sur l'invention de la parole.

Selon quelques archéologues les mots ont eu, dans les langues primitives, une énergie par eux-mêmes ; et indépendamment d'un sens convenu : d'autres archéologues sont allés plus loin encore, car ils sont allés jusqu'à attribuer à la parole écrite, aux caractères, une partie des prérogatives de la langue parlée. Cela peut être vrai de l'écriture hiéroglyphique, qui sans doute eut une énergie propre, mais cela me paroît au moins très douteux pour l'écriture syllabique. Seulement, ce qui est incontestable, c'est que nos langues dérivées ont perdu un grand nombre des propriétés qui distinguèrent les lan-

15.

gues primitives, et qui excitent un si profond étonnement dans l'étude des langues indiennes. Je ne discuterai point, au reste, les assertions que je viens d'exposer ; mais je n'ai pas voulu laisser ignorer au lecteur que ce sont des opinions plus ou moins admises par la plupart des archéologues qui se sont occupés du problème de la formation du langage, et par tous les théosophes sans exception. Je ne les discuterai point, uniquement parceque je ne veux pas être arrêté par des objections. D'ailleurs, la science des étymologies est encore bien récente : espérons que la connoissance des langues orientales, qui commence à se répandre en Europe, nous fournira, par la suite, d'autres données.

Quant à présent nous sommes obligés de nous en tenir au raisonnement.

L'objection qui a toujours été considérée comme la plus forte et la plus insoluble contre l'invention du langage a sur-tout consisté dans la difficulté d'inventer le verbe avec ses étonnantes propriétés. Je voudrois bien, en effet, que l'on expliquât comment l'homme auroit pu parvenir de lui-même à

imaginer tout-à-coup la manifestation la
plus complète de l'intelligence et de tous
les sentiments moraux, puisque le verbe,
parole par excellence, lien merveilleux de
tout discours, contient le sentiment même
de l'existence avec tous ses modes et toutes
ses modifications. Le verbe est à-la-fois la
plus haute abstraction, la plus forte empreinte de la conscience de soi et de la
croyance à ce qui n'est pas soi, l'expression
la plus ferme, la plus déliée, la plus flexible
et la plus certaine. Le verbe, enfin, embrasse
tous les temps, et crée le souvenir et la prévision. Oui, la pensée même de Dieu, là
pensée éternelle et contemporaine de tous
les temps, cette pensée est dans le verbe.
Mais encore n'est-ce là qu'une partie du problème. L'invention du substantif présente
une difficulté non moins insurmontable.

Smith, qui a traité de la formation des
langues, n'hésite point à croire que l'adjectif a dû précéder le substantif. Il est certain
qu'en se plaçant dans l'hypothèse de la formation successive du langage, c'est ce qu'il
y avoit de plus raisonnable à dire. On n'a
pas pu donner de suite un nom essentiel à

l'objet ; on a été obligé de le désigner d'a-
bord par ses qualités les plus accessibles aux
sens. Toutefois, Smith n'a pas vu la difficulté où elle est réellement : ce n'est point
avec l'analyse philosophique que l'on peut
y parvenir ; car Smith a fait, à mon avis,
par le moyen de cette analyse, tout ce qu'il
étoit possible de faire. Il y a là une pensée
religieuse qui n'a échappé à aucun théoso-
phe, et que M. de Maistre a parfaitement
saisie dans son Essai sur le principe générateur des sociétés humaines ; c'est que
l'homme n'a pas reçu le pouvoir de nommer. Nommer, c'est constater l'existence :
or, ceci me paroît pour le moins autant au-
dessus de l'homme que l'expression du sentiment de l'existence, qui repose dans le
verbe. L'homme n'auroit donc pas inventé
le substantif. Et même je conçois que si, une
fois, il avoit pu s'élever à nommer, il auroit
pu franchir la grande difficulté du mot-lien.
On a vu des hommes qui, par une suite
quelconque d'altérations dans les facultés
intellectuelles, en sont venus à perdre absolument la mémoire du substantif ; je puis
attester un exemple de ce singulier phéno-

même physiologique. Je pense donc que
l'homme auroit été arrêté d'abord par la
création du substantif; mais je ne crois pas,
comme Smith, qu'il eût pu y suppléer par
l'adjectif : le signe abstrait seroit bientôt
devenu le signe concret : le système de Smith
ne fait donc que reculer la difficulté. Avant
que chaque chose eût reçu un nom, avant
que ce nom eût été adopté par tous, combien de siècles se seroient écoulés ! Je vois
comment *Lutetia Parisiorum* a pu devenir
Paris, mais je ne vois pas comment existe le
mot *Lutetia*. Je suis dans la même ignorance
à l'égard de *Lugdunum*, et je ne comprends
pas trop, en outre, comment *Lugdunum* a
pu devenir Lyon. Dans les livres saints, le
nom d'un être, le nom d'une chose sont l'ê-
tre même et la chose même. Il paroîtroit
plutôt, si ce n'est pas Dieu qui nomme, que
c'est la société, ministre de Dieu en cela; ou
la tradition, organe de la société; ou bien
c'est la chose même qui se nomme, car quelquefois le nom sort de la chose. Platon, en
disant que les noms ne sont point arbitraires, qu'ils ont un rapport avec les choses,
dit, par-là même, que le nom sort de la

chose, et que l'homme n'a pas le pouvoir de nommer.

Nous avons vu l'homme vouloir usurper la prérogative de nommer : alors il a mal nommé, et le nom n'est pas resté. L'homme a voulu faire d'un nom un monument durable, mais ce monument n'a pu survivre à celui qui avoit imposé le nom, car l'orgueil de l'homme est sujet à recevoir des démentis. Un père n'a jamais donné un nom à son fils ; le fils l'a toujours reçu de la société, ou de la religion, ce qui est la même chose. Nul ne peut changer son nom, si la société elle-même ne le change pas : c'est le nom seul qui est immortel parmi les hommes ; et c'est le nom seul qui porte le fardeau de l'opprobre ou la couronne des bénédictions.

Il y auroit beaucoup de choses à dire sur les noms d'hommes et de lieux, qui eurent, dans les temps anciens, une énergie si singulière, qui furent une poésie si merveilleuse ; sur ces lieux sans nom qui étoient, selon Virgile, autour du palais d'Évandre ; sur ces autres lieux où, comme dit Lucain, nulle pierre n'étoit sans nom : c'est que la

renommée s'étoit assise sur les ruines de
Troie, et qu'elle n'avoit point encore visité
les sept collines qui devoient être la ville
éternelle. Il y auroit beaucoup de choses à
dire encore sur ce desir que chacun a de
donner une signification à son nom, afin
de vivre chez les races futures, car nul ne
peut espérer de vivre sans un nom qui ait
une signification; sur l'impossibilité où l'on
fut toujours d'acclimater un nom en poésie,
quand il n'est pas déja lui-même de la poésie. Enfin, il y auroit à rendre compte des
superstitions rabbiniques au sujet du nom
incommuniquable et sacré de Jeovah, nom
formé, comme on sait, de la combinaison
du présent, du passé, du futur du verbe
être, et qui renferme, par son énergie propre, le sentiment essentiel de l'existence continue et non successive, en d'autres termes,
éternelle et contemporaine de tous les temps;
ce qui, pour le dire en passant, a cela de remarquable, que le substantif par excellence
tire ici son origine du verbe. Nous pourrions
également, si nous voulions épuiser ce sujet,
parler des noms cabalistiques et magiques,
traditions détournées de la croyance primi-

tive dans la force des noms. Les évocations
des morts et des esprits sont un autre signe
de ces sortes de traditions. Nul préjugé, nulle
superstition n'existent sans une raison.

Au reste, sans entrer dans un tel ordre de
recherches qui ne laisseroit pas assez de
prise à la discussion, je puis m'arrêter quelques instants sur les traces incontestables
d'usages antiques. Nous savons, et nous ne
pouvons en douter, que les noms de lieux
étoient significatifs, ainsi que les noms
d'hommes. Les villes anciennes eurent constamment deux noms; l'un mystérieux et
sacré, l'autre purement civil, comme Troie,
qui s'appeloit Ilion; comme Rome, qui
s'appeloit Valentia. Les hommes eurent
souvent aussi deux noms : on retrouve, à
un certain âge de la société, ces doubles
noms affectés de prérogatives ou de significations différentes, dont l'un est le nom
d'un être connu dans le ciel, et dont l'autre
est le nom du même être connu sur la terre.
Nos noms actuels, n'emportant point avec
eux de signification, sont sans poésie : nous
y suppléons par des épithètes, ou en res-
suscitant d'anciens noms dont la significa-

tion ne nous est pas connue, mais auxquels
nous en supposons une, avec quelque raison.
Un des avantages, entre autres, de la noblesse, est de donner un nom significatif,
ou au moins un nom auquel il est permis
de supposer une signification. Le temps, à
cet égard, est grand poëte et grand coloriste.

Après avoir signalé la difficulté d'inventer le verbe et le substantif, nous aurions à
signaler une sorte d'abstraction qui présente
des difficultés peut-être plus grandes encore,
je veux parler de la préposition; mais cette
partie de la discussion seroit trop métaphysique, et je crois inutile d'y toucher. Je re-
viens donc sur mes pas. Si l'homme n'a pas
plus inventé le langage que la société, il en
résulte qu'il est né avec la parole, ou que la
parole lui a été enseignée.

Je suis donc obligé d'admettre nécessairement la révélation de la parole. On me
dira ce qui a été déja dit plusieurs fois, que
c'est un moyen très commode de se tirer
d'embarras. Mais qu'importe que ce moyen
soit commode? Il s'agit de savoir si c'est la
vérité. D'abord, je ne vois pas pourquoi Dieu

n'auroit pas donné immédiatement la parole à l'homme, dans l'origine, comme il
lui a donné ses autres sens. L'intelligence de
l'homme dans quoi auroit-elle été contenue,
ou quel auroit été l'instrument de cette intelligence ? Certains philosophes matéria-
listes, qui n'ont pas reculé devant la rigueur
des conséquences, ont donné pour ancêtre
à l'homme une huître. Il est certain qu'il
faut en venir là si vous écartez la révélation
de la parole. L'homme alors auroit fait successivement ses organes et ses sens; et le sens
de la parole, le plus parfait de tous, seroit
venu le dernier. Mais ne nous arrêtons point
sur une hypothèse qui a l'air d'un jeu de
l'esprit.

Tous conviennent que si Dieu n'a pas
donné immédiatement la parole à l'homme, du moins il l'a doué d'une intelligence
telle, que l'homme a d'abord pensé, et qu'ensuite venant à abstraire ses pensées, il a été
conduit peu-à-peu à les revêtir d'un signe
extérieur. C'est là, comme nous l'avons expliqué, le système de Smith; mais ce système est contredit par l'expérience : on ne
trouve à asseoir une telle opinion ni sur

les monuments de l'histoire, ni sur les monuments de la fable. Et d'abord, je prie de considérer encore une fois quelle suite de siècles il faudroit pour parvenir à faire une langue, chose qui seroit déja si difficile avec toutes les données que nous avons. Or, l'histoire du genre humain nous prouve que l'homme n'a jamais été un instant orphelin; elle nous prouve que l'organisation des premières sociétés fut très forte; elle nous prouve que les langues ont toujours été douées des mêmes formes, et qui sont la preuve du plus haut déploiement possible de l'intelligence humaine. Cela même est si vrai que la seule faculté de comprendre toute l'économie d'une langue quelconque annonce l'esprit le plus vaste et le plus profond : que seroit-ce donc s'il s'agissoit d'inventer cette langue ou de créer le langage? Tout pourroit être successif dans la formation de la société; le langage seul ne peut pas être successif dans la combinaison de ses éléments primordiaux. Les langues se perfectionnent par l'accroissement du nombre des mots et des tournures, mais non point par l'accroissement des formes du langage. Elles

ne changent point sous le rapport de leurs
éléments constitutifs, c'est-à-dire sous le rapport de ce qu'elles ont de commun entre
elles, et qui est le fondement de la gram-
maire générale; non plus que sous le rapport de ce en quoi elles diffèrent entre elles,
et qui constitue le génie particulier de chacune. Si elles avoient été inventées, elles auroient dû l'être d'un seul jet, ce qui est contraire à toutes les expériences sociales; mais
loin que l'homme puisse inventer les langues,
il ne peut pas même les perfectionner. C'est
la société et non l'homme qui les élabore.
Or, la société n'a pu exister sans la parole;
et l'homme n'a pu exister sans la société. Il
est même permis d'affirmer que les langues,
au lieu de s'être perfectionnées, se sont dé-
gradées en succédant les unes aux autres.
Ce que je regarde ici comme une dégénération dans les langues est regardé par
Smith comme une simplification, et, par
conséquent, comme un perfectionnement;
car s'il trouve que l'abstraction soit nécessaire à la première formation des langues,
c'est par l'abstraction encore que les cas et
les conjugaisons, selon lui, parviennent à

se simplifier. Mais il avoue en même temps que ce que les langues gagnent ainsi en philosophie et en métaphysique, elles le perdent du côté de la poésie. Il n'a pas fait attention que les langues ne peuvent pas franchir les limites naturelles fixées par le génie qui les distingue entre elles et les sépare à jamais. Quoi qu'il en soit, une langue ne vient à être bien comprise et parfaitement analysée qu'à un âge très avancé de la société ; encore y a-t-il peu d'hommes qui parviennent à cette profondeur de l'analyse.

Je ne ferai point l'objection, d'ailleurs si forte, de demander, puisque toutes les langues sont fondées sur les mêmes éléments, pourquoi, si l'homme les a inventées, n'y a-t-il pas de différence entre elles pour leur organisation essentielle, pour leur structure grammaticale. On me répondroit sans doute que c'est parceque les lois du langage sont fondées sur la forme primitive de l'intelligence, ce qui, au fond, seroit mettre un mystère à la place d'un autre mystère. On me répondroit encore que l'homme étant doué d'une grande puissance d'imitation, et ayant de plus une certaine paresse qui le porte à adopter les méthodes existantes, pour se dispenser d'en créer de nouvelles, il a dû en résulter naturellement que lorsqu'une langue a été une fois inventée, il a pu se contenter des formes qu'il a trouvées, et qu'alors toutes les langues se sont moulées les unes sur les autres. Je ne contesterai point cette thèse, car, en d'autres termes, c'est la mienne : seulement on sera parvenu à écarter la révélation ; mais il restera toujours à expliquer comment s'est faite la première manifestation de l'intelligence humaine. Enfin, si je demandois pourquoi il ne se forme plus de langues, on auroit à me répondre, avec beaucoup de raison, que ce seroit fort inutile. J'en conviens ; mais, en mathématique, par exemple, l'homme ne recherche-t-il que les applications utiles? D'ailleurs, quand les langues ne seroient considérées que comme une méthode, n'est-ce rien qu'une méthode plus parfaite ? Lorsque Leibnitz voulut composer une langue, il ne trouva point d'autres lois que celles qui existent actuellement ; il se borna et il dut se borner à se servir de celles qu'il trouva. Cependant, je le crois un des génies les plus investigateurs qui aient jamais paru. Au reste, l'invention d'une langue, lorsque déja il en existe, ne prouve rien ; et je sais qu'il en est dans l'Inde qu'on croit avoir été inventées. Il s'agit encore de savoir si elles sont fondées sur d'autres éléments que les langues primitives ; et n'est-il pas démontré jusqu'à l'évidence que non seulement elles ne sont pas fondées sur d'autres éléments, mais même que les éléments qui forment la base de nos langues actuelles sont loin d'avoir les mêmes prérogatives et de donner la même puissance à l'exercice de nos facultés morales et intellectuelles ?

Une autre considération vient encore à notre secours. Tout est immobile dans l'antique Orient. Les peintures que font les anciens historiens des mœurs, des habitudes, des institutions de ces peuples, semblent avoir été écrites aujourd'hui par des voyageurs qui en arrivent. Les langues auroient donc été faites tout d'une pièce par des hommes en qui la force de l'intelligence auroit fait prévoir les besoins futurs de la pensée ; il est présumable en effet qu'en remontant à

16

l'origine de ces sociétés, grossière et misérable comme il faut la supposer dans une telle hypothèse, ce ne seroient pas ces sortes de besoins qui auroient commandé les premiers l'emploi de la parole. Il faut avouer que les hommes qui ont inventé les lois du langage ont donné du repos à notre intelligence pour jusqu'à la fin du monde; car certainement les langues étant faites, tous les travaux qu'elle peut accomplir sont bien foibles en comparaison de celui-là. Mais ne faisons pas trop d'honneur aux premiers hommes, car les inventeurs du langage seroient les inventeurs de l'intelligence humaine elle-même.

Des savants ont établi et prouvé qu'il y avoit plusieurs familles de langues, évidemment distinctes dans leurs origines; et qui admettent des procédés fort différents pour compléter un système de langage. Il seroit bon d'examiner, à cet égard, les idées de M. Frédéric Schlegel et de M. Villiam Jones; mais il faudroit toute l'érudition et toute la variété de connoissances qui distinguent ces savants hommes pour exposer leurs idées, dont la discussion n'est point, au reste, rigoureusement nécessaire dans cet écrit. Je dois

me borner aux résultats. Chez certains peuples, la langue fut toute composée d'onomatopées, et ces langues qui reposent sur l'imitation par les sons repoussent aussi la pensée de l'invention du langage par l'homme,
car elles n'excluent point les autres éléments
constitutifs de la parole : or, c'est toujours
là qu'est toute la difficulté. Elles ont, comme les autres, des noms et des déclinaisons
de noms, des verbes et des conjugaisons de
verbes. On distingue encore deux princi-
pales familles de langues, celles où les modifications du substantif et du verbe sont des
mots différents, et celles où ces modifications se marquent par des changements
dans le substantif et dans le verbe eux-mêmes. Il en est de même de l'union ou de la
séparation du substantif et de l'adjectif, et
des cas par les désinences ou par les articles. Les langues où les cas se marquent par
des désinences ont une harmonie plus naturelle ; et il est possible que ce soit la seule
raison de l'introduction de la rime dans les
langues qui se refusent absolument à la désinence pour les cas, parceque alors il a fallu
suppléer, dans la versification, à l'harmonie

16.

essentielle par une harmonie de convention
ou artificielle. Quand je dis qu'il a fallu, il
est évident que ce n'est point l'homme qui
a voulu ; c'est le génie même de la langue
qui a commandé impérieusement. Les synonymes ont dû aussi se multiplier à l'infini
dans les langues sans adjectifs, car si les cas
marquent les accidents d'un mot, l'adjectif
en marque les qualités ; et lorsqu'on n'a pas
eu d'adjectif, il a fallu autant de noms pour
le même objet que cet objet a eu de qualités
différentes.

Enfin, il y a des langues transpositives et
des langues analogues : cette différence mérite peu d'attention, quoiqu'elle soit si considérable ; on sent trop bien que les inver-
sions ne sont que facultatives, et tiennent à
la même loi que les désinences. Il y a encore
des langues, comme le chinois, où la langue écrite et la langue parlée sont absolument indépendantes l'une de l'autre, et tellement indépendantes que la même langue
écrite peut servir à plusieurs peuples qui
parlent chacun une langue différente. Mais
ici nous serions ramenés à cette autre difficulté, déja signalée par nous, de la langue

écrite ; car même pour les peuples où la langue parlée et la langue écrite sont la même, il est certain que la langue écrite n'est que par convention, et non point essentiellement, la peinture de la langue parlée.

M. Villiam Jones et M. Schlegel ont adopté deux systèmes opposés, celui d'une origine commune et celui d'une origine différente pour les langues. Ils sont d'accord tous les deux sur ce point, que les langues ne se sont pas perfectionnées successivement : Court de Gébelin a pensé le contraire. Il est étonnant qu'ayant refusé à l'homme le pouvoir de créer la parole, ce dernier n'ait pas été conduit, par la rigueur de la conséquence, à lui refuser aussi le pouvoir de perfectionner les langues. Au reste, le système de M. Schlegel offre une difficulté de plus, en adoptant plusieurs origines : ce qui l'a porté, sans doute, à reconnoître ainsi plusieurs origines différentes, c'est le besoin de s'affranchir d'une difficulté non moins grande, celle d'expliquer comment des langues ont pu changer de nature, se dépouiller, par exemple, des affixes pour se revêtir des inflexions. Son frère, M. W. Schlegel, dit fort bien, à

ce sujet, que « si l'on pouvoit parvenir à ré
pondre à cette question par des faits d'une
certaine évidence, une foule de problèmes
relatifs aux origines de la civilisation se
trouveroient par-là même résolus. »

Mais je ne sais pas si, en remontant plus
haut, on ne pourroit pas tout concilier. Ne
pourroit-on pas dire, en effet, qu'il y a plusieurs races d'hommes, qui, chacune à part,
ont été conservatrices de certaines formes
de civilisation ? Ne pourroit-on pas même
dire que certaines races sont inhabiles à parvenir à certains degrés ou à recevoir certaines formes de civilisation ? Ces races ont cependant une origine commune ; mais dès le
commencement, Dieu distingua les fils d'un
même père par différentes sortes de prérogatives ou de bénédictions : ceci est dans la
Bible et dans toutes les traditions primitives du genre humain, et me paroît historiquement prouvé, car, s'il ne s'agissoit que
d'une hypothèse explicative, elle seroit susceptible d'être contestée. Ne pourroit-on pas
également dire que la langue primitive, celle
qui fut donnée à l'homme par Dieu même,
se composoit à-la-fois d'onomatopées et de

mots synonymes sans imitation de sons ;
qu'elle produisoit les modifications du substantif et du verbe, tantôt par son énergie
propre, tantôt par des adjonctions ; qu'elle
eut à son choix les cas par désinence ou par
l'article? Ne pourroit-on pas dire qu'ensuite,
lorsque les enfants d'un même père se sépa-
rèrent, alors ils se partagèrent l'héritage de
la langue commune selon le plus ou moins
de faculté d'esprit ou d'imagination dont ils
avoient été doués ? Ne pourroit-on pas dire
que les uns restreignirent leur langue aux
onomatopées, les autres aux mots à inflexions, plus favorables à la mémoire, les
autres aux mots sans inflexions ? Ne pourroit-on pas dire que toutes les langues, néanmoins, conservant un certain nombre de
traditions primitives qui établissoient la filiation, ont mêlé, de temps en temps, et
pour de certains mots, ces attributs différents? Ne pourroit-on pas dire que si ce
partage s'est fait ainsi c'est sans calcul et par
une suite de dégradations ou de perfection-
nements que nous ignorons? Ne pourroit-
on pas dire aussi que chaque race humaine
ayant été affectée de prérogatives différen-

tes, il y a eu, dans le genre humain, un droit d'aînesse, comme tout paroît le prouver, et que ce sont les races aînées qui sont restées dépositaires des titres de famille ? La confusion des langues à la tour de Babel est un événement historique, ou, dans tous les cas, pour ceux qui repoussent l'autorité des livres saints, l'allégorie d'un événement historique.

Enfin, a-t-on assez réfléchi à cette différence de la langue écrite et de la langue parlée ? Et ici il n'est point question du chinois ; mais la différence que nous voulons signaler aucune langue ne peut l'éviter, parcequ'il n'y a pas de signe syllabique qui soit la représentation exacte du son, même la valeur rigoureuse des signes étant donnée. Dans notre langue, où le signe se rapproche beaucoup plus de la parole que dans d'autres langues, combien de signes qui ne sont que pour les yeux, et où nous sommes obligés de nous représenter la phrase écrite pour atteindre au sens de la phrase prononcée ! Cet exemple suffit pour nous donner une idée à-la-fois et de l'union intime de la langue écrite avec la langue parlée et de la séparation de ces deux langues. Nous trouverions de plus, dans cette simple considération, une forte présomption pour croire que, par le langage, l'homme a le plus souvent voulu s'adresser à deux sens, celui de l'ouïe et celui de la vue. La langue de l'ouïe et la langue de la vue ont été tantôt très distinctes, tantôt confondues ; mais elles ont fourni l'une et l'autre des tropes différents qui se sont mêlés dans la langue écrite et dans la langue parlée, et qui les ont enrichies toutes les deux. Que l'on se souvienne de ce que nous avons dit plus haut sur la difficulté d'inventer le langage sans l'écriture, et l'on sentira tous les inconvénients du système de l'invention du langage par l'homme ; mais ce système une fois rejeté, les cordonnets des anciens Égyptiens, si semblables aux quipos des Péruviens, peuvent, avec raison, être regardés comme le premier pas de l'invention de l'écriture.

Enfin encore, a-t-on assez réfléchi à cette force qui est dans les langues et qui fait la certitude de la science étymologique, certitude qui est toute de tact, où l'erreur n'est à craindre que lorsqu'on se laisse entraîner

par l'esprit de système, où elle ne sera plus
même possible si l'on parvient à déterminer
la filiation des langues, parceque alors on
ne courra plus le risque d'appliquer les mêmes raisons et les mêmes règles à des familles différentes de langues? A-t-on assez réfléchi enfin à cette force des racines primitives qui naît en même temps, par une merveilleuse fécondité, et du son émis et du
signe figuré, et dont l'étude seule est la
source des plus hautes méditations?

Le président de Brosses et Court de Gébelin ont décrit avec un grand soin l'appareil de la voix. Le premier, sur-tout, a déduit
d'ingénieuses hypothèses de la description
détaillée de ce merveilleux appareil du premier de nos sens. Son ouvrage est un vrai
prodige de patience, un chef-d'œuvre sous
le rapport de la finesse de l'analyse et de la
ténuité d'une foule d'observations. Mais ni
le président de Brosses, ni Court de Gébelin
ne sont descendus assez avant, n'ont poussé
assez loin leurs conséquences. Ils n'ont quitté
l'un et l'autre le scalpel de l'anatomiste que
pour rêver chacun une théorie différente.
Il falloit commencer par faire comprendre

ce qu'il y a de l'ame dans cette voix de l'homme, qui est un souffle de Dieu. Alors ils auroient pu, avec toute leur science, trouver la raison de la filiation des langues et des transformations des mots lorsqu'ils passent d'une langue dans une autre; ils auroient pu, après avoir remarqué que le son de la voix est un trait physiognomonique très important dans l'homme, peut-être le plus important de tous; ils auroient pu, dis-je, remarquer combien est caractéristique aussi l'accent qui signale les peuples divers et qui anime leurs langues; ils auroient pu remarquer qu'il y a des familles et des nations distinguées par l'analogie des sons de la voix comme par celle des lignes de la figure, ou des couleurs de la peau et par les habitudes des cheveux. Tout n'auroit sans doute pas été susceptible d'une démonstration rigoureuse, mais on seroit parvenu à prouver que la difficulté de réunir tous les faits nécessaires est le seul obstacle réel à cette démonstration : ils auroient pu tirer de là l'induction que la parole est le sens intellectuel et moral, le sixième sens de l'homme. Mais ils se seroient bien gardés de conclure, comme le

président de Brosses , de la perfection de
l'organe vocal, que l'homme avoit pu contribuer au perfectionnement de cet organe
et inventer le langage ; ou, en d'autres termes , que cet organe avoit été oisif pendant
un certain temps , et que l'homme avoit
existé, au commencement, sans la parole.
La faculté que nous avons de recevoir la
transmission de la parole est une faculté assez inexplicable en soi pour qu'on ne doive
pas être tenté d'y ajouter encore la faculté
de l'inventer. Quant à moi, je ne puis comprendre la communication de la pensée par
la parole qu'en attribuant à la parole l'énergie primitive, ou un reste de cette énergie
dont elle fut douée par l'auteur de toutes
choses. Pour se dispenser d'adopter une révélation première du langage, on est obligé
d'admettre une série de miracles qui se re-
nouvellent tous les jours avec la même raison de douter pour l'incrédule. Ne vaudroit-
il pas mieux se reposer dans la croyance d'un
premier acte de la volonté divine ?

Remarquons ici en passant , à l'occasion
des accents qui donnent la vie aux langues
et qui sont un trait caractéristique de la phy-

sionomie des différents peuples , remarquons , dis-je , que la langue françoise , dépouillée d'accents plus qu'aucune autre langue , en est plus propre à remplir les fonctions de langue universelle , dont Dieu lui
a imprimé le caractère. Elle n'est pas dépouillée de l'accent tonique , car alors elle
seroit inhabile à toute poésie ; mais elle est
dépouillée de cette sorte d'accent qui fait que
la prononciation s'appuie davantage sur certaines parties de l'appareil vocal. Nous em-
ployons cet appareil tout entier sans aucun
effort ; c'est le jeu le plus simple et le plus
naturel de cet admirable mécanisme.

M. Schlegel a fort bien remarqué que la
question de l'origine du langage devoit être
traitée historiquement , et non point expliquée par une théorie spéculative. Les matériaux nous manquent à présent ; mais sur
tous les points de la terre il y a des hommes qui s'occupent à les rassembler. Déja
la science des étymologies commence à
n'être plus une science aussi conjecturale.
Déja il passe pour démontré qu'il y a plusieurs familles de langues comme il y a
plusieurs races d'hommes. Nous parvien-

drons sans doute à arriver aux généalogies
des races humaines par les généalogies des
langues. Si les métaphysiciens qui ont attribué à l'homme l'invention du langage
avoient, je ne dis pas étudié, mais seulement jeté les yeux sur le peu de renseignements historiques qui existent, sur le très
petit nombre de faits qui ont été rassemblés,
ils auroient appris que leurs théories étoient
contraires à tout ce que nous savons de certain; ils auroient appris que les doctrines
de l'antiquité leur sont tout opposées; ils
auroient appris que plus l'on remonte haut,
c'est-à-dire, plus l'on s'approche du berceau
au moins présumé de l'espéce humaine,
plus l'on trouve les langues parfaites et fécondes. Le temps use tout. Les langues ont
subi aussi les épreuves du temps; elles se
sont détériorées, elles ont perdu de leur
énergie propre et de leurs attributs en se
succédant, comme les générations humaines se détériorent, comme les races royales
perdent de leur ascendant et de leurs prérogatives. Les langues qui sont restées immobiles sont celles qui n'ont pas été livrées
à la multitude.

Deux sortes de matériaux s'assemblent aujourd'hui, ceux qui pourront servir à l'histoire géologique du globe, et ceux qui pourront servir à l'histoire des langues. Il ne peut manquer de sortir une grande lumière de cette foule de recherches auxquelles on se livre en ce moment.

Le mot étymologie, qui signifie discours vrai, a donné lieu à deux explications qui ont partagé les anciens philologues. Les uns ont entendu par discours vrai une science qui établit la vraie filiation des mots. Les autres ont entendu par discours vrai une science qui établit le vrai rapport ou le rapport primitif des mots avec les choses. Il est évident que les deux explications sont fondées, et qu'il faut établir d'abord la vraie filiation des mots pour arriver aux rapports qu'il y eut, à l'origine, entre les mots et les choses. Dans ce sens, le mot étymologie voudroit dire la science de la vérité, et je pense que c'est ce que les anciens entendoient. Les Romains donnèrent une grande attention aux étymologies. Varron avoit fait sur cette matière des recherches immenses qui ne sont point parvenues jus-

qu'à nous. Verrius Flaccus avoit composé
un traité de la signification des mots. Mais
il est facile de présumer que ces savants hommes n'avoient pas assez de données. Leurs
travaux sans doute nous seroient très utiles
comme renseignements, et nous devons les
regretter sous ce point de vue. L'esprit des
traditions primitives s'étoit d'abord perdu
à Rome. Leurs livres sibyllins n'existoient
plus dans le temps où les Romains commencèrent à cultiver les lettres. Ils avoient
fort peu étudié les origines phéniciennes;
ils n'avoient songé qu'à écraser Carthage; et
tous les monuments littéraires de ce peuple
malheureux périrent avec lui par la farouche incurie du vainqueur. Quoique la Judée
fût devenue une province romaine, les Romains négligèrent les livres des Juifs. Lorsque la langue grecque s'introduisit chez ces
maîtres impitoyables du monde pour les
polir, ils voulurent d'abord la repousser,
parcequ'il leur eût mieux convenu de rester
barbares : lorsque, plus tard, cette langue
leur fut devenue familière, ils ne voulurent
y puiser que les doctrines philosophiques.
Les poëtes grecs ne furent pour eux que ce

qu'ils ont été ensuite pour nous, c'est-à-dire
d'aimables enchanteurs plutôt que des sages
et des dépositaires d'anciennes traditions.
On voit que Denys d'Halicarnasse, non plus
que Tite-Live, ne songèrent point à discuter
les monuments et les origines, à pénétrer le
sens primitif des fables, et qu'ils se bornèrent
à consacrer historiquement les contes populaires sur la fondation et sur les premiers
temps de Rome. Enfin, il ne paroît pas que
les Romains aient jamais soupçonné le génie allégorique de l'antiquité. Nous-mêmes,
sans la Bible, nous ne nous y serions jamais
élevés. La nécessité où nous nous sommes
trouvés d'affermir notre croyance dans le
témoignage de Moïse sur les commencements
des différents peuples de la terre, sur les
premiers faits du genre humain, nous a for-
cés à soulever le rideau des cosmogonies
mensongères, à expliquer les harmonieuses
énigmes des filles de mémoire.

Condillac a fait un roman sur la formation du langage : il en tire cette conclusion
vraiment inconcevable, la nécessité de *signes
arbitraires*. Cela seul me dispense d'analyser
ce roman, d'ailleurs plein d'aperçus très fins

17

et très spirituels. M. de La Harpe, en rendant compte des ouvrages de ce célèbre grammairien, qui fut aussi un habile métaphysicien, M. de La Harpe insiste à son tour sur la nécessité des signes. Si Condillac eût médité avec soin l'ouvrage du président de Brosses, dont nous avons parlé plus haut, il auroit pu parvenir à la solution qu'il cherchoit, c'est-à-dire, à la possibilité de l'invention du langage par l'homme, sans avoir besoin de recourir à la nécessité des *signes arbitraires*; parcequ'il auroit pris dans la forme même de l'instrument vocal, toutes les données de son roman, qui y auroit certainement beaucoup gagné en vraisemblance.

J. J. Rousseau, dans son Discours sur l'inégalité des conditions, avoit très bien saisi le point de la difficulté, et il avoit renoncé à résoudre le problème; mais il a voulu ensuite faire aussi son roman sur l'origine des langues. Là, il est à-la-fois ingénieux, éloquent, parfait coloriste, et ses hypothèses, il les puise dans la nature même des choses. Il part d'une pensée féconde, la distinction entre les langues domestiques ou de famille,

et les langues des hommes réunis en corps
de tribus ou de nations. Il faisoit naître les
unes des autres. Il auroit fini par rencontrer
la vérité sur cette route s'il n'avoit pas été
abusé par une première erreur, qui a été le
fondement des autres, l'erreur de croire à
un état de nature qui auroit précédé la société. Cet homme en qui les sentiments
étoient si vrais s'abandonna trop souvent
aux fascinations de son esprit naturellement
raisonneur.

Charles Bonnet, dans son Essai de physiologie, examine ce que l'homme a pu être
avant qu'il n'eût la parole. Cette supposition absurde est comme un voile jeté sur
l'objet des recherches de cet admirable observateur. Il ne peut parvenir à voir dessous
ce voile, quoiqu'il l'eût percé de toutes parts
avec les lumières d'un sens si parfaitement
droit et religieux; tant est puissante la préoc-
cupation d'une première idée. Cependant
on trouve, dans sa Contemplation de la
nature, au sujet de l'oureng-outang qui ne
parle point, quoiqu'il présente à l'œil même
de l'anatomiste de si grandes conformités
avec l'homme, on trouve, dis-je, ces mots :

17.

« Il ne pense donc point, *car pour penser il*
« *faut parler.* »

M. Degerando croit qu'il suffit que l'homme ait été doué de la faculté de la parole
pour qu'il ait pu s'élever successivement et
graduellement à l'invention du langage. Un
enfant, dit-il, n'apprend sa langue maternelle que parcequ'il l'invente, en quelque
sorte, avec sa mère. Il y a de la vérité dans
cette expression. L'enfant invente sa langue,
dans le sens que l'homme invente la science
qui lui est enseignée, dans le sens que le
lecteur d'un livre invente aussi le livre qu'il
lit. Mais cette énergie d'assimilation pour
les pensées et pour les sentiments ne prouve
que la puissance de la parole. L'enfant reçoit
la parole et se l'approprie, comme le pistil
d'une fleur reçoit la poussière des étamines.
C'est sans doute ce qui faisoit dire à un philosophe de ces derniers temps : « Nous som-
« mes les mères de nos pensées. »

M. de Bonnald, à la suite de sa Législation primitive, avoit donné une Dissertation sur la pensée de l'homme et sur son
expression. Cette Dissertation, qui avoit
pour objet de prouver le don primitif de

la parole, étoit un développement nécessaire des premières propositions avancées
dans son ouvrage. Cet illustre auteur, dans
ses Recherches philosophiques sur les premiers objets de nos connoissances morales,
qu'il vient de publier, a fortifié par de nouvelles preuves, par de nouveaux raisonnements, par la discussion des systèmes opposés, la théorie du don primitif de la parole.
Je suis fâché, pour le dire en passant, qu'un
livre où toute la métaphysique et toute la
morale reposent sur une théorie si éminemment religieuse et si éminemment sociale n'ait été entrepris que pour réfuter
Cabanis. Quoi qu'il en soit, tel qu'il est, il
me paroît la pensée même du grand ouvrage de Pascal, réalisée quant à la partie
philosophique.

Voici donc les propositions de M. de
Bonnald :

« L'homme ne peut parler sa pensée sans
« penser sa parole.

« L'homme ne peut décomposer les sons
« que d'une langue écrite, c'est-à-dire, déja
« décomposée.

« Donc il est physiquement et morale-

« ment impossible qu'il ait inventé l'art d'é-
« crire ou de parler. »

Je me suis expliqué sur l'invention de l'é-
criture, et je suis loin d'enfermer la langue
écrite et la langue parlée dans les conditions
du même problème. J'ai dit, ce que je per-
siste à croire vrai, que ces deux propositions
ne sont intimement liées que dans l'hypothèse de l'invention du langage par l'homme,
et alors elles ne sont liées que pour démontrer davantage l'absurdité de l'hypothèse.

Mais je dois parler ici d'une théorie que
j'ai fait pressentir plus haut; d'une théorie
vers laquelle gravitoient plusieurs archéologues, et entre autres Court de Gébelin;
théorie, au reste, à laquelle on a dû être
amené par l'étude de l'écriture hyérogliphique : cette théorie, qui va bien au-delà de
celle de M. de Bonnald, vient d'être développée avec un grand appareil d'érudition
par M. Fabre d'Olivet. Ce savant et labo-
rieux archéologue croit avoir trouvé que
l'institution du langage remontoit au signe,
et que la parole sortoit de la puissance même du signe. Ainsi la langue écrite précéde-
roit la langue parlée. Cette conjecture, il

faut l'avouer, est fortifiée par la considération de quelques unes des prérogatives des
langues de l'Orient. Elle nous méne directement à un dernier système que nous ferons
connoître tout-à-l'heure. Je ne discuterai
point les idées de M. Fabre d'Olivet, parcequ'il faudroit, pour les juger, pouvoir
les embrasser et les dominer. Je suis loin
d'avoir ce qu'il faudroit de science pour
me livrer à un tel travail; mais la simple
exposition du système auquel ces idées ra-
mènent suffira, je crois : nous ne tarderons
pas d'y arriver.

Ainsi qu'on a pu le voir par tout ce qui
a été dit, la théorie de M. de Bonnald n'est
point nouvelle : c'est, au contraire, une
théorie très ancienne, sur-tout pour la première de ses propositions ; elle résulte de
toutes les doctrines et de tous les enseignements de l'antiquité. La tradition ne s'en
est même jamais perdue dans la société :
seulement elle avoit été obscurcie peu-à-peu;
il est même permis de dire que la théorie
opposée, érigée en doctrine, est tout-à-fait
moderne. Cette révolution dans les éléments
primitifs de la philosophie présageoit l'ère

de l'émancipation de la pensée, qui sera l'objet de la seconde partie de ce chapitre.

La question de l'origine du langage a été assez débattue dans les premières séances de l'École Normale. Le professeur d'analyse de l'entendement humain y disoit affirmativement : *L'homme ne pense que parcequ'il parle*; ce qui revient à cette proposition de M. de Bonnald : *L'homme ne peut parler sa pensée sans penser sa parole*. Euler, plus timide, avoit dit : *Sans une langue nous ne serions presque pas en état de penser nous-mêmes*. Rousseau s'étoit servi de ces mots si souvent cités depuis : *La parole paroît avoir été fort nécessaire pour établir l'usage de la parole*. Il est étonnant que M. de Bonnald, qui a suivi pied à pied le système de Condillac pour le réfuter, n'ait pas également suivi celui que Rousseau a développé dans son Essai sur l'origine des langues. Le professeur d'analyse de l'entendement n'avoit songé non plus qu'à prendre Rousseau pour auxiliaire, quoiqu'il fût évident que la véritable pensée du philosophe de Genève n'étoit point renfermée dans son Discours sur l'inégalité des conditions. Ce professeur s'exprimoit ainsi, à l'occasion des paroles de Rousseau, que nous venons de rapporter : « Il vouloit dé-« couvrir les sources d'un grand fleuve, et il « les a cherchées dans son embouchure : ce « n'étoit pas le moyen de les trouver ; mais « c'étoit le moyen de croire, comme on l'a « cru des sources du Nil, qu'elles n'étoient « pas sur la terre, mais dans le ciel. »

J'accepte ces mots comme renfermant le sentiment de la vérité.

Il est bon de remarquer que l'École Normale dont nous parlons avoit été instituée par la Convention nationale ; que les professeurs qui y furent appelés étoient tous des hommes dont les noms ou étoient déja célébres, ou ont acquis depuis une très grande célébrité dans les différentes branches des connoissances humaines ; que les éléves eux-mêmes, qui suivoient les cours, sont aussi devenus célèbres comme leurs maîtres ; et que cette École, née dans les jours les plus néfastes, a imprimé néanmoins, dès le moment de sa naissance, un grand mouvement aux esprits. Remarquons en même temps qu'à cette époque sinistre, où, pour me servir d'une expression énergi-

que employée par nos vieux traducteurs de
la Bible en parlant du déluge, remarquons,
dis-je, qu'à cette époque où le génie antisocial avoit résolu de *racler* toutes les institutions humaines, la voix des traditions
anciennes se faisoit encore entendre.

Il y a, au sujet de la formation du langage, un dernier système que l'on laisse entrevoir plutôt qu'on ne le développe ouvertement : ce système est très ancien, mais il
vient d'être rajeuni avec beaucoup d'art et
beaucoup de science : c'est celui auquel on
est si naturellement conduit par les idées de
M. Fabre d'Olivet, dont nous parlions il y
a quelques instants. Il faut d'abord supposer que les hommes ont subsisté, pendant
un assez long espace de temps, privés du
bienfait d'un langage organisé : ce furent de
simples interjections, des cris, des onomatopées : les signes des mains, l'expression de
la figure aidoient à l'intelligence de ces émis-
sions de la voix. Ce langage rude et grossier
dont celui de quelques peuplades de sauvages peut nous donner quelque idée, n'étoit
pas trop susceptible de se perfectionner,
parcequ'il manquoit des éléments même du

langage. Cependant, des hommes d'un génie extraordinaire qui, comme Prométhée,
avoient dérobé le feu du ciel, ou comme Orphée avoient apprivoisé les animaux des forêts, fondèrent une société religieuse. Telle
fut l'origine des Mystères. Les gymnosophistes de l'Inde ou les hyérophantes de l'Égypte,
dans le secret du sanctuaire, se mirent à
perfectionner ensemble les premiers rudiments du langage. L'intelligence humaine
fut créée par ces hommes merveilleux dont
les noms ont péri : quelques uns seulement
ont survécu pour être un signe de convention parmi les hommes. De là les langues
sacrées, qui ont été faites lentement, et mo-
delées sur les formes mêmes de l'esprit humain. Ces langues sacrées n'ont été livrées à
la multitude que lorsqu'elles ont été parfaites : encore les inventeurs se sont-ils réservé
la connoissance intime de leurs hautes théories. Sans doute il faut accorder d'immenses
facultés à de tels hommes, il faut leur accorder même quelque chose de la prévision;
mais enfin on aura gagné d'écarter l'intervention directe de la Divinité : ce sera un
bienfait de moins que nous devrons à l'au-

teur de toutes choses; et les autels élevés
jadis, par exemple, au Mercure Égyptien,
devroient encore aujourd'hui appeler tous
nos hommages. On trouveroit cependant
bientôt une grande difficulté à admettre
cette hypothèse, quelque bien liée qu'elle
soit en apparence. Comment la société auroit-elle pu s'avancer d'elle-même jusqu'au
point de produire de tels colléges de prêtres ? Comment se seroient formées anté-
rieurement des traditions religieuses, car il
eût fallu des traditions religieuses pour que
ces colléges eussent pu être fondés? Je serois
bien tenté de répéter que Dieu n'auroit pas
voulu confier les destinées humaines à des
chances contingentes; mais lorsqu'on est dé-
cidé à tout admettre, même le hasard, rien
ne coûte.

Au reste, si les prêtres de l'Inde ou de l'É-
gypte ont pu fabriquer des langues avec les
chétifs éléments qu'ils avoient, pourquoi
n'en composerions-nous pas à notre tour
avec les éléments comparés des langues de
l'Orient et de celles de l'Occident? Les langues synthétiques paroissent les premières
dans l'histoire du genre humain, et les lan-

gues analytiques sont toutes de formation secondaire. Selon la remarque de M. W. de Schlegel, remarque générale que ce savant archéologue applique sans restriction aux langues de l'Asie comme à celles de l'Europe, les langues analytiques sont nées de la décomposition des langues synthétiques. Pourquoi n'enfermerions-nous pas, dans une langue nouvelle, et l'abondance des unes et la puissance de logique des autres ? Pourquoi ne donnerions-nous pas en même temps, par cette langue, des ailes à l'imagination et au sentiment, des méthodes sévères à la raison, des guides infaillibles à l'intelligence ? Alors les premiers instituteurs du langage n'auroient pas tout fait pour nous, et nous léguerions de nouveaux trésors à nos descendants, au lieu de ne leur livrer que des mines épuisées.

Mais cela ne se fera point, parceque cela ne s'est jamais fait, parceque cela est impossible. Voyez seulement ce que nous trouvons d'obstacles dans l'exécution d'un bon dictionnaire de notre propre langue. Ce fait seul devroit nous porter à réfléchir sur la hardiesse de nos conjectures, et nous rendre un peu plus timides dans nos hypothèses sur la formation des langues.

Je suis loin de m'étonner des lenteurs qu'apportent dans leur travail les rédacteurs du Dictionnaire de l'Académie , parceque j'en comprends bien toutes les difficultés. Comment donner de vraies et justes définitions de chaque mot ? Comment rendre compte des anomalies et des exceptions ? On s'en tirera par un choix de phrases prises dans des ouvrages consacrés, et où l'on retrouvera le mot employé dans tous les sens qui lui ont été imposés, soit par l'usage, soit par le génie particulier des auteurs. On fera sentir, par des exemples, ces nuances fines et délicates qui séparent deux synonymes ou deux sens d'un même mot. Il n'est pas permis d'approuver ou de désapprouver cette manière ; elle n'est ni bonne ni mauvaise, puisqu'on n'a pas de choix ; elle est obligée. Pour définir, il faudroit employer des mots qui auroient besoin enx-mêmes d'être définis. Ce qu'il y a de merveilleux dans tout ceci, c'est qu'en effet on n'a pas besoin de définitions pour s'entendre. Les langues sont douées d'une force de transmission qui peut se passer heureusement de tout cet appareil, et qui va toujours droit à son but, parceque Dieu a fait de toutes les langues le lien sympathique et mystérieux des esprits. Que l'on me permette donc cette dernière question : S'il est impossible de bien expliquer ce qui est, à moins de le montrer en quelque sorte, comment pourroit-on parvenir à le créer? Oui, si l'homme eût fait les langues, il eût fait plus qu'il ne peut comprendre.

Les prêtres de l'Égypte ou de l'Inde furent, et je ne refuserai pas de l'admettre, pourvus de vastes et profondes intelligences ; mais enfin ils ne furent doués que d'intelligences humaines. Platon marchoit par un plus court chemin à la solution du problème, lorsqu'il conçut la pensée d'un temps primitif où Dieu avoit constitué la société non par des hommes, mais par des génies, c'est-à-dire, par des créatures au-dessus de l'homme.

M. Fabre d'Olivet a fait une remarque qui trouve ici sa place, parcequ'elle peut servir à établir, par un seul exemple, ce qu'il y auroit à faire pour la perfection des langues,

s'il étoit permis à l'homme de porter la réforme dans leur construction essentielle.

　La voici :

　« Les langues du nord de l'Europe n'a-
« voient à l'origine que deux temps sim-
« ples, le *présent* et le *passé*, et elles man-
« quoient de *futur ;* tandis que les langues
« de l'Asie occidentale, qui paroissent ori-
« ginaires de l'Afrique, manquoient de *pré-*
« *sent ,* n'ayant également que deux temps
« simples, le *passé* et le *futur.* » M. de Bonnald, frappé de cette anomalie qu'il a cru
particulière à la langue hébraïque, langue
qu'il regarde comme fidèle expression de
l'homme, M. de Bonnald a dit fort bien :
« Le temps, pour l'homme civilisé, toujours
« agité de regrets et de desirs, le temps n'est
« jamais qu'au passé et au futur. » Mais
M. Fabre d'Olivet nie que dans les langues
sans *présent ,* sur-tout dans l'hébreu, le *passé*
et le *futur* fussent des temps aussi détermi-
nés que dans nos langues actuelles. C'étoit
le sentiment de la continuité d'existence,
qui alloit du *passé* au *futur,* et qui alors em-
brassoit le *présent.* Harris, dans son Hermès,
auroit voulu consacrer un aoriste, c'est-à-

dire, la modification de l'indéterminé, pour chacun de ces trois temps du verbe. Le *présent*, il faut l'avouer, en auroit grand besoin ; car c'est une chose singulière que le sentiment de la continuité d'existence ait tellement disparu de nos langues. Au reste, si l'idée de Harris pouvoit être adoptée, nous aurions une forme grammaticale de plus, sans y rien gagner, parcequ'il faudroit que le sentiment de la continuité sortît de l'énergie même du verbe ; c'est ce qui ne peut pas être.

En vérité l'absurde est de tous les côtés dans le système de l'invention du langage par l'homme.

J'oserai donc, à présent, dire avec plus de confiance, que la parole est une révélation qui n'a jamais quitté le genre humain et qui ne le quittera jamais ;

Que les langues sont une révélation continue, toujours subsistante au milieu des sociétés humaines, et par laquelle les sociétés humaines sont régies, car la parole est le lien des êtres intelligents ;

Que les langues sont filles les unes des autres, et que l'homme ne peut inventer ni sa langue ni ses institutions.

CHAPITRE IX.

SECONDE PARTIE.

NOUVELLES PREUVES QUE LA SOCIÉTÉ A ÉTÉ IMPOSÉE A L'HOMME.

L'HOMME a été enfermé par la Providence entre deux limites qui sont les bornes de sa liberté. Ces deux limites sont la parole et la société.

Comme je dois affermir mes pas, je vais, avant d'aller plus loin, fortifier par de nouvelles considérations les assertions contenues dans la première partie de ce chapitre.

I. On a défini l'homme un animal raisonnable. M. de Bonnald l'a défini beaucoup mieux une intelligence servie par des organes. Harington l'avoit auparavant défini un animal religieux. L'homme, c'est le genre homme. Il est le maître de ce qui nous paroît de l'univers, et le seul spectateur de la nature. L'instinct des animaux est un ; les facultés de l'homme sont différentes, variées, inégales. L'instinct des animaux ne peut troubler l'harmonie générale ; les facultés de l'homme peuvent la troubler. L'homme n'a point d'instinct ; il a une liberté et une volonté. L'absence d'instinct dans l'homme fait qu'il a besoin de tout apprendre. La société est, si l'on peut parler ainsi, un instrument nécessaire à l'homme ; et les révélations dont la société est dépositaire, sont le seul moyen par lequel l'homme ait pu parvenir à connoître et à aimer. L'erreur des philosophes vient de l'analogie qu'ils ont cru pouvoir établir entre l'homme et les animaux ; ils ont pensé que l'homme étoit un animal plus parfait. De cette première erreur il n'y avoit pas loin à celle qui faisoit croire que l'homme s'étoit successivement perfectionné lui-même. L'homme n'est point un animal plus parfait que les autres, et plus perfectible ; c'est l'homme. Il n'est pas plus élevé dans la sphère des êtres, il est hors de cette sphère.

Bernardin de Saint-Pierre remarque avec raison que l'usage du fer accordé à l'homme et refusé aux animaux mettoit seul entre lui et eux une distance infinie. Les anciens avoient fait du feu le père de tous les arts. Le feu accordé à l'homme pour s'en servir comme d'un instrument, a été aussi regardé par eux comme l'emblème du don de la parole.

II. L'amour chez l'homme est un sentiment moral ; ce n'est que par dégénération qu'il se transforme quelquefois et qu'il devient l'irrésistible appétit des sens comme chez les animaux.

Le sentiment de la beauté n'est-il pas un sentiment moral, et la beauté elle-même n'est-elle pas l'expression d'une chose toute morale ? Expliquez-moi la pudeur : cet attrait de préférence exclusive, qui a tant de puissance, seroit-il un produit de l'art ? L'homme ne doit-il pas quitter son père et sa mère pour devenir chef d'une famille ? La femme aussi ne doit-elle pas quitter son père et sa mère pour suivre l'époux de son choix ? N'est-ce pas la société conjugale qui doit protéger et soigner l'indigence de l'homme enfant ? Et qui peut assurer la durée de la société conjugale, si elle ne repose pas en effet sur un sentiment moral ? Toute la magnificence de la prose de Buffon, toute la magie des vers de Lucrèce ne couvrent donc que d'éclatants et tristes paradoxes.

Ainsi, l'union des sexes n'auroit pas lieu chez l'homme dans cet état hypothétique qu'on a appelé l'état de nature. L'homme ne peut naître que dans la société, comme nous l'avons déja dit; par conséquent il ne peut se propager que dans la société. Il y a des animaux qui ne peuvent se propager que dans le climat où ils sont nés; il en est d'autres qui ne peuvent se propager dans l'état de domesticité. La société est la condition nécessaire à l'homme pour qu'il devienne père. J'ai besoin de dire que cette remarque est très ancienne; j'ai besoin même de dire que les physiologistes pourroient lui prêter l'appui de leur autorité; mais je préfère la justifier par la plus haute de toutes les considérations. L'homme sait qu'il agit en vertu, j'oserois dire, d'une délégation du Créateur; et c'est cela seul qui fonde le précepte d'honorer son père et sa mère. Lorsque nos parents nous ont donné la naissance ils ont été ministres de Dieu, en ce sens qu'ils savoient ce qu'ils faisoient. Ils savoient également qu'ils contractoient par là même l'obligation de soigner notre longue et pénible enfance; et c'est de cette double considération que Fénélon faisoit dériver la source du pouvoir paternel. Aussi les philosophes qui ont admis ce qu'il leur a plu d'appeler l'état de nature ont-ils été obligés, pour être conséquents, de nier que nous dussions obéissance et respect à nos parents. J. J. Rousseau, que l'on trouve sur le chemin de toutes les vérités, lorsqu'il n'est pas contraint d'en sortir par l'esprit de système, Rousseau avoit bien compris l'obstacle de l'union des sexes dans l'état absolu d'ignorance; et c'est même une des objections qu'il se propose dans son Discours sur l'inégalité des conditions : cependant cela ne l'empêche point, dans son Contrat social, de se hâter de dissoudre les liens de famille sitôt que, selon lui, le besoin cesse de s'en faire sentir pour l'enfant. Mais rassurons-nous sur les suites d'une pareille monstruosité : l'homme ne deviendra jamais père dans l'état de nature, il n'aura jamais des enfants ingrats. L'amour est une chose sainte et auguste. Voilà ce qui explique pourquoi, dans les livres saints, l'idolâtrie est caractérisée par tous les détails, même les plus repoussants, de la prostitution, et pourquoi le culte du vrai Dieu est caractérisé à son tour par tous les effets et tous les charmes de l'amour.

Lorsque vous voyez une peuplade, s'il en existe où l'union des sexes ne soit pas soumise au mariage, dites hardiment que ce sont là les ruines d'une société ancienne qui a péri, et que l'amour n'y subsiste que parceque le saint nœud du mariage y fut connu auparavant.

Dieu a voulu que, dans l'homme, l'amour fût le principe de la reproduction : c'est une grande et belle loi morale. Ainsi l'amour, tel qu'il est peint dans une poésie chaste, l'amour tendre et sérieux est le véritable amour de la nature.

III. L'homme n'invente rien. Ce que Dieu ne lui a pas enseigné directement il le lui enseigne par la société.

Les anciens attribuoient à des Dieux l'invention de tous les arts, comme ils appeloient fils des dieux les chefs des peuples, les héros, les poëtes, les fondateurs des sociétés humaines.

Il est douteux que l'homme eût pu inventer le labourage, l'art de manier les métaux.

. Les mythologies sont une langue allégorique qui n'a pas plus été inventée que les autres langues. En grec et en latin le mot *fable* signifie *parole.* Bailly a très bien remarqué que l'absurdité même de certaines fables prouve qu'elles n'ont pas été inventées : c'est un langage hyérogliphique dont nous n'avons plus la clef, dont nous ignorons les racines; et c'est aussi la raison qui a déterminé quelques archéologues à croire la langue écrite douée d'une telle énergie.

Les planisphères anciens primitifs sont vraisemblablement la première origine des différentes mythologies. Voyez ce que dit Jamblique des tapisseries qui décoroient les temples des Égyptiens. Nos métaphores, d'après Denys d'Halicarnasse, ne sont autre chose que les restes des écritures symboliques. Nos langues conservent toujours des monuments vivants de leurs premières origines.

Les inventions qui ont été faites pour ainsi dire sous nos yeux, ou dont nous pouvons encore suivre la trace, sont dues à des hommes inconnus, dont les procédés pour y parvenir sont ignorés, ou appartiennent incontestablement au hasard, comme si la Providence eût voulu nous prouver visiblement que nous n'inventons rien.

IV. La paresse est la passion dominante de l'homme : s'il travaille c'est pour parvenir au repos. Mais le travail lui a été imposé, et il n'y a pour lui de repos que dans la mort. Il lutte contre la société comme il lutte contre la nature, car sa vie est une vie de combat dans tous les modes de son existence.

Si l'homme défriche une terre nouvelle que le fer n'ait pas encore déchirée, il sort de ces pénibles sillons une exhalaison mortelle : il faut que la terre s'accoutume à la charrue, tant la nature est rebelle à l'homme.

Si l'homme laisse envahir son domaine par la solitude, la nature reprend ses premiers droits; et l'homme est de nouveau frappé par la mort. Les envahissements de la solitude sont remarquables à Rome. Ce qui se passe là, sous nos yeux, est la preuve écrite de ce qui se passe par-tout dans toutes les circonstances analogues.

Selon que vous dépouillerez une colline
de ses arbres, ou que vous y ferez croître
une forêt, vous priverez un terrain de la
rosée du ciel, ou vous ferez couler du ro-
cher aride d'abondantes eaux. Il dépend
donc de l'homme de changer jusqu'à la
constitution atmosphérique du lieu où il
s'établit. Les météores lui obéissent en quelque sorte, et le plus terrible de tous vient
mourir à ses pieds.

Lorsque le Nil étoit contenu dans des canaux et dans de vastes bassins, il distribuoit
la fécondité parmi les peuples, et l'Égypte
étoit couverte de villes immenses. Les ruines de Palmyre ne sont-elles pas cachées
dans la solitude? Je demanderai si Zénobie
fit élever tant de magnifiques monuments
parmi des monceaux de sable, vain jouet
des vents. Sa ville, dont le nom se trouve
une seule fois dans l'histoire, s'appeloit-elle
la ville des Palmiers, ou la Reine du désert?
Si l'industrieux Batave cesse un instant de
réparer les digues qu'il sut élever à force de
courage et d'art, bientôt la mer retombera
de tout son poids, et les villes ne seront
plus que d'affreux récifs, ou des phares

pour les navigateurs. Croyez-vous que les
flots de l'Adriatique respecteroient long-
temps les pointes de rochers où furent d'a-
bord assises de misérables huttes de pêcheurs,
et qui devinrent la superbe Venise ? Il est très
probable que les travaux d'Hercule ne sont
autre chose qu'une allégorie des travaux de
l'homme pour assainir et féconder la terre,
car la terre ne se laisse pas cultiver comme
on le croit : elle commence par résister avec
violence, elle cède avec déplaisir, et même
avec douleur ; elle reprend ses droits avec
un empressement terrible. Les anciens, qui
avoient mis en symboles toutes les puissances de la nature, n'avoient pas manqué d'é-
tablir des divinités conservatrices des lieux.
Sitôt que l'homme voulut attenter à la paix
profonde dont jouissoient ces divinités sauvages, elles s'élevoient avec fureur contre
l'audace de l'homme. Le chêne crioit sous
la cognée, et le sillon produisoit des se-
mences de mort.

Ainsi, l'homme fait, en quelque sorte,
le climat et le sol. Il les fait, les perpétue,
les modifie ; mais sitôt qu'il s'arrête, l'invincible nature reprend ses droits. Le marais

impur croupit dans les fontaines de mar-
bre, le lière s'élance autour des colonnes de
porphyre, l'herbe croît sur les parvis des
temples et sous les portiques des palais. Tyr
n'est plus qu'un cadavre jeté sur le rivage
de la mer.

Je ne sais de qui est cette observation sur
l'énergie vitale : les éléments matériels dont
se compose un être quelconque, ai-je vu
quelque part, sont, tout le temps que dure
la vie de cet être, en opposition avec les affinités chimiques ; et, lorsque la vie se re-
tire, les affinités chimiques viennent se ressaisir de ces éléments pour leur imprimer
de nouvelles combinaisons. On peut donc
dire qu'en toutes choses l'énergie vitale lutte
continuellement contre l'énergie de la nature aveugle et matérielle.

V. L'amour de la patrie se compose de
l'attachement au sol et aux institutions ; au
sol, parceque c'est l'homme qui le fait ce
qu'il est, par le travail de ses mains ; aux institutions, parcequ'elles se font ce qu'il faut
qu'elles soient pour le protéger. Sa puissance est plus grande sur le sol et sur le
climat que sur les institutions. Mais ce que

l'homme fait, il ne le fait que dans la société : il n'a point de pouvoir sans elle.

Il y a deux ordres de choses qui existent
en même temps ; les unes sont faites par
Dieu, car il ne faut pas oublier que Dieu
s'est réservé le haut domaine sur la société ;
les autres sont faites par l'homme, car il
ne faut pas oublier non plus que l'homme
est un être libre, et que si la société lui a été
imposée il est des modifications qui peuvent
lui appartenir.

Les éléments qui constituent le bonheur
de l'homme ne se trouvent que dans la société : ce n'est que là qu'il peut jouir du
charme des affections. Le courage, le dévouement, les plus hautes vertus ne se trouvent que là, ainsi que le plus grand déploiement de l'intelligence. Enfin, il ne
trouve que là les douceurs de l'étude, le
goût pour les sciences, les pensées généreuses, les sentiments élevés, la gloire, noble
et immense instinct de l'immortalité ; car
l'immortalité elle-même n'est qu'au sein de
la société, comme la société seule est conservatrice des traditions religieuses. La perpétuité d'un nom au sein des sociétés hu-

maines, quel que soit au reste le genre de renommée qui entoure ce nom, n'est-elle pas en effet comme un symbole vivant de l'immortalité elle-même? On ne sauroit trop le redire, l'homme n'est pas fait pour être seul; l'homme n'est rien tout seul, l'homme enfin ne peut séparer sa destinée de celle de ses semblables; et le genre humain tout entier est solidaire.

Ainsi, la solitude déprave l'homme. Ce qui arrive au sol lorsqu'il cesse d'être travaillé par l'homme social, arrive à l'homme lui-même lorsqu'il fuit la société pour la solitude: les ronces croissent dans son cœur désert. Le goût de la solitude est donc une dégradation morale qui finit par pervertir l'homme.

De ce que la société a été imposée à l'homme, il en résulte que l'homme qui veut se soustraire à la société devient rebelle à la volonté de Dieu, refuse une des conditions auxquelles il a reçu l'existence. Ai-je besoin d'avertir que je n'entends point toucher à l'exaltation du sentiment religieux qui pousse certains hommes dans la solitude des cloîtres? Ce n'est pas pour se soustraire à la

société, c'est pour remplir une autre sorte
de mission utile encore à la société. Pendant que les uns agissent, les autres prient;
et ceux qui prient remplissent aussi un ministère public. Nous avons vu ces pieux cé-
nobites exilés dans le monde où ils étoient
étrangers, nous offrir le spectacle de ce sa-
cerdoce, aujourd'hui si méconnu.

VI. L'homme règne sur les animaux; mais
les uns fuient son approche, les autres viennent chercher les fers de la servitude, les
autres enfin accourent autour de son habi-
tation pour l'embellir ou pour être protégés
par lui; il en est même qui viennent chercher la mort pour sa nourriture, ou offrir
leurs molles toisons pour ses vêtements. Mais
façonnez, si vous pouvez, le tigre à l'esclavage : non, Dieu a voulu qu'il restât libre
dans les forêts, ainsi que le chamois sur
les rochers escarpés. Dieu qui a voulu aussi
que l'homme social eût des serviteurs parmi
les animaux, a dit au taureau : « Tu abais-
« seras tes cornes menaçantes sous le joug,
« pour rendre fertile la terre que j'ai donnée
« à l'homme. » Il a dit au cheval : « Sois son
« noble compagnon dans ses travaux et dans

« ses dangers » ; au chameau, doué de so-
briété : « Tu traverseras avec lui les déserts,
« en t'abstenant de boire et de manger » ; au
« renne : « Tu traîneras le Lapon autour des
« glaces du pôle. » Il a dit au chien : « Tu
« garderas les troupeaux de l'homme, tu
« veilleras autour de sa demeure, tu le sui-
« vras dans ses voyages, tu trahiras ton pro-
« pre instinct pour te faire l'ennemi des au-
« tres animaux lorsque ton maître voudra
« prendre les plaisirs de la chasse ; et, s'il de-
« vient pauvre, misérable, privé de la vue,
« tu dirigeras ses pas sur les bords du préci-
« pice pour le lui faire éviter, ou parmi les
« flots d'une multitude insouciante pour qu'il
« reçoive le pain de l'aumône que tu partage-
« ras avec lui. »

Croyez-vous que cet instinct des animaux
marqués pour la domesticité ne prouve pas
l'intention du Créateur qui leur donna cet
instinct, et qui, ainsi, l'ajouta, en quelque
sorte, aux organes même de l'homme ? Les
animaux sont comme des machines intelli-
gentes, qui ont tout ce qu'il leur faut de facultés pour obéir à des ordres, et qui n'en
n'ont pas assez pour les enfreindre. L'hom-

me communique quelque chose de lui aux animaux qui sont ses serviteurs ou ses compagnons, à-peu-près comme la main imprime à la pierre placée dans une fronde le mouvement qui doit porter cette pierre à un but fixé par l'œil de l'homme. Cette communication trop merveilleuse pour qu'on puisse l'expliquer est un de ces mystères profonds qui confondent notre intelligence.

Dieu a donc tout prévu pour la société : sans la société l'instinct perfectible de ces animaux ne se seroit jamais développé, et auroit, par conséquent, été une force perdue. Or, rien n'est inutile dans la création.

VII. Dieu qui a voulu que les hommes vécussent en société, et qui a voulu, en même temps, que le genre humain fît un seul tout, a employé divers moyens pour remplir et voiler ce but. Parmi ces moyens on peut considérer la guerre et le commerce comme les plus puissants. Il fait beau déclamer contre les conquérants qui se jouent de la vie des hommes, et contre ces marchands avides qui vont tenter la fortune dans mille climats divers. L'état social est un état de souffrance. L'homme doit manger un pain

trempé de ses sueurs. Il lui faut des périls,
de la gloire, de nobles malheurs. Des peuples ont été civilisés par les sons de la lyre,
d'autres par le glaive du guerrier, d'autres
par les relations du commerce. La terre est
fécondée par des fleuves tranquilles ou par
des torrents impétueux. Les orages ne sont
pas plus inutiles que les douces ondées. Ce
qu'il y a de plus nécessaire, c'est que l'espéce
humaine soit honorée et perfectionnée. La
résignation du captif dans les fers, le courage
du guerrier sur un champ de bataille, sont
des faits qui honorent l'homme aussi bien
que l'intelligence qui le dirige sur les mers.
Un ancien a dit que le juste aux prises avec
l'adversité étoit un beau spectacle pour les
dieux. Nous trouvons un instant où la puissance guerrière et la puissance commerçante
se sont disputé l'empire du monde. Carthage succombe, parceque, sans doute, la
Providence jugea plus convenable de confier les destinées sociales aux vertus guer-
rières. Trois grands hommes sont morts la
même année, et ont laissé un nom immortel, qui chacun se rattache à un ordre différent d'idées : le dernier des Grecs, Philopœ-

men, enveloppé dans la gloire du guerrier qui défend ses foyers ; Scipion, qui venoit de donner aux Romains le sceptre de la domination universelle, et le plus grand des hommes de guerre qui ait jamais paru, Annibal, survivant, au sein de l'exil, à une patrie qu'il ne peut sauver.

VIII. Dieu a fait l'homme pour la société ; il la lui a imposée, ainsi que nous l'avons déja dit, et l'homme voudroit quelquefois secouer le joug de la société comme les autres jougs. Ainsi, dans les révolutions, il y a un certain nombre d'hommes qui forment la multitude, et qui tendent à se débarrasser de toute forme sociale. Rousseau, interprète de cette sorte d'instinct de révolte contre la société, qui repose dans la multitude ignorante et toujours prête à retourner à la barbarie, Rousseau préludoit aux doctrines de son Contrat social par son Discours contre les sciences et les arts, et par son Discours sur l'inégalité des conditions. Montesquieu étoit parti de l'existence de la société pour en étudier les lois ; Rousseau étoit parti, au contraire, de l'hypothèse d'un état de nature pour arriver à la fiction d'un contrat primitif ; mais il sapoit les bases de son édifice en proclamant cet axiome antisocial : « L'homme est bon, et les hommes « sont mauvais. » Fénélon a fait contre la doctrine d'un contrat primitif des arguments qui sont restés sans réponse, parcequ'ils sont l'expression même de la vérité. Ces dégoûts de la société, qui viennent, à de certaines époques et dans de certaines circonstances, saisir les hommes chagrins et mélancoliques, sont une vraie maladie morale qu'il faut guérir. Mais alors il arrive que les conservateurs des doctrines sociales sont eux-mêmes atteints de cette cruelle maladie. Voyez ce qui est arrivé dans la révolution françoise, où l'on a marché dans cette voie du dégoût : on a commencé par abolir toutes les hiérarchies sociales, et il n'y a plus eu de ces barrières concentriques où les principes conservateurs peuvent, en se retirant, se retrancher avec quelque succès. Les paradoxes comme les vérités se donnent la main. Rousseau a donc été conduit par la conséquence de ses antipathies sociales, à dire que l'homme qui réfléchit est un animal dépravé. La véritable dépravation de l'homme c'est l'état sauvage et le dégoût de la société. La solitude ne vaut rien à l'homme parcequ'elle n'est pas son état naturel.

Les inconvénients de la société, qui à toutes les époques blessent toujours plus ou moins certains hommes, se font bien plus sentir, ou deviennent bien plus généraux dans les temps de révolution, ou dans les temps qui précèdent les révolutions. Il semble à ces esprits inquiets que hors du cercle social ils se trouveroient plus à l'aise. On ne fait pas attention que la vie sociale est un état de souffrance, comme la vie humaine en général. Ainsi, je ne prétends pas nier cet état de souffrance et de combat qui a enfanté et les doctrines perverses de Hobbes et les plaintes de Rousseau, et auparavant les rêveries des poëtes sur l'âge d'or; mais cet état de souffrance tient à notre nature même, qui est tout souffrance. Il ne s'agit plus de discuter les avantages et les inconvénients de l'état social, puisque l'homme ne peut exister que là. C'est comme si l'on discutoit les avantages ou les inconvénients de l'atmosphère qui enveloppe notre globe.

N'oublions jamais que la société n'étant

point un état de choix, l'homme ne consent
point à aliéner une partie de sa liberté pour
jouir de certaines prérogatives ou de certains biens attachés à la société. L'état social, en un mot, ainsi que nous l'avons dit,
est une des limites naturelles assignées par
Dieu même à la liberté de l'homme.

Il faut, à toutes les époques, lutter contre cet instinct antisocial de la multitude; il
faut, à toutes les époques, propager les idées
sociales au sein de cette multitude. Les hommes de talent qui emploient le don le plus
élevé du Créateur à favoriser cet instinct
antisocial, sont sûrs d'obtenir d'abord une
très grande renommée; mais leur tombeau
sera maudit.

Répétons donc encore une fois que l'homme ne choisit pas l'état social par préférence,
mais que cet état lui est imposé. Disons que
l'homme sauvage n'est point l'homme primitif, mais l'homme dégénéré. L'homme,
dans l'état sauvage, ne fait que consommer
sans produire. La terre lui est marâtre, et
les animaux refusent de lui obéir. Il n'a reçu
de pouvoir que dans la société; hors de la
société il est sans puissance.

Ce n'est donc que dans la société qu'il faut étudier l'homme, et la société ne peut exister sans la parole.

IX. Dans l'état de société, ainsi que nous l'avons remarqué, les générations se succédant sans interruption, et se croisant les unes les autres, la raison de se soumettre à une loi n'est jamais suspendue, ne cesse jamais de subsister. On peut donc dire, en thèse générale, que les modifications doivent se faire successivement par le travail lent et graduel du temps et des mœurs. Ajoutons ici que le gouvernement étant destiné, par la nature même de son institution, à réprimer les erreurs de la volonté d'un peuple, il est nécessaire qu'il soit primitivement imposé à ce peuple comme les autres nécessités sociales. M. Ancillon, qui professe la doctrine des systèmes politiques fondés sur l'expérience, au lieu de la doctrine des systèmes fondés sur une théorie spéculative; M. Ancillon, en cela d'accord avec M. de Maistre, dit fort bien qu'à l'origine ce sont les princes qui ont formé les nations, et non point les nations qui ont fait les princes. Toute l'histoire affirme ce fait.

Bossuet, dans sa Politique sacrée, admet le consentement des peuples. Il a bien raison, car le consentement des peuples constitue la liberté. Pour obéir librement, il faut obéir avec amour ; mais n'oublions point que le consentement des peuples ne peut être qu'un acquiescement tacite, une reconnoissance de ce qui existe, ou plutôt un acquiescement qui résulte de la conformité aux mœurs. La légitimité est ce lien mystérieux qui forme l'unité morale des nations ; et en ce sens, elle est le consentement même des peuples.

On s'est fort trompé sur le droit divin. Sans doute le droit divin ne consiste point à admettre l'action de la Providence sur les sociétés humaines, comme sur l'ordre général de l'univers ; car l'une est une action pour ainsi dire physique, et l'autre une action toute morale ; mais la parité est la même. Les lois physiques ont été établies par Dieu au commencement, et l'univers continue d'exister, soit par la persistance de ces lois premières, soit par un soin providentiel de tous les instants pour la durée et la continuelle existence de ces lois. Il en est de même de la société. Dieu n'abandonne pas plus la direction des êtres intelligents que celle de l'univers matériel. L'homme n'a pu naître que dans la société ; et les règles primitives de la société ont été faites par Dieu. Le droit divin n'est pas toujours visible comme dans la théocratie des Juifs, mais il n'est jamais suspendu.

Nier le droit divin est une erreur analogue à celle de nier la création. La nation angloise, la première, a fait du droit divin un dogme antinational. Si une fois elle veut consentir à l'affranchissement des catholiques, je pense qu'elle n'aura plus de raison pour continuer de professer une telle hérésie sociale, et qu'elle rentrera, à cet égard, dans la grande orthodoxie du genre humain.

L'action de la Providence doit être voilée par respect pour la liberté de l'homme ; il a fallu qu'il fût possible de la nier, pour qu'il y eût du mérite à y croire, car la croyance ou la foi doit être un des mérites de l'homme sur la terre. Peut-être même sous ce point de vue étoit-il nécessaire que le droit divin fût nié par une société, parceque la résistance de quelques hommes isolés, pour admettre ce dogme fondamental, n'auroit pas assez prouvé la liberté.

Le despotisme, tel qu'il existe en Orient, paroît suivre la règle posée par Samuel, lorsqu'à la demande du peuple Juif il institua la royauté. On n'a pas fait attention que les Juifs auparavant étoient gouvernés immédiatement par Dieu, et que la royauté leur fut infligée à titre de châtiment parcequ'ils avoient voulu être gouvernés *comme les autres peuples*. Mais il ne faut point en conclure que le despotisme soit un gouvernement qui puisse ne pas déplaire à Dieu. Il a fallu, ainsi que nous l'avons remarqué, il a fallu que la liberté fût prouvée pour les gouvernements comme pour les peuples.

X. Je ne reviendrai point sur les castes, que j'ai regardées comme conservatrices des traditions, et qui deviennent inutiles à mesure que la puissance des traditions s'affoiblit et s'éteint; mais avouons que l'on ne peut se passer des hiérarchies sociales. Elles produisent une sorte de sentiment religieux, parceque alors les familles s'avançant au lieu

des individus, il en résulte dans l'individu un affoiblissement de l'égoïsme, source
de toutes nos misères, de nos ambitions hâ-
tives et désordonnées. Il seroit bon que
l'homme songeât moins à s'élever, lui, qu'à
diriger dans l'avancement ses enfants ou ses
petits-enfants. Ses rêves alors ne seroient
point pour lui, ils seroient pour sa postérité.
Desirons de voir renaître l'esprit de famille,
et il ne pourra renaître qu'au sein des hiérarchies sociales. Il ne s'agit point de ressusciter l'esclavage des anciens, ni la féodalité
du XIVme siècle. Mais comprenons au moins
qu'il faut une base sur laquelle puissent s'appuyer les hiérarchies sociales. Sitôt que le
principe de l'égalité recule les barrières, il
tend toujours à les reculer de plus en plus.

Nous avons vu, au commencement de cet
ouvrage, que la société étoit nouvelle, dans
la plus rigoureuse acception du mot : alors,
les hommes qui se sont trouvés à la tête de
cette société nouvelle ont voulu fonder une
aristocratie prise dans le terrain de la révolution, qui n'est point, comme nous l'avons
démontré, la véritable terre sociale. Alors
ces mêmes hommes ont voulu se donner un

nom nouveau pour se déclarer les gentils-
hommes de la société nouvelle. Ils n'ont pas
fait attention, d'une part, que ce n'est pas
lorsque les castes anciennes n'ont plus d'objet que l'on peut créer des castes nouvelles :
les castes maintenant n'ont rien à conserver.
Ils n'ont pas fait attention, d'une autre part,
que cette unité morale qui fait qu'une nation est ; ils n'ont pas fait attention, disons-
nous, que cette unité morale existoit avant
eux, qu'ils n'étoient pour rien dans la cause
restée mystérieuse de son existence, et qu'une
telle aristocratie ne pouvoit être qu'artificielle. Or, tout ce qui est artificiel dans la
société ne peut compter sur la durée.

L'universalité de la science rend peut-être
la science aussi stationnaire que la concentration. On diroit qu'il n'y a jamais eu
qu'une certaine mesure d'idées départie au
genre humain, à toutes ses périodes. Ainsi
le système de l'égalité est venu s'appliquer
au monde intellectuel : il sembleroit qu'on
veut y substituer aussi la division indéfinie
des propriétés au droit d'aînesse. Il va, sans
doute, venir un moment où nul ne pourra
se distinguer entre tous : voyez déja comme

toutes les réputations qui croissent encore au milieu de nous ont peine à se traîner du jour au lendemain.

L'ère nouvelle n'est donc point, comme on l'a cru, celle de la liberté civile, ni même celle de l'égalité devant la loi, et de l'admissibilité de tous à tous les emplois : c'est l'ère de l'indépendance et de l'énergie de la pensée ; celle des lois écrites substituées aux lois traditionnelles ; celle des institutions sociales et des institutions religieuses marchant sur deux lignes séparées ; celle du bien-être social appliqué à toutes les classes ; celle de la raison humaine devenue adulte, et s'ingérant de décider par sa propre autorité ; celle de la démonstration rigoureuse, qui repousse les axiomes en géométrie et les préjugés en politique ; celle du discrédit des faits antérieurs pris comme base convenue et incontestable ; celle de l'opinion consultée à chaque instant, et à part même de toute conjoncture nouvelle.

XI. Le problème de l'origine de la société étant intimement lié à celui de l'origine du langage, nous avons dû examiner en même temps ces deux problèmes pour les résoudre de la même manière. Il a fallu partir de l'existence de la société pour raisonner avec certitude sur le nouvel ordre de choses qui tend à s'établir, quelque indépendant qu'il soit d'ailleurs de tout ce qui a précédé; comme il a fallu partir du don primitif de la parole pour arriver à expliquer l'émancipation graduelle de la pensée : c'est ce qui nous reste à faire pour achever le tableau de l'âge actuel de l'esprit humain. Mais auparavant présentons, dans son ensemble, la théorie de la parole, en y comprenant l'esquisse rapide des destinées de la langue françoise. Nous nous arrêterons ensuite quelques instants sur les résultats et les conséquences des idées qu'un tel développement aura fait naître en nous ; mais ce sera toujours sans nous permettre aucun conseil de direction, ni aucune vue pour l'application de ces résultats et de ces conséquences. Je laisse cela aux habiles, comme je l'ai déja dit. Le sentiment de l'avenir repose d'ordinaire dans le passé; s'il est vrai que le passé nous échappe, nous ne pouvons pas en tirer des documents pour l'avenir. Dans tous les cas, le moment n'est pas encore venu de prévoir;

il ne peut toutefois tarder d'arriver. Seulement il est certain, dès à présent, que si
nous ne sommes plus sous la tutèle immédiate des traditions, nous sommes encore
sous l'empire et l'influence de ce qui a été
primitivement fondé par elles, tant est
grande l'énergie de cette volonté toute-puissante qui n'a eu besoin que de s'exercer une
fois pour que les choses existassent toujours.

———

~~~~~~

CHAPITRE X.

PREMIÈRE PARTIE.

THÉORIE DE LA PAROLE.

L'HOMME n'a jamais trouvé l'inspiration en lui-même; il l'a toujours puisée hors de lui, ou dans une révélation directe, ou dans les traditions religieuses et sociales, ou dans l'imitation. Maintenant que, dans la société, tout change continuellement et avec une rapidité vraiment nouvelle, et que les sources de l'imitation sont, pour ainsi dire, taries; maintenant les esprits contemplatifs n'ont pas le temps de saisir et de s'approprier les inspirations de la société : telle est la cause de la difficulté qu'ils éprouvent à se mettre en harmonie avec ce qui est, car ce qui est aujourd'hui n'étoit pas encore hier. L'homme a besoin d'être aidé à produire ses pensées; s'il n'a pas la confiance intime

d'un appui dans l'opinion ou le sentiment
de ses contemporains, il s'effraie de sa solitude; s'il ne sent pas dans les autres l'influence qu'il se croyoit appelé à exercer, le
découragement vient le saisir, et il garde
un silence qui le dévore : il n'est pas assez
assuré dans sa propre conscience parcequ'il
est éminemment un être social. Comment
donc, sous l'empire absolu de la lettre, expliquer les attributs, la fécondité, les limites, la sainteté de la parole? Nous serons
obligés de nous transporter dans d'autres
temps, de fouiller parmi les ruines de traditions qui ne sont plus, comme, pour faire
l'histoire complète du genre humain, il faudroit commencer par une cosmogonie.

I. Dieu ne cesse de parler à l'homme parcequ'il ne cesse de veiller sur lui. Les cieux
racontent la gloire de leur auteur : tous les
êtres *disent* qu'ils sont l'ouvrage d'une main
toute-puissante. La création tout entière
est une manifestation de la parole divine,
la pensée de Dieu écrite.

Une émanation de la parole divine a été
communiquée à l'homme. Au commencement, Dieu voulut enseigner la parole à

l'homme pour lui parler au moyen même de cette parole. Dieu apprit donc à l'homme le nom de chaque chose, de chaque être et de toutes les idées premières. Dieu revêtit d'un nom tous les sentiments de l'homme et le lui enseigna. Dieu se donna à lui-même un nom pour que l'homme connût le nom de Dieu.

Il subsiste encore des monuments de ce premier état de choses, comme il y a des monuments géologiques qui attestent le premier état du globe. L'hébreu et le sanscrit portent dans leurs racines l'empreinte d'un sens intellectuel et moral, au lieu de porter l'empreinte d'un sens matériel et physique.

La parole de Dieu est instantanée et éternelle : celle de l'homme est successive et limitée. Elle est successive, parceque l'homme vit dans le temps, parceque l'homme est un être collectif, qui ne peut jamais être isolé. L'homme, c'est le genre humain. Elle est limitée, parceque l'homme est perfectible avec limites sur la terre, et sans limites hors de la terre. L'homme ne peut se perfectionner qu'en devinant un ordre de choses plus parfait : encore, dans ce cas, ne fait-il que

se rappeler, comme disoit Platon, un souvenir confus de l'état qui a précédé la dé
chéance.

Dans l'origine, la parole de l'homme avoit
plus qu'à présent les prérogatives de la pensée. La succession du temps lui étoit moins
nécessaire, parceque chaque expression avoit
un sens plus vaste et plus profond. Toutes
les prérogatives primitives n'ont pas été perdues : sans cela notre parole ne seroit plus
qu'un son. La génération de la parole a conservé une partie de sa fécondité.

Puisque l'institution du langage vient de
Dieu, malheur à celui qui prostitue la parole !

Le type des idées et des sentiments de
l'homme repose dans le langage qui lui a
été donné par Dieu même; et il connoît ses
rapports avec Dieu et avec ses semblables
par la parole.

La transmission du langage est une révélation sans cesse existante, où tous les hommes sont tour-à-tour prophétes et initiés,
les uns à l'égard des autres, et dans les générations successives.

Les langues sont donc une révélation gé-

20.

nérale qui ne quitte jamais les sociétés humaines; elles sont aussi une révélation continue pour tout le genre humain depuis l'origine des choses, et qui durera jusqu'à la fin des temps.)

Ainsi toutes les sociétés humaines, le genre humain tout entier, depuis l'origine des choses jusqu'à la fin, ne forment, par la parole, qu'un seul être collectif uni à Dieu. Ainsi sont liés, dans la pensée de l'homme, dans son intelligence, dans ses affections, le présent, le passé, le futur, le monde idéal et le monde positif, le fini et l'infini, le temps et l'éternité. Ainsi, toutes les générations humaines; ainsi tous les peuples de tous les âges et de tous les lieux; ainsi les vivants et les morts sont unis entre eux et avec Dieu par la parole. Voilà ce qui explique ces mots de l'apôtre des nations : *La foi, c'est l'ouïe.*

Le génie est une révélation particulière de Dieu, pour exercer une influence plus immédiate sur les destinées humaines : malheur donc à celui qui abuse du génie !

Ainsi se concilient le système des idées innées et la doctrine qui ne permet à l'homme d'enrichir son intelligence, d'orner son esprit, de perfectionner son ame que par la voie des sens. Toutes les facultés sont dans l'homme; mais toutes ont besoin d'y être fécondées : les unes le sont par les perceptions des sens, les autres le sont par la parole. Les sens, que l'homme a en commun avec les animaux, ne feroient de lui qu'un animal plus parfait à cause de la perfection relative de ses organes; la parole seule en fait un être intelligent et moral, c'est-à-dire l'homme.

La parole est donc l'homme tout entier; et, dans la langue d'un peuple, on doit trouver la raison des mœurs et des institutions de ce peuple.

Les bornes des sens de l'homme, pour voir l'univers; de son intelligence, pour en connoître les lois; de ses facultés, pour en juger l'ensemble : telles sont les limites de la parole, considérée comme expression de l'intelligence ou de la pensée. Comme expression du sentiment moral, la parole a des limites qui ne peuvent se déterminer.

Dieu a révélé à l'homme, par la parole, tout ce qu'il doit savoir et connoître, aimer et craindre, chercher et éviter. Dieu a enfermé la liberté de l'homme dans une aire circonscrite par la parole. L'homme ne peut nommer que ce qui existe; et ce n'est pas lui qui impose le nom, c'est la société. L'homme seul, entre les animaux, a le sentiment de l'existence, et il ne l'a que par la parole.

Dire que l'homme a pu inventer la parole et créer les langues est une haute folie, si ce n'est une impiété.

La parole primitive, révélée à l'homme, est la poésie.

II. La poésie est la parole primitive, révélée à l'homme. Elle est l'histoire de l'homme, le tableau de ses rapports avec Dieu, avec les intelligences supérieures, avec ses semblables, dans le passé, dans le présent, dans l'avenir, dans le temps et hors du temps.)

Le poëte domine de haut l'époque où il vit, et l'inonde de lumière : l'avenir est aussi dans sa pensée; il embrasse, dans un seul point de vue, toutes les générations humaines, et la cause intime des événements dans les secrets de la Providence.

(La poésie est éminemment allégorique;

et l'allégorie n'est autre chose que l'unité dans le but moral, ou l'expression d'une pensée universelle : son attribut essentiel consiste dans la faculté d'individualiser, c'est-à-dire, de personnifier les sentiments et les passions de l'homme, la direction des idées et des esprits dans un siècle, à un âge de l'esprit humain. Ainsi, la poésie des anciens est la seule vraie poésie.)

Il y a deux sortes de compositions originales : l'une, puisée en soi, produit l'imitation de la nature ; l'autre, puisée hors de soi, produit l'imitation des modèles anciens. L'imitation de la nature consiste à faire éprouver aux autres l'impression reçue par le spectacle de la nature. En effet, un site, ainsi que chaque homme en particulier, est marqué d'un trait distinctif, porte un ensemble que l'on pourroit appeler physiognomonique, et qui le signale entre tous. Voilà ce qu'il a été donné aux poëtes de voir et de faire voir aux autres. Le poëte transmet l'impression sans peindre l'objet par des effets puisés dans les moyens techniques de l'art. Il en est de même pour la peinture d'une bataille, d'une tempête,

d'une sédition populaire, d'une révolution
politique, d'un bouleversement dans le
globe, d'une vue quelconque de la nature,
du tableau d'une nation, de celui d'un âge
de l'esprit humain. Ceux qui se croient poëtes, et qui ne le sont pas, au lieu de transmettre l'impression reçue, ont imaginé de
peindre imparfaitement l'objet lui-même.
Ainsi, les onomatopées sont déja une décadence des langues, car les sons ne peuvent jamais être assez imitatifs pour ne pas
supposer une convention. J'en dirai autant
de la musique moderne. Nos langues actuelles sont comme nos noms; elles n'ont
que des significations convenues; elles manquent de significations essentielles et sor-
tant de leur énergie propre. Mais il y a toujours une empreinte qui, quoique effacée
par le temps, n'en est pas moins réelle :
sans cela nos langues seroient inhabiles à
la poésie. L'autre imitation, qui est celle que
nous faisons des anciens, devroit consister
non point à les copier, non point à imiter
leur manière, la forme de leur style, la
tournure de leurs phrases, leur système de
composition, mais à imiter la nature comme

ils l'ont imitée, c'est-à-dire, à peindre les objets par l'impression reçue. Ainsi donc, moins on imiteroit servilement les anciens, plus on leur ressembleroit.

Le sentiment moral, le sentiment religieux, le sentiment de l'infini : telle est l'impression générale qui doit résulter de toute poésie.

La poésie transporte dans un monde idéal, c'est-à-dire, dans un monde où les limites de la liberté de l'homme, de ses facultés, de ses prérogatives, de son intelligence, sont moins restreintes par l'état de déchéance ; dans un ordre de choses où la pureté des formes et de l'expression a moins été altérée par les passions et les sentiments mauvais.

La beauté est, pour la femme, la grace unie à un sentiment moral ; pour l'homme, la grace unie à la force et à un sentiment généreux : la vertu, pour les deux sexes, est la poésie en action : le sublime, dans les arts, est une des vues les plus élevées du génie : le goût, résultat d'une civilisation avancée, est le tact des convenances et des proportions. Telles sont les raisons générales des lois qui régissent toute littérature tant ancienne que moderne.

La puissance des souvenirs, le charme de l'antiquité, le respect pour les traditions, ne sont qu'une seule et même chose, c'est-à-dire, le culte filial des ancêtres, la religion des tombeaux, culte éminemment moral et poétique, religion qui a sa racine dans le cœur de l'homme.

La parole parlée est une parole vive; la parole écrite est une parole morte. Dieu ne se communique aux hommes que par la parole vive.

La parole écrite, qu'elle ait été inventée par l'homme ou par la société, a subi toutes les vicissitudes des choses humaines. Traduction imparfaite de la parole parlée, la parole écrite ne conserve quelque énergie, n'exerce quelque influence sur les hommes, ne traverse les générations successives, que comme souvenir de la parole parlée.

Voyez, sur la débilité de la langue écrite, Platon et saint Chrysostôme, cités par M. de Maistre, et le beau commentaire que ce dernier a fait sur ces deux textes si remarquables.

La poésie est la parole traditionnelle ; la prose est la parole écrite : les limites de la poésie et de la prose, chez toutes les nations, dans toutes les langues, reposent sur la ligne naturelle qui fut posée, à l'origine, par la force même des choses ; ou, pour parler plus exactement, par celui qui enferma les mers dans leurs bassins, et l'intelligence humaine dans la parole.

Selon Strabon, la prose est une imitation de la poésie. Cadmus de Milet, d'après ce géographe, fut le premier qui imagina de rompre la mesure, en conservant d'ailleurs tous les caractères de la poésie. Il fut imité par Phérécide et par Hécatée.

Dès que la poésie a été séparée du chant, elle n'a plus eu la même antipathie pour la prose.

III. La langue françoise, qui est toute analytique, ne laisse point assez incertaines les limites de l'expression. Elle est à-la-fois noble, élégante et positive. Positive, elle est plus utile à l'intelligence qu'à l'imagination ; élégante, elle reconnoît pour législateur le goût plus que le génie ; noble, mais dédaigneuse, si elle sait rendre l'expression

des sentiments généreux et élevés, elle se refuse peut-être à la naïveté sublime. Inhabile à
s'élever comme à s'abaisser, elle reste dans
une région moyenne. Son caractère propre
est cette médiocrité d'or, conseillée par les
poëtes et les moralistes. L'harmonie de la
langue françoise est une certaine délicatesse
de sons, un nombre convenu. La versification françoise, toute seule, n'est point la
poésie : une périphrase, le mérite de la difficulté vaincue, ne constituèrent jamais l'essence de la poésie. Le genre qu'on a voulu
décorer du nom de poésie françoise, n'est
qu'une langue ornée, plus exclusive, qui
est loin d'embrasser toute la langue poétique. Ce genre renferme des choses qui ne
sont ni prose, ni poésie, un vain bruit pour
l'oreille, qui ne peut ni transmettre un
sentiment, ni faire naître une idée. Michel-
Ange, aveugle, cherchoit à s'exalter en venant toucher le torse qu'il ne pouvoit plus
voir : qu'eût dit à ses mains inspirées le plus
bel ouvrage d'orfèvrerie ?

Il y a, n'en doutons point, dans la langue libre, c'est-à-dire, dans la prose françoise, une langue moyenne qui n'est pas

dépourvue de nombre, et qui embrasse une plus grande partie de la langue poétique françoise ; mais ni la prose, ni la versification ne peuvent pleinement satisfaire, dans notre langue, le génie de la poésie. La poésie n'est point, pour les François, une production originale : qu'elle s'exprime en prose ou en vers, c'est toujours une traduction plus ou moins parfaite, mais une traduction seulement de la poésie ancienne, qui est la véritable poésie. La littérature de toutes les nations résulte de leurs propres origines. Les François ont voulu marier leur littérature native à la littérature des anciens. De là, ce quelque chose de factice et d'artificiel, qui vient frapper de froideur même l'expression des sentiments vrais ; de là, cette nature et ces mœurs convenues, qui ne sont ni dans la vérité ni dans l'idéal ; de là enfin, cette perfection de détails, ce fini d'exécution, qui annoncent le travail et non l'inspiration.

Enfin, la langue françoise n'est, à proprement parler, qu'une langue écrite : c'est la perfection de la langue morte. Elle n'a rien de ce qui constitue la parole parlée, c'est-à-dire, la parole vive. Voilà pourquoi elle n'est ni populaire, ni improvisatrice.)

Je vais être accusé de déprécier la langue françoise; il faut que je me hâte de m'expliquer.

On se rappellera ce que j'ai dit, que notre langue poétique dans la prose affectoit l'imitation de la langue grecque, et que, dans la versification, elle affectoit l'imitation de la langue latine. Cela s'explique par le séjour des Phocéens, qui ont fondé Marseille, et des Romains, qui ont tant multiplié leurs colonies dans les Gaules. Nous autres François, par cette sorte d'impatience qui fut toujours dans le fond de notre caractère, nous avons voulu faire notre langue, comme nous voulons, à présent, faire nos institutions. (Ainsi, nous avons successivement abandonné, sans que rien nous y contraignît, la langue des Troubadours et des Trouvères. Quelle qu'eût été celle de ces deux langues que nous eussions conservée, elle nous auroit donné une littérature fondée sur nos propres origines. Cette littérature, nous l'avons imposée aux autres nations. Puis, nous avons voulu introduire de force, dans notre langue des Trouvères, le grec et le latin) Je dis de force, car puisque déja nous avions le sceptre de la langue universelle, la pente naturelle des choses ne comportoit pas une telle introduction. Tous les monuments de notre littérature de transition entre le moyen âge et notre grand siécle attestent ces efforts constants et réitérés. Ne parlons ni de Ronsard, ni même de Chapelain, dont l'oreille étoit trop façonnée à l'hexamètre ancien, n'est-il pas évident que nos grands auteurs du siécle de Louis XIV n'ont paru avoir si bien deviné notre langue, qu'à cause de la connoissance intime qu'ils avoient des deux langues anciennes? Corneille n'a jamais pu entrer parfaitement dans cette direction; il tendoit plus à cette indépendance qui est si propre à une littérature nationale. Il avoit l'imagination tournée du côté du génie espagnol; et même le caractère romain ne lui étoit apparu qu'au travers du voile espagnol, car Lucain étoit de Cordoue. Racine est celui de tous nos écrivains dont les sentiments étoient le plus en harmonie avec la langue françoise. Il avoit quelque chose de doux, d'abondant, de tempéré qui pouvoit se passer des mouvements d'une langue transpositive. Si nous pouvions nous arrêter à des détails, nous aurions ici quelques remarques singulières à faire sur la solennité de Balzac, qui n'a point été égalée, sur la magnificence du style de Buffon, et la plénitude de celui de Thomas; tentatives plus ou moins heureuses du génie de la langue françoise qui s'agitoit dans les liens de la prose.

Si l'on se rappelle encore ce que j'ai dit sur le partage des langues entre les facultés humaines, on peut présumer que le génie de la langue celtique nous est resté malgré nous, et que si le génie de cette langue est celui qui s'applique à l'intelligence plus qu'à l'imagination, il en résulte que la langue françoise convient éminemment à l'âge actuel de l'esprit humain. Au reste, on peut dire, sous le seul point de vue historique, que le caractère de l'universalité appartient à la langue françoise, dès l'origine, et que c'est le coin dont elle fut frappée, sans doute dès l'instant de sa formation. Elle fut, pour ne pas remonter plus haut que le temps où

cette langue étoit partagée entre deux dia-
lectes, celui du Nord et celui du Sud, elle
fut parlée dans les cours d'Italie, dans une
partie de l'Espagne et dans le Portugal; et
lorsqu'elle s'éteignoit en Espagne, des Ca-
talans portoient le provençal dans l'Attique
et dans la Béotie, dont ils venoient de s'em-
parer après avoir secouru les Thessaliens.
Des Normands portoient la langue d'oïl
dans la Sicile et dans la Calabre; et l'Angleterre en conserve des traces jusque dans
ses formules constitutionnelles. La langue
françoise fut parlée dans la principauté de
la Morée et dans le duché d'Athènes, même
après que les Grecs y furent rentrés, vers
1300. Les royaumes de Chypre et de Jéru-
salem ont eu des lois écrites en françois.
La francique ou la langue franque, sur les
bords de la Méditerranée et de la mer
Rouge, offre encore des traces profondes de la langue françoise. M. de Châteaubriand a entendu des sons françois
sur les bords du Nil. Dans les traités di-
plomatiques le françois n'a jamais eu à lutter que contre le latin ; à présent cette
langue est celle de tous les pays policés,

de la bonne compagnie de tous les États de l'Europe.

Avant de renoncer à notre littérature native, nous l'avons imposée, comme nous disions tout-à-l'heure, à toute l'Europe, car c'est nous qui lui avons donné la littérature romantique, qu'elle veut nous imposer à son tour. L'Angleterre, isolée du continent, a eu besoin d'une autre inspiration : lorsqu'elle s'est formé une littérature, elle n'a point connu le Parnasse grec, ni les chansons du gai savoir; elle a été fidèle au culte d'Odin et à toutes les créations fantastiques de l'Edda : heureusement elle a eu Shakespeare. C'est ainsi qu'elle a été si souvent étrangère aux mouvements de la civilisation; qu'elle a suivi la marche progressive indépendamment des autres États; que l'influence exercée par les croisades a été nulle pour elle, quoiqu'elle ait participé à ces expéditions lointaines.

Il faut qu'il y ait une énergie particulière attachée à une langue : ce n'est point par les conquêtes des armes qu'elle se propage. Nos soldats laissent par-tout la langue françoise, et ne rapportent de nulle

part les langues des pays où ils ont séjour-
né. Les étrangers ne font que passer chez
nous et ils emportent par-tout notre langue. Les Romains eux-mêmes, qui firent
tant de choses pour assurer la conquête des
Gaules, se plaignoient de la résistance que
nos pères apportoient à parler la langue du
vainqueur. Le fond de notre langue étoit
déja la langue celtique.

Je ne sais, mais il me semble que cette
langue étoit tenue en réserve pour cette
époque-ci, l'âge de la lettre fixe, de l'émancipation de la pensée. Je pense que cette
époque-ci auroit été devancée si nous eussions conservé notre langue sans la modifier contre la force des choses. Nous n'avons
pas pu la priver de son caractère d'universalité, parcequ'il lui a été imprimé par Dieu
même.

Rien ne peut ressusciter une langue dont
la mission est finie. Nous le voyons pour le
grec, qui n'a rien pu créer sous les Ptolo-
mée, qui ne peut rien créer à présent quoiqu'elle soit une langue vulgaire dans plusieurs contrées ; nous le voyons pour le
latin, qui a été la langue des lettrés dans

toute l'Europe, et qui est encore vulgaire dans la Pologne. Le grec et le latin sont des dérivés. Le françois est une langue primitive, malgré toutes les modifications qu'elle a subies et les vicissitudes qui l'ont travaillée. Elle porte donc en soi la raison de son existence, et elle va commencer une nouvelle mission.

La langue françoise est éminemment aristocratique, c'est-à-dire, à l'usage des classes cultivées par l'éducation. C'est la langue du *tu* et du *vous*, c'est-à-dire, la langue des bienséances et des hiérarchies sociales.

Le goût françois a été, en littérature, ce que l'honneur a été dans les institutions monarchiques.

Chez nous, la littérature, ni la poésie, ni les arts, n'ont jamais pu devenir populaires.

Nous avons déjà remarqué que nos mœurs étoient restées aristocratiques, malgré le principe de l'égalité, introduit avec les idées de la révolution.

Le principe conservateur des sociétés est aristocratique, parceque les sociétés ne peuvent se passer de hiérarchie.

Ainsi, nous serions portés à voir une grande vue de la Providence dans le soin qu'elle a pris de placer le principe conservateur de l'ordre dans les mœurs et dans la langue du peuple qui doit régir l'âge actuel des sociétés européennes.

IV. L'épopée est l'histoire du genre humain dans les divers âges de la société. Le représentant des idées d'un siècle, le législateur d'un peuple, le fondateur d'un empire : voilà le héros de l'épopée. Ceux qui s'avancent hors de leur siècle, et qui, personnages isolés sur la scène du monde, fécondent les idées du siècle suivant, s'ils ne meurent pas obscurs, sont dignes de l'épopée. L'homme de génie qui, voyant que tout est lié dans les destinées humaines, exprimeroit d'avance les idées vulgaires d'un autre âge; celui-là, comblant l'espace qui le tiendroit séparé des temps postérieurs, créeroit dans l'avenir des événements et des chefs d'empire, et prédiroit ainsi une épopée.

Une société humaine, gouvernée immédiatement par Dieu, ou visiblement dirigée par la Providence : ce magnifique motif d'épopée ne peut se trouver que chez les Hébreux ou chez les François; il attend encore un poëte. Bossuet eut la vaste intelligence qu'il falloit pour une telle composition : on ne sait s'il lui manqua le sentiment du génie allégorique, cette flamme de l'inspiration, qui est la parole vive, la révélation directe ; et il est plus sûr de dire qu'il fut revêtu d'un autre ministère.

A de certaines époques, certaines idées, mûries à l'insu des hommes, se répandent de toutes parts sur la société. Ces époques, qui sont des âges de crise, attirent les regards du poëte épique.

Le platonisme, ainsi que nous l'avons déja remarqué, fut, parmi les nations païennes, une heureuse préparation à la religion de Jésus - Christ. Le platonisme fut utile, avant et après le christianisme; avant, pour y amener les hommes; après, pour les confirmer dans cette croyance.

Le christianisme, naissant au sein d'un peuple grossier, promettant à ses apôtres les fers et la mort ; annonçant à Rome et à Athènes, au sein des lumières, la morale d'un homme qui venoit d'expirer sur la

croix, renversant les idoles dans les métropoles même du culte idolâtre; contredisant
tous les orgueils de l'homme; les chrétiens,
mourant comme leur maître, et donnant
leur mort même pour preuve de leur mission; consentant ainsi à l'ignominie du supplice ou à la honte du mensonge : tel est le
tableau que présente l'établissement du christianisme. Ce tableau est le plus digne de tous
ceux qui peuvent s'offrir à l'épopée. On y
verroit les facultés de l'imagination luttant
de toute leur puissance contre la rigueur des
idées morales. On y verroit les instincts des
sens et les sophismes de la raison fournir de
fragiles appuis à des superstitions privées
de force vitale. Les dieux d'Homère ne régnoient plus sur l'Olympe, mais les presti-
tiges et les amulettes avoient encore une
prise terrible sur les esprits effrayés ; et les
sages vouloient pouvoir continuer de dédaigner les croyances de la multitude.

Une idée sublime, appartenant à d'anciennes traditions répandues dans le monde,
quoiqu'elles n'y fussent pas universellement
connues, avoit choisi pour asile, parmi les
doctrines païennes, le platonisme. Cette

idée, qui consistoit à faire de Dieu même le type de l'homme et de ses facultés, fut d'abord appliquée seulement à l'intelligence, et ensuite étendue aux sentiments moraux; c'est-à-dire que l'on vint à concevoir dans Dieu, modèle de toutes les perfections, la source merveilleuse du dévouement. Ainsi les Gentils comme les Juifs ont reçu d'avance le bienfait de la promesse; ainsi, les Gentils comme les Juifs, en différents temps, ont eu des prophètes, ont conversé avec des précurseurs : pourquoi aucun poëte n'est-il encore entré dans le champ du christianisme antérieur ?

Milton peignit l'homme dans son état d'innocence, puis déchu de cet état primitif par le mauvais usage de sa liberté.

Homère peignit l'homme luttant avec ses seules forces contre les limites de la liberté, assignées par l'état de déchéance.

Virgile, en racontant les origines de l'empire romain, en transportant les pénates de Troie sur la vieille terre du Latium, nous montre comment se fondent les empires, comment les traditions lient les générations les unes aux autres. Son héros, homme

pieux, père d'une tige royale, est le vrai
fondateur d'une société humaine. Virgile
exprime encore les sentiments délicats et
généreux d'une civilisation avancée, et
montre ainsi comment avec un goût parfait
le poëte peut marier certaines idées et certaines mœurs d'un siècle avec celles d'un
siècle antérieur, leçon admirable qui ne fut
point perdue pour Racine et pour Fénélon.
Mais Virgile fit plus : il devança, sous ce
rapport, le siècle où il vivoit, rare prérogative des génies de l'ordre le plus élevé.

Le Tasse avoit à peindre le berceau de la
société chrétienne. Les lois de l'épopée ne
lui furent pas toutes révélées. Sans passé,
sans avenir, son regard s'est arrêté sur un
seul moment. Son poëme, plein d'aimables
merveilles, a, dans son ensemble, tout le
charme du roman, et ne s'élève que rare-
ment à la dignité de l'épopée.

M. de Maistre remarque admirablement
bien que « toute religion, par la nature
« même des choses, *pousse* une mythologie
« qui lui ressemble ; et que la mythologie
« de la religion chrétienne est, par cette rai-
« son, toujours chaste, toujours utile, et

« souvent sublime, sans que, par un privi-
« lége particulier, il soit possible de la con-
« fondre avec la religion même. » Si Boileau
se fût élevé à cette haute considération, il
auroit connu les ressources de l'épopée
chrétienne ; son esprit réservé et sévère
n'auroit pas été effrayé d'une profanation
qui étoit impossible pour le véritable poëte;
et il n'auroit pas continué à perpétuer
parmi nous le règne caduc des divinités de
la Grèce.

Maintenant, il faut l'avouer, il est trop
tard pour revenir d'un préjugé qui nous
fut si fatal ; qui trop long-temps a été classique, et qui peut-être, à cause de cela, a
privé notre littérature de pouvoir s'enor-
gueillir d'une des plus belles productions
de l'esprit humain, d'un poëme épique.

Le Dante et Klopstoch ont jeté l'homme
hors des limites du monde. Mais l'appréciation de la fable du Dante exigeroit de trop
longs développements pour que je puisse
m'y livrer.

Le Camoens introduisit les anciens ressorts
épiques dans un sujet moderne, exemple
singulier qu'un poëte allemand vient d'imi-

ter. Je n'ai pas besoin de le dire : la seule
manière d'user des anciennes divinités païennes, c'étoit de les transformer, comme l'a
fait Milton, en des anges ennemis, en des
esprits de séduction et de perte.

Voltaire, ainsi que Lucain, ont entièrement méconnu les lois de l'épopée. Ils n'ont
vu, l'un et l'autre, ni avant l'époque dont
ils voulu retracer l'histoire, ni au-delà. Ils
ont mis des faits en beaux vers, et les ont isolés de toute tradition. L'esprit philosophique
de Voltaire a frappé de stérilité une composition déja aride par elle-même; car il ne
faut pas qu'un homme de talent s'imagine
qu'il puisse créer la poésie, s'il ne la trouve
pas toute faite. Voilà pourquoi Jeanne
d'Arc, qui ne réunit point, il est vrai, toutes
les conditions de l'épopée, en a du moins
qui auroient pu tenter un génie élevé. Voltaire, au reste, est bien loin d'avoir embrassé
tout entier le sujet de la Henriade.

Le génie de l'épopée, qui tend toujours à
individualiser et à faire des créations allégoriques, établit une sorte de chronologie
qui seule est la vraie lorsqu'elle existe; c'est
là, sans doute, ce que les anciens appelèrent

le cycle épique. Les poëtes tragiques, chez eux,
se firent une loi de puiser leurs sujets dans
les annales de l'épopée ; et l'épopée, comme
il a été dit, n'étoit autre chose que l'histoire
même des âges de l'esprit humain.

Ainsi donc, si le cycle épique de la haute
antiquité nous fût parvenu entier, et qu'il
eût été continué par les poëtes des âges postérieurs ; si les modernes eussent conçu l'é-
popée dans toute son étendue, et eussent
fait un cycle épique, éclairé par la révélation, nous aurions la vraie histoire du genre
humain.

Chez les Grecs, la tragédie commença par
ramener les faits du cycle épique à la rigueur
des faits historiques : bientôt les faits historiques s'élevèrent à la dignité des faits du cycle épique. La prise de Milet par Phrynicus
fut, dit-on, le premier exemple de cette
sorte de profanation qui excita alors assez
de scandale parmi les classiques de cette
époque. Une dernière profanation ne tarda
pas d'alarmer la muse tragique. Agathon
mit sur le théâtre des sujets de pure invention : l'art alors fut perdu. Toutes les littératures offrent la même série de dégéné-

rations. La poésie entre dans le domaine de
l'histoire, où bientôt elle se trouve étrangère ; et, méconnoissant ses véritables at-
tributions, elle veut créer, usurpation dont
elle est punie à l'instant même par le discrédit le plus complet.

Phrynicus et Agathon n'ont pas seulement
gâté la poésie pour les Grecs, ils l'ont gâtée
aussi pour nous, parceque nous étant placés
dans la sphère de l'imitation, les traditions
ont été dénaturées pour nous dès l'origine,
et toutes nos voies sont devenues incertaines. Chez les Romains, Virgile seul eut le
sentiment de la poésie. Pour nous, l'erreur
étoit bien facile, parceque les véritables sujets tragiques des anciens, transportés sur
nos théâtres, ne pouvoient être que des sujets
d'imagination. Cependant ces sujets étoient
doués d'une telle fécondité de poésie qu'ils
purent encore exciter toute notre admiration. Les sujets historiques furent d'abord
pris hors de notre histoire, ce qui étoit un
hommage rendu à la vérité du sentiment
qui avoit dicté les préceptes anciens. Mais
il est remarquable que nous essayâmes bien
vite les sujets d'invention.

A côté de la poésie d'inspiration, dont le berceau se confond avec le berceau des peuples, il y a toujours une imitation de cette poésie, laquelle entre dans la forme et non point dans l'essence. Cette imitation de poésie commence chez toutes les nations par des vers satiriques, comme chez les Grecs; des vers saturniens ou fescennins, comme chez les Latins; des blasons, des sirventes, des fabliaux, comme chez nos Troubadours ou nos Trouvères.

V. Dans la haute antiquité, la musique est l'ensemble des lettres humaines et des institutions sociales. Il y a eu une décadence successive qui s'est manifestée ainsi : on commença par séparer la musique de la poésie; la poésie une fois isolée, on fut conduit naturellement à la prose; enfin la versification vint tantôt comme un auxiliaire à la poésie, et tantôt intervint pour en voiler l'absence. La rime, dans nos langues modernes de l'Europe, seconda merveilleusement le labeur de la versification. Dans le soin que les législateurs anciens apportèrent à régler la musique, il faut reconnoître le respect pour la parole traditionnelle.

Le récit des merveilles attribuées par les poëtes à la musique n'est point une vaine fiction ; car les poëtes n'ont rien inventé : ils n'ont été qu'historiens, mais historiens symboliques, ce qui est le sens universel de l'ensemble des choses humaines.

Les législateurs anciens, en prescrivant de ne point écrire les lois, vouloient-ils entretenir l'ignorance des peuples? Non, sans doute; ainsi que nous l'avons déja dit, ils furent guidés par un plus noble sentiment, celui de commander le respect pour la loi ; d'en interdire l'examen indiscret ; de la transmettre par la parole parlée, sainte et mystérieuse; d'en confier le dépôt directement à l'ame ; de ne point en enfermer le vaste sens dans les limites d'une expression matérielle; ils voulurent se réserver de celer au profane vulgaire les choses qu'il doit ignorer, et de mesurer l'instruction selon les castes et les tribus; car les castes et les tribus, conservatrices des traditions, furent une institution nécessaire des premiers âges des sociétés humaines. Les lois somptuaires, relatives à l'éducation et au costume, témoignent la sagesse de ces temps reculés.

Nos ancêtres imitèrent, autant qu'il étoit en eux, la sagesse des anciens. Ils n'écrivoient point les lois dans la langue vulgaire, mais dans une langue qui avoit survécu à un grand peuple, langue devenue sainte et vénérable, où les limites de l'expression avoient cessé d'être positives. Ainsi étoient évités les examens indiscrets des profanes, des discoureurs, des impies.

Platon, en parlant de la langue écrite, s'exprimoit ainsi : « Elle ne sait ce qu'il faut « dire à un homme, ni ce qu'il faut cacher à « un autre. Si l'on vient à l'attaquer ou à «l'insulter sans raison, elle ne peut se dé- « fendre, car son père n'est jamais là pour « la soutenir. » Ce peu de mots, pour lesquels j'emploie la traduction de M. de Maistre, explique toute la sagesse des anciens. Cette immobilité de la parole écrite, ce silence qu'elle est obligée de garder lorsqu'elle est attaquée, disent avec quelque éloquence sans doute les raisons qui ont engagé l'Église à refuser de reconnoître jusqu'à présent les traductions de l'Écriture sainte en langue vulgaire. Maintenant elle n'y apporte plus que des ménagements sans y apporter de l'opposition. La cour de Rome s'est expliquée à cet égard en dernier lieu. Elle a dit formellement qu'il étoit utile de remédier aux dangers de la parole écrite par les moyens même de la parole écrite.

Mais il est une observation qui a échappé à Platon et à M. de Maistre, et que je crois devoir consigner ici. L'écriture manque de pudeur parcequ'elle peut se produire en l'absence de celui qui la fit. Elle choisit son temps pour paroître, et, si cela lui convient, pour se réfugier ensuite dans l'ombre comme une courtisane. De même que son père n'est pas là pour la défendre lorsqu'elle est attaquée ou insultée sans raison, de même aussi, lorsque l'on a de justes reproches à lui adresser, son père n'est pas là pour rougir. Jamais Catulle, jamais Pétrone n'auroient songé à offenser l'honnêteté publique s'ils eussent dû vaincre la pudeur des oreilles pour confier leurs ouvrages à la mémoire des hommes. Sans le triple rideau de l'écriture, de l'imprimerie, de l'anonyme, Voltaire, sans doute, eût été chaste et sérieux comme les poëtes antiques, comme les premiers philosophes, comme Homère et comme Pythagore. S'il eût dû lire à la France assemblée, dans de nouveaux jeux olympiques, tout ce qu'il a écrit sur l'histoire, il n'auroit pas si souvent désolé la raison. Ainsi, outre que l'écriture manque de pudeur, elle est indiscrète et téméraire. Les hommes isolés peuvent obéir à mille mauvais penchants; réunis, une *révérentielle* honte, comme disoit Montaigne, vient les saisir : tant il est vrai que Dieu a placé un instinct moral dans la société. L'homme tout seul peut bien avoir des sentiments nobles et généreux, puisqu'il y a des vertus obscures, des sacrifices ignorés; mais comment l'homme auroit-il conçu de tels sentiments s'il n'eût pas vécu avec ses semblables? La langue parlée est donc plus pure et plus réservée en toutes choses que la langue écrite, à cause de l'intensité du sentiment social lui-même, qui est comme la source et l'occasion de tous les autres.

Le mot poëte, qui signifie *faiseur*, et le mot poésie, qui signifie *invention*, ne furent d'un usage général que vers le temps d'Hérodote. Jusque-là, les mots chanteurs et chants avoient été seuls employés pour

désigner les poëtes et la poésie. Le mot rhap-
sode lui-même signifie *conteurs de chants.*
L'écriture paroît avoir donné lieu à la *prose:*
les premiers *écrivains* furent sans doute les
premiers *prosateurs.* Ainsi l'invention n'auroit été attribuée aux *poëtes* que lorsqu'il y
eut des *prosateurs*, parcequ'à ceux-ci on ne
leur crut que la simple fonction de constater : c'est, du moins, de cette manière que
s'explique Pindare. Mais les premiers poëtes
furent bien loin de se présenter comme des
inventeurs. Ils se disoient interprètes des
Muses, ou, en d'autres termes, interprètes
des traditions. « L'absence du merveilleux,
« dit Thucydide, sera cause peut-être que
« les événements que je décris plairont moins
« à la *lecture.* » Le même écrivain dit encore : « Les anciens historiens ont plus songé
« à plaire à la *lecture*, qu'ils n'ont songé à
« dire la vérité. » Ces deux phrases sont remarquables en ce qu'elles indiquent bien
les deux genres d'altérations que les premiers historiens ont apportées dans leurs
rédactions en prose, altérations dont on
leur a su gré, et qui ont cependant conduit
à l'arbitraire. Ils ont cru pouvoir commen-

cer à écarter le merveilleux de leurs récits, et bientôt ils se sont arrogé le droit de choisir dans leurs matériaux, ou, pour parler plus exactement, de choisir dans les traditions, et même de modifier celles qu'ils consentoient à consacrer de nouveau. Dès-lors rien n'a été certain. On a été livré à l'esprit individuel de chaque écrivain, au lieu d'être soumis à l'esprit général des traditions.

La poésie est faite pour être *ouie*, avons-nous dit, et la prose, pour être *lue*. Mais il est arrivé que la poésie elle-même, a été *lue*, et que ce que nous avons adopté ensuite comme poésie, n'a plus été fait que pour être *lu*. Alors on a confondu la forme et l'essence de la poésie; et il en est résulté une poésie de convention. Le règne de cette poésie de convention est fini; et nous verrons tout-à-l'heure que nous sommes obligés de remonter au berceau même de la poésie.

Souvenons-nous des assemblées des vieillards aux portes des villes, comme dans la Bible et dans Homère. Le mot *porte* en Orient, a encore une signification qui tient à ces usages antiques, et le nom de *Porte-Ottomane* donné au gouvernement turc est un monument de ces mêmes usages. Souvenons-nous du Forum, des tribunaux sur les places des villes et des bourgs, des actes dont une simple pierre enfoncée dans un lieu désigné, en présence de témoins, conservoit seule la mémoire. A présent même, une pierre brute, servant de limite à nos héritages, est la dernière trace de ces usages primitifs.

Tant que dura la liberté chez les Grecs, ces peuples menoient une vie publique, qui supposoit peu le loisir de la lecture. Ainsi lors même que l'écriture fut introduite, on demeura encore long-temps avec les habitudes de la langue ouie. Les poëtes épiques eux-mêmes étoient peu lus, les poëtes dramatiques l'étoient bien moins encore. Hérodote, quoiqu'il eût écrit en prose, lisoit son histoire à la Grèce assemblée. Tant il est vrai que la lecture privée fut très tardive, et que l'écriture a été très long-temps avant de pouvoir s'appliquer aux usages particuliers. Les philosophes discouroient en présence de leurs disciples, et Socrate n'écrivit point.

Remarquons enfin que sitôt qu'une langue

commence à s'écrire, elle commence à s'altérer; parceque l'écriture, et je ne parle ici
que de l'écriture syllabique, contient quelque chose d'arbitraire et de conventionnel.

Toutes ces vicissitudes des langues, qu'il
seroit long de suivre, et trop difficile d'expliquer, devoient amener graduellement
l'âge de l'émancipation de la pensée.

Il faudra bien des siècles avant que les
peuples de l'Orient s'affranchissent des liens
de la parole, pour arriver à l'émancipation
de la pensée, si toutefois ils y parviennent
jamais.

La langue hébraïque, quoique perdue
pour les Juifs eux-mêmes, continue d'en-
chaîner les enfants d'Israël dans ses liens
immortels : ils ne peuvent se fondre parmi
les nations au milieu desquelles ils vivent
dispersés. Moïse, le seul des législateurs anciens qui ait écrit ses lois, avoit prévu tous
les détails pour que la lettre ne restât pas
en silence ; et Dieu avoit imprimé à cette
législation écrite un sceau de durée que ne
peuvent avoir les ouvrages des hommes.

CHAPITRE X.

SECONDE PARTIE.

ÉMANCIPATION DE LA PENSÉE.

Si la première partie de ce chapitre a pu paroître un peu trop affirmative, c'est parceque je me suis cru appuyé de l'autorité des siècles et des traditions. Maintenant que je suis abandonné à moi-même, puisqu'il faut que je rentre dans l'appréciation de l'époque actuelle, maintenant je ne puis avoir la même confiance en mes propres idées, et plus de circonspection m'est devenue nécessaire. Je ne dois pas dissimuler sur-tout qu'au point où nous sommes arrivés de la discussion, ce qui me reste à expliquer, afin d'achever la tâche que je me suis imposée, est trop conjectural pour ne pas m'inspirer une réserve extrême.

Je ne suis cependant point entièrement

délaissé, et j'ai encore un appui d'une assez grande force : c'est la tendance même des esprits les plus remarquables de ce temps. Tous sentent que, s'il y a un grand mouvement dans la sphère de l'intelligence humaine, il y a, néanmoins, un centre fixe, un axe sur lequel repose tout le système. Il est impossible, en effet, de ne pas s'apercevoir des efforts qui se font, en ce moment, pour asseoir toutes nos connoissances primitives et acquises sur une base solide et inattaquable, celle de l'expérience.

En même temps que M. Alexandre de Humboldt rassemble des matériaux précieux pour toutes les sciences naturelles, il ne néglige point ceux qui peuvent enrichir les sciences intellectuelles. Il a voulu, par exemple, appliquer à l'étude de la langue des Mexicains le même génie d'observation qui lui a fait imaginer sa grande échelle des hauteurs atmosphériques, d'après la végétation des plantes spontanées.

Les vastes investigations de MM. Schlegel et de M. William Jones nous ouvrent les trésors de cette sorte de cosmogonie intellectuelle et morale qui est toute dans les langues. M. W. Schlegel sur-tout, en prouvant que la question de l'origine du langage devoit être traitée historiquement, et non point par des théories spéculatives; en prouvant ensuite, par les faits nombreux que lui-même a rassemblés; en prouvant, dis-je, que cela étoit possible, ôte à ces sortes de recherches ce qu'elles avoient de conjectural et de hasardé, et vient déterminer ainsi un des plus grands pas qui puissent être faits dans la science réelle de l'homme.

Les beaux calculs de M. Duluc, les études immenses de M. Cuvier sur les états antérieurs de la terre que nous habitons sont une heureuse préparation à l'histoire géologique du globe, qui elle-même est le commencement tout naturel de l'histoire du genre humain.

Les travaux de MM. Cuvier, de Humboldt, et de MM. Schlegel et W. Jones sont donc dans une analogie parfaite; le génie de l'observation est donc appelé à faire désormais le même genre de découvertes à-la-fois dans le monde physique et dans le monde moral. L'archéologie va prendre, s'il est permis de parler ainsi, rang parmi les sciences naturelles. Il ne s'agira plus que d'étudier des monuments positifs, ou de suivre des vestiges certains.

Les philosophes allemands n'ont point été indociles à cette impulsion récente. Plusieurs d'entre eux, au milieu même des apôtres les plus exclusifs des idées nouvelles, se sont mis à étudier historiquement l'esprit humain. Déja, chez plusieurs, l'expérience et les faits remplacent les théories et les hypothèses. M. Ancillon se distingue entre tous sous ce rapport. Le système social s'appuie dès-lors sur une base inébranlable. Nous ne sommes plus, il est vrai, gouvernés par les doctrines anciennes; mais nous sommes toujours régis par les institutions primitives, en ce sens que ce sont elles qui ont tout fondé.

Lorsque Pascal disoit que l'homme ne sait que ce qui lui a été enseigné, et que, par conséquent, nous ne pouvons nous dispenser de remonter toujours à un enseignement primitif comme à une cause première, il commençoit à jeter le pont qui devoit réunir un jour le monde ancien et le monde nouveau.

M. de Maistre a remarqué avec beaucoup de raison que les législateurs anciens n'ont rien écrit; que l'Église n'a écrit que lorsqu'elle y a été contrainte, non pour établir, mais pour constater la croyance à des dogmes attaqués. Il a de plus remarqué que la constitution angloise elle-même n'a rien innové, mais que les priviléges de la nation ayant été violés, il étoit devenu nécessaire de les constater.

On peut dire aussi que la cause de la parole n'a été défendue que lorsque cette cause a été attaquée. M. de Bonnald n'est donc pas venu pour faire entrer dans la société une vérité nouvelle; mais il est venu pour empêcher une vérité ancienne de sortir de la société. Ainsi, quoique l'ouvrage de M. de Bonnald semble s'appliquer à un ordre de choses qui n'existe plus, cet ouvrage n'en est pas moins d'une très grande importance et d'une utilité incontestable, parceque la vérité est toujours la vérité, parceque le don primitif de la parole n'a pas cessé d'être l'origine de nos connoissances. Il a donc montré le tuf sur lequel est assis l'édifice.

M. de Maistre et M. de Bonnald, qui ont

suivi la même route dans les errements de
la société ancienne, paroissent avoir méconnu les faits nouveaux de l'esprit humain.
Ils n'ont pas fait attention que ce qui avoit
été fondé au commencement, continuoit
d'exister par son énergie propre et non point
par une impulsion sans cesse renouvelée.

Dieu ne répéte pas à chaque instant l'acte
de sa toute-puissance par lequel il créa le
monde; et le monde cependant est une suite
de créations successives, qui s'opèrent par
l'effet toujours le même de cet acte de la
volonté de Dieu. Lorsque Dieu tira les étoiles du néant, et qu'il les appela chacune par
son nom, il leur marqua l'aire de l'espace
qu'elles devoient parcourir jusqu'à la fin des
temps ; depuis, elles ont invariablement décrit leurs ellipses immenses. Dieu n'a donné
qu'une fois à tous les êtres la faculté de se
perpétuer ; et les espéces continuent leur vie
immortelle.

De même la parole fut douée, au commencement, d'une puissance et d'une fécondité dont elle ne jouit plus, il est vrai, mais
dont les effets se perpétuent encore. Dieu
n'a pas besoin de renouveler à chaque in-

stant les miracles de la première création.

La parole a répandu dans le monde toutes les idées qu'elle avoit à y répandre : sa mission est en quelque sorte finie ; mais ce qui existe par elle continue d'exister. Si Dieu lui a retiré la puissance dont il l'avoit revêtue, c'est, sans doute, parceque son ministère de création est accompli, et qu'il ne lui reste plus qu'un ministère de développement. La société des êtres intelligents subsiste par les idées morales et intellectuelles que la parole y a semées. Ne voyez-vous pas le papillon mourir lorsque une fois il a confié aux arbres des forêts les œufs qui contiennent sa postérité future ?

La parole s'étant successivement matérialisée, comme nous l'avons précédemment remarqué, la pensée a dû lutter continuellement pour rentrer dans cette indépendance et cette liberté dont elle jouissoit lorsqu'elle étoit intimement unie à la parole. A mesure que la parole, séparée de la pensée, s'est plus fixée dans une sphère sensible, les efforts de la pensée ont augmenté de vigueur et de puissance pour secouer des chaînes qui devenoient de plus en plus pesantes. Mais n'oublions pas que si nous pouvons, à présent, nous passer du secours de la parole pour penser, c'est parceque originairement la parole nous a donné nos pensées. L'esprit humain a contracté des habitudes, s'est fait des méthodes, enfin a pris une direction que la parole seule a pu lui imprimer. Mais si la parole a cessé de régner, elle est restée premier ministre de la pensée.

Notre attention a été fixée un instant sur un phénomène bien singulier de nos langues actuelles, qui manquent, avons-nous dit, du sentiment de la continuité d'existence; et cependant il est impossible qu'un tel sentiment ait jamais été banni des conceptions de la pensée. Des esprits inattentifs ont souvent, comme on sait, accusé le peuple hébreu de n'avoir pas connu autrefois le dogme de l'immortalité de l'ame, parceque, prétendoient-ils, ce dogme n'est nulle part textuellement énoncé dans la loi judaïque; mais il étoit bien plus formellement énoncé que par des mots ou des propositions, puisqu'il jaillissoit du génie même de la langue, si fortement empreint du sentiment de la continuité d'existence. Nos

langues actuelles, au contraire, étant dépourvues de ce sentiment, nous étions obligés de le chercher dans le sanctuaire de la
pensée, où il fut déposé primitivement
pour y subsister à jamais. Il arrivoit donc
pour cela, par exemple, que, dans le verbe,
la pensée manquoit d'expression, et étoit
obligée de ne s'appuyer que sur elle-même.
Poursuivons cette démonstration, sans toutefois l'épuiser. Notre éducation se perfec-
tionnant par l'étude de différentes langues,
il en résultoit, dans notre intelligence, un
travail continuel quoique inaperçu, pour
comparer les procédés et les expressions de
notre langue maternelle avec les procédés et
les expressions des langues acquises par une
éducation postérieure. Cette comparaison
nous accoutumoit à sentir des nuances d'i-
dées, bientôt même des catégories entières
d'idées, que soit notre langue maternelle,
soit les autres langues acquises étoient inhabiles à rendre. Notre esprit se tendoit in-
volontairement à considérer la pensée,
abstraction faite de l'expression ; et il en
venoit à s'exercer même sur la langue maternelle comme si c'eût été une langue étran-

gère, c'est-à-dire, qu'il venoit à traduire sa
pensée au lieu de l'exprimer. Pendant que
ces choses se passoient dans l'entendement,
l'analyse resserroit de plus en plus les limites de nos langues : les mots consacrés par
elles avoient subi tant d'épreuves de tous les
genres qu'ils avoient fini par recevoir un sens
trop fixe et trop déterminé, qui étoit en opposition avec l'indépendance naturelle de
la pensée. L'infini est dans l'ame humaine :
elle se révolte dès qu'elle aperçoit des bornes dans sa sphère d'activité. Ainsi la liberté
morale, qui est, en définitive, la vraie liberté, et dont la liberté politique n'est, pour
ainsi dire, qu'une image, s'agitoit dans les
liens de la parole pour les rendre moins
pesants.

J'arrive donc enfin à cette conclusion que
j'avois annoncée : Le christianisme a été
une première émancipation du genre humain, dans l'ordre moral ; l'extension des
limites de la liberté morale par l'affranchissement des liens de la parole est une
seconde émancipation, dans l'ordre intellectuel. Nous n'avons point à expliquer ici
les bienfaits de la première émancipation;

nous n'avons à nous occuper que de la seconde émancipation, pour laquelle l'esprit
humain est encore dans le travail douloureux de la crise.

Nous avons remarqué que les langues différentes ont été affectées de diverses prérogatives ; nous pouvons ajouter, en d'autres
termes, qu'elles ont eu la mission de faire
entrer dans les trésors de l'esprit humain,
où rien ne se perd, différents ordres d'idées.
M. Ancillon a dit : « Rien ne prouve davan-
« tage qu'originairement et dans le prin-
« cipe, les existences et la réalité sont don-
« nées à l'homme, que de voir la métaphy-
« sique tout entière, en quelque sorte,
« déposée dans les langues, à l'insu de
« ceux qui les ont créées et perfectionnées.
« Les termes qui expriment les notions pri-
« mitives, les faits et les rapports primitifs,
« ont proprement occasioné et amené les
« recherches métaphysiques. Beaucoup de
« philosophes qui, dans leurs méditations,
« sont partis de ces termes, se sont ima-
« giné créer ce que l'ame humaine y avoit
« placé sans le savoir, et en cédant à une
« espèce d'instinct de vérité ; tandis que,

23

« dans la réalité, ils n'ont fait que découvrir
« ce qui reposoit dans les langues, et révé-
« ler aux yeux de l'ame surprise les trésors
« qu'elle-même y avoit cachés. »

Ce passage est très curieux, en ce qu'il
renferme une exposition claire, précise et
complète du problème, non pas de la formation des langues, mais de leur existence.
Il est étonnant que ce problème si exactement *formulé* par un esprit aussi juste et
aussi plein de raison n'ait pas été le simple corollaire du don primitif de la parole.
Il ne faut plus se plaindre lorsqu'on voit un
homme tel que M. Ancillon subjugué à ce
point par les préjugés de la philosophie
moderne, lui qui a su se garantir le plus
souvent de l'influence de ces préjugés. On
peut en dire autant à l'occasion de Euler et de Charles Bonnet, qui ne furent aussi
séparés de la vérité que par la préoccupa-
tion d'une idée antérieure, contradictoire
même avec l'ensemble de leurs autres idées.

J'aurois pu citer ailleurs ce passage, mais
j'ai dû le réserver pour cette partie de la
discussion, parcequ'il explique parfaitement ma pensée sur les fonctions que les

langues ont à remplir. Au reste , M. de
Bonnald et M. Ancillon professent tous
les deux la même doctrine; sous le rapport qu'ils voient l'un et l'autre la *métaphysique tout entière déposée dans les langues;* sous le rapport qu'ils pensent l'un et
l'autre *que les termes qui expriment les notions primitives, les faits et les rapports primitifs, ont proprement occasioné et amené les
recherches métaphysiques;* sous le rapport
enfin que les philosophes qui sont partis
de ces termes, c'est-à-dire, les partisans de
la philosophie expérimentale, comme M. de
Bonnald et M. Ancillon lui-même, *n'ont
fait que découvrir ce qui reposoit dans les
langues.*

M. Ancillon s'est donc arrêté à une cause
seconde sans chercher s'il étoit possible de
remonter à une cause première; mais ce qui
a dû se passer dans son entendement lorsqu'il a été retenu ainsi sur les dernières limites du système de l'invention du langage
par l'homme, est un exemple de plus ajouté
à tous ceux que j'ai cités et aux autres faits
que j'ai présentés pour prouver l'émancipation de la pensée.

23.

Je ne sais si je suis parvenu à me faire comprendre : une courte observation sur la musique achévera peut-être de rendre sensible le phénomène nouveau de l'intelligence humaine. Je ne veux parler que de la musique telle que nous la connoissons, parcequ'il paroît que la musique ancienne, celle qui opéra tant de prodiges, d'après le témoignage même des plus graves historiens ; celle qui pénétroit également tous les hommes et non point quelques hommes mieux organisés que d'autres ; celle qui agissoit sur l'ame au lieu de n'ébranler que les sens ; il paroît, dis-je, que la musique des âges primitifs avoit le secret d'une harmonie essentielle. Mais dans la musique des âges suivants, on reconnut l'impossibilité d'arriver à un accord parfait entre les quintes et les octaves. La dissonance étant cachée dans le fond même de l'art, on voulut la fondre et la disperser sur toute l'étendue du clavier. Alors on parvint à atténuer la dissonance au point de la faire disparoître ; mais, il faut l'avouer, vous n'obtenez ainsi qu'une harmonie d'à-peu-près, comme le demandoit Aristoxène, faute de mieux, au lieu d'une harmonie rigoureuse comme l'exigeoit Pythagore ; tranchons le mot, vous avez une harmonie de convention, au lieu d'une harmonie essentielle, fondée sur la nature même du son et de l'ouïe.

De même, la pensée ne trouvoit que des expressions approximatives dans nos langues modernes. Alors l'union intime de la pensée et de la parole ne pouvoit plus subsister comme dans les premiers temps. En un mot, la pensée, ainsi que le sentiment musical, manquoit d'une expression franche, nette, énergique, dont la force fût en elle-même. Rousseau dit que la nécessité du *tempérament* se fit sentir tout-à-coup lorsque le système musical se perfectionna. Je pense que rien ne se fait sentir tout-à-coup ; et ce perfectionnement du système musical pourroit bien avoir une grande analogie avec le genre de perfectionnement dont parle Smith pour les langues. N'est-il pas permis de présumer qu'à l'époque où les débats de Pythagore et d'Aristoxène partageoient la Grèce, les véritables traditions musicales étoient déjà fort altérées ? Ceci expliqueroit assez bien, au reste, comment plusieurs philoso-

phes ont été portés à attribuer l'invention
du langage à l'homme.

En effet, à force d'admettre, dans tous
les moyens qui ont été donnés à l'homme
pour exprimer ou communiquer ses sentiments et ses pensées, à force, disons-nous,
d'y admettre des choses de convention,
nous avons délayé et perdu les types primitifs. Dès-lors, ce qu'il y avoit d'essentiel
et de subsistant par son énergie propre a
cédé la place aux signes variables et plus
ou moins arbitraires; dès-lors le génie individuel a remplacé le génie général; dès-
lors les impressions ont été reçues par un
plus ou moins grand nombre, mais n'ont
pas été reçues par tous; dès-lors enfin l'art
est venu au secours de la nature. C'est ainsi
qu'on a été graduellement amené à penser
que, tout étoit d'invention humaine; c'est
ainsi que, ne pouvant expliquer les prodiges
de l'harmonie ancienne, on a trouvé plus
simple de les nier, ou de les attribuer à des
causes indépendantes de l'essence même de
la musique primitive; c'est ainsi qu'on a
imaginé d'établir en théorie, que l'homme
avoit pu fonder la société et parvenir à

instituer le langage, *sans savoir* toutefois ce
qu'il faisoit.

Comme nous avons souvent eu occasion
de le remarquer, tout marche du même pas
dans les sociétés humaines, parceque tout
marche ensemble dans l'esprit humain :
voyons donc, à présent, ce qui doit résulter
de l'émancipation de la pensée.

Nous allons nous enfoncer plus que jamais dans la région des conjectures. Mais,
quoi qu'il en soit, j'ai besoin de le redire,
et je voudrois faire passer dans mes lecteurs
la conviction intime où je suis que Dieu
ayant fait l'homme pour vivre en société, la
providence de Dieu ne cessera de veiller sur
les sociétés humaines ; quoi qu'il en soit,
répéterons-nous, s'il est vrai que jusqu'à
présent Dieu se soit servi de la parole pour
diriger les destinées du genre humain, si la
parole enfin a été jusqu'à présent une révélation toujours subsistante au sein de la
société, et que ce moyen ait cessé de lui
paroître utile ou nécessaire, il saura bien
en faire sortir un autre de la force même
des choses, en supposant que celui-là man-
quât d'une manière absolue, ce que je suis

loin d'admettre, ainsi qu'on a pu le voir, ou
en supposant qu'il soit devenu insuffisant,
ce qu'on sera beaucoup plus porté à croire.
La nouvelle puissance de l'opinion, qui sort
en effet d'un tel état de choses, et dont nous
avons déja parlé, cette puissance de l'opinion peut, au reste, fort bien être considérée comme une sorte de parole vivante,
qui se renouvelle continuellement sans passer par les longs canaux des traditions. Mais
ce qui, au défaut de toute autre cause, assu-
reroit encore la perpétuité des sociétés humaines, c'est la nécessité imposée à l'homme
de tout apprendre. L'homme ne sait rien
de lui-même, l'homme a besoin d'être instruit sur toutes choses, ainsi que l'affirmoit
Pascal. Si nous n'avions pas blâmé toute
comparaison entre l'homme et les animaux,
nous pourrions dire que l'homme en naissant ne sait rien de ce qu'il doit savoir, même
pour se conserver, que les animaux, au contraire, savent tout, qu'ils n'ont besoin de
rien apprende.

CHAPITRE XI.

PREMIÈRE PARTIE.

CONSÉQUENCES DE L'ÉMANCIPATION DE LA PENSÉE DANS LA SPHÈRE DES IDÉES RELIGIEUSES.

Toutes les fois que la société a cessé d'être gouvernée par les traditions, le besoin d'une révélation s'est toujours fait sentir. Ainsi, il y a dans le genre humain un sentiment intime et profond qui l'avertit que Dieu veille sur les destinées de sa noble créature, sur les destinées de l'ordre social où il a voulu qu'elle fût placée. Ce sentiment, universel et indestructible, qui est comme la conscience des peuples, se manifeste sur-tout aux grandes époques de crise; il peut donner lieu à bien des erreurs, à bien des superstitions; il peut même, et l'histoire nous en offre plus d'un exemple, il peut encourager des imposteurs, les investir d'un grand crédit sur

la multitude, les élever à une mission usur-
pée; mais il vient d'une confiance sans laquelle les nations seroient, durant ces époques de crise, semblables à un vaisseau battu
de la tempête qui auroit perdu de vue l'é-
toile polaire.

Entre les époques dont nous parlons, celle
où nous sommes arrivés a cela de remarquable que, quoique toutes nos traditions
soient finies, nous ne sommes point dans
l'attente d'une révélation. Il n'y a nulle part
l'autel du *Dieu inconnu.* Les peuples n'ont
pas les yeux levés en haut pour voir de quel
côté les cieux s'abaisseront ; ils n'attendent
point de législateur nouveau. Nous en avons
déja dit la raison, mais il ne faut pas craindre de la redire ; c'est parceque le christianisme est la perfection même des institutions
religieuses, et que le genre humain ne peut
avoir que le sentiment de ses besoins réels.

Une autre considération à laquelle je ne
puis assez me hâter d'arriver, et que la plupart de mes lecteurs ont sans doute prévue,
c'est que la parole a conservé toute sa puissance et toute sa fécondité dans la sphère
des idées religieuses. En effet, il ne s'agit

point ici d'une parole transmise, mais de la parole même de Dieu, parole toujours vivante, qui ne peut ni s'affoiblir, ni s'altérer. *Ma parole ne passera point*, a dit l'Être par excellence, le seul Être inconditionnel, l'Être sans succession de temps. *Les cieux seront pliés et emportés comme la tente d'un berger*, que la parole divine subsistera toujours : ils seront réduits à *l'état d'un manteau usé*, que la parole éternelle sera encore la parole éternelle. Le sacrifice de l'amour ne peut être ni un symbole, ni une commémoration ; c'est le grand mystère de la parole. Une parole, mais c'est la parole même de Dieu, une parole rend la victime présente pour être immolée de nouveau. Ce pain est de la chair, ce vin est du sang, la chair et le sang de la victime auguste. Cela est ainsi, parceque la parole a ainsi prononcé ; *car,* comme a dit admirablement Bossuet, *c'est la même parole qui a fait le ciel et la terre.*

Je ne sais si je me trompe, mais il me semble qu'il étoit bien nécessaire qu'il restât un dernier asile à la parole, pour que sa force vivifiante renouvelât continuellement la génération des idées. Ainsi, la parole ne quittera

point la religion de Jésus-Christ, parceque là
elle ne s'est point séparée de la pensée, et
que la pensée, de sa nature, est immortelle,
même la pensée de l'homme. Par la religion,
la parole ne cessera de régner sur le genre
humain jusqu'à la fin des temps.

　J'aperçois, de ce point de vue si élevé, la
seule vraie raison pour séparer les institutions politiques des institutions religieuses.
Les publicistes qui n'ont stipulé que les intérêts de la tolérance ne sont pas descendus
dans le fond des choses ; ils n'ont pas vu à
quel point ils favorisoient en cela l'indiffé-
rence, et, par conséquent, l'incrédulité. La
nécessité de consacrer l'indépendance mu-
tuelle des institutions religieuses et des institutions politiques est fondée uniquement
sur ce que le ministère de la parole ne doit
point être troublé dans la paix du sanctuaire. Dès-lors on n'a rien à redouter des
prérogatives du Saint-Siége ; et ce que nous
avons appelé les libertés de l'église gallicane,
qui peut-être dans un temps nous a préser-
vés de la contagion des hérésies, est devenu
absolument sans objet. Laissez, au contraire,
le Pape, qui est le souverain pontife de la

parole, saisir dans toute son étendue le gouvernement spirituel de la chrétienté; que le prêtre soit en même temps citoyen de l'état et sujet du chef de l'Église; et que le chrétien exerce ses droits politiques ou remplisse ses devoirs religieux, sans que ces deux sortes d'actes aient aucune liaison entre eux. Ne défendons plus la religion sous le rapport de l'utilité dont elle est, soit à l'homme, soit à la société; c'est un vrai blasphème qui a été trop souvent reproduit. Ne demandons point pour elle l'appui des institutions politiques : ce seroit avoir des doutes impies sur sa stabilité. N'exigeons pas non plus qu'elle vienne au secours de ces institutions, parceque nous pourrions l'accuser de leur chute lorsque le moment de la caducité seroit venu. Le mouvement des esprits, qui est l'opinion, peut soulever la société, mais il faut que la religion reste immobile comme Dieu même.

Un jour il vint du fond de la Judée un simple pêcheur, sans nom, sans autorité, dépourvu de toute science humaine. Il étoit sorti du sein d'un peuple dédaigné, et celui de qui il tenoit sa mission avoit été at-

taché à une croix, supplice alors infame.
Ce simple pêcheur arrive tout seul dans la
ville maîtresse du monde. Il annonce qu'il
ne vient que pour renverser les idoles, puis
sceller son témoignage de son propre sang.
Il ne m'appartient point de discuter comment la cour de Rome a usé d'un pouvoir
qui remonte au prince des apôtres, au simple pêcheur venu de la Judée; mais tant
que les directions de la société furent exclusivement confiées à la force des sentiments
religieux, la cour de Rome a dû être à la
tête de la civilisation européenne, et cela
suffit. Je ne reviendrai pas non plus sur
l'oiseuse question des croisades. Dites-moi
combien de temps le genre humain s'est re-
posé dans la paix ! Nommez-moi le siècle où
le sang n'ait pas arrosé des champs de bataille ! Laissez donc à la guerre ou de nobles
causes, ou du moins de généreux prétextes.
Les vieillards de Troie ne pouvoient trouver mauvais que les peuples se fussent ar-
més pour la querelle de la beauté : et Homère faisoit sortir de cette pensée une poésie
tout entière. C'est bien une autre poésie qui
est renfermée dans le motif des croisades.

Il s'agissoit de délivrer un tombeau, le tombeau de celui qui racheta la nature humaine, le seul tombeau qui n'aura rien à rendre à la fin des temps, pour me servir d'une belle expression de M. de Châteaubriand. Est-ce à nous, d'ailleurs, à nous montrer si difficiles, nous qui ne cessons de nous parer de nos trophées militaires? Il faut bien savoir admirer tout ce qui peut développer dans l'homme des sentiments élevés, tout ce qui peut lui fournir l'occasion de beaux sacrifices; mais il faut être juste aussi : et il n'est pas moins vrai que cette gloire, acquise en dernier lieu, au prix de tant de sang, n'a servi qu'aux vastes triomphes d'un aventurier.

Cependant, pour rentrer dans mon sujet, j'avouerai, si l'on veut, que la triple tiare a souvent abusé de ses hautes prérogatives; car pour elle aussi il a fallu que l'abus prouvât la liberté. Dans un temps où les princes de la terre avoient sur les peuples des droits dont les limites étoient inconnues, étoit-ce donc un si grand malheur que les rois eussent au-dessus d'eux une puissance mystérieuse qui venoit les épouvanter

et leur annoncer les oracles de la justice
éternelle, une puissance qui venoit leur
dire : Ce sceptre que vous tenez de Dieu,
Dieu peut vous l'enlever; ce glaive que vous
portez à votre côté peut être réduit en poussière par le glaive de la parole? N'avons-
nous pas vu naguère, au moment où tous
les souverains de l'Europe trembloient devant le nouvel Attila, n'avons-nous pas vu
le vieillard du Capitole lancer l'anathème
des anciens jours sur une tête qu'aucune
foudre n'avoit pu encore atteindre? Cet
anathème n'est-il pas venu troubler, dans
l'orgueil de ses pensées, l'heureux soldat,
au moment même où il remportoit la dernière de ses victoires? Oui, la dernière de
ses victoires, puisque toutes celles que depuis il a rencontrées sur le chemin de son
inconcevable fortune n'ont fait que lui creuser un plus vaste abyme. Seroit-ce, par hasard, que le captif de Savone et de Fontaine-
bleau, l'héritier du pauvre pêcheur, avec ces
paroles qui contenoient les menaces du ciel,
auroit frappé de vertige l'homme contre
lequel l'Europe a dû finir par se croiser?
Toutefois, le vénérable prisonnier ne fut-il

pas sur le point de se laisser éblouir aussi
par cette terrible fascination à qui il fut
donné d'exercer jusqu'au dernier moment
une si grande et si funeste influence? Ainsi
le vénérable prisonnier fut sur le point d'y
céder à son tour; mais l'heure de la déli-
vrance avoit sonné de toutes parts; et Dieu
s'étoit fait juge de sa propre cause, car la
cause de la civilisation est celle de Dieu
même.

Au reste, je ne dois pas négliger de le
dire, qu'a-t-on encore à craindre des empié-
tements de la cour de Rome? Quelle raison
pour refuser au premier des évêques, au
successeur du prince des apôtres, quelle
raison pour lui refuser l'empire entier de la
religion, qui lui appartint toujours, pour
le lui refuser maintenant que cet empire
est devenu si distinct de tous les autres?
Craindriez-vous, dans vos pensées pusilla-
nimes, qu'il ne vînt ébranler des trônes fondés sur la limite des pouvoirs, parcequ'il a
quelquefois brisé des sceptres absolus?

Je l'ai dit, et je le redis avec la plus entière conviction, sans le christianisme, sans
les idées morales que le christianisme a mi-

ses dans le monde, le despotisme finissoit
inévitablement par s'acclimater dans la
vieille Europe. Pourquoi avons-nous été si
sévères dans les jugements divers que nous
avons portés sur Buonaparte? Pourquoi ne
pouvions-nous pas nous accoutumer à toutes
ses ruses, à tous ses prestiges, à toute son
immense volonté? Pourquoi les peuples ont-
ils refusé de reconnoître à-la-fois la puissance du génie et celle de la force? Il faut
le dire, Buonaparte a voulu peser sur nous
avec le pouvoir qui a précédé le christianisme; et nous, nous l'avons jugé avec les
idées morales que le christianisme a données au monde. Buonaparte eut pour la religion une sorte de condescendance impie;
par un calcul plus impie encore, il ne vouloit en faire qu'un moyen de police ou d'asservissement. Il a cru, quelques instants,
pouvoir la dominer comme les législateurs
des peuples païens avoient dominé les réli-
gions païennes; il n'avoit pas vu que ces législateurs ne s'étoient pas séparés de la pensée religieuse, et que, sous le christianisme,
la pensée religieuse ne peut être que la pensée chrétienne elle-même.

Nous n'attendons point de législateur nouveau, avons-nous dit, parceque nos institutions sociales, ainsi que nous l'avons remarqué, ne peuvent être fondées que sur le christianisme.

Mais nous ne devons plus mêler dans nos discussions les intérêts religieux avec les intérêts politiques, parcequ'ils sont devenus différents. Il est même permis de penser que n'étant plus compliqués d'affections sociales, les sentiments religieux prendront plus d'intensité, tout en conservant leur heureuse influence.

Si la parole a mis dans le monde intellectuel et moral les idées qui y sont à présent, sera-ce téméraire d'oser dire, par analogie, que le sentiment religieux s'est tellement identifié, par le christianisme, avec les institutions sociales, que ces institutions peuvent se passer désormais de la direction religieuse immédiate ? elles ont en elles-mêmes le principe de vie le plus intime et le plus fécond qui ait jamais soutenu les sociétés humaines. La religion est, s'il est permis de s'exprimer ainsi, l'arôme qui préserve la société de la dissolution dont

24.

on a pu la croire menacée. Les révolutions
religieuses et les révolutions politiques ne
doivent plus être liées les unes aux autres,
et nous n'avons d'autre révolution à attendre que celle qui fera rentrer dans l'unité
les communions dissidentes. Cette révolution est inévitable, parceque dès que la
dissidence ne peut plus être prolongée par
des intérêts politiques, la tendance naturelle
doit être le retour à l'unité : nous avons
déja expliqué notre pensée à cet égard. Le
sentiment religieux, qui paroît menacer de
s'éteindre dans les croyances particulières,
vit toujours dans les croyances générales.
Le moment est donc arrivé où nous devons
nous entendre sur les croyances générales
et unanimes. Or le christianisme seul of-
frant l'accord de ces croyances, il ne s'agit
plus que de chercher où sont les véritables
traditions chrétiennes. Je n'ai qu'une observation à ajouter. Le peuple françois est le
premier des peuples de l'Europe qui ait
admis le principe de l'indépendance mu-
tuelle des institutions politiques et des institutions sociales, tout en demeurant dans la
même croyance religieuse, tout en restant

fidèle au droit divin et à celui de la légitimité, qui en est la suite. Ainsi nous avons
à-la-fois le principe du mouvement progressif, qui fait marcher la société dans des directions nouvelles, et le principe conservateur, qui modère et régularise le mouvement progressif.

En un mot, notre religion, notre langue,
nos mœurs nous constituent chambre des
pairs de la grande société européenne; comme, par les opinions, nous remplissons dans
cette même société les fonctions de chambre
des communes.

CHAPITRE XI.

SECONDE PARTIE.

CONSÉQUENCES DE L'ÉMANCIPATION DE LA PENSÉE DANS LA SPHÈRE DE LA LITTÉRATURE ET DES ARTS.

TOUTE théorie de l'avenir ne peut reposer que sur la juste appréciation du passé; mais aujourd'hui cette première donnée nous manque presque entièrement. La société marche dans des voies insolites, et n'accepte pour règle que des doctrines non éprouvées par l'expérience. Les souvenirs la blessent; elle semble craindre que des principes anciens ou vieillis ne soient *entachés* de féodalité. Elle voudroit cependant conserver encore ses préjugés littéraires; c'est la seule portion de l'héritage de nos pères qu'elle desire maintenir. Tout s'est écroulé autour du trône de la littérature et des arts: ce

trône seul ne peut pas rester debout parmi
tant de ruines; il faut qu'il s'écroule à son
tour.

La nuit du moyen âge ne sauroit s'étendre maintenant sur le genre humain, parceque notre marche est devenue trop rapide. Les années suffisent où jadis il falloit
des siècles. Le règne de Louis XV, qui fut
une sorte d'interrègne sous le rapport des
mœurs, le fut aussi sous le rapport des arts:
la décadence avoit été trop précipitée pour
qu'elle pût durer. De même, notre littérature qui, sous ce règne, a jeté encore un si
grand éclat, a été envahie, un instant, par
une génération éphémère : cette génération
fut sans aïeux, elle n'a point laissé de postérité. Les Sénèque et les Claudien de cette
courte époque n'offrent déja plus que des
titres de livres aux bibliographes, des noms
inconnus dans notre chronologie littéraire.
Trop peu d'années nous séparoient de notre
grand siècle: pendant que des hommes qui
vivoient au milieu de nous, avoient vu
briller les dernières étincelles de ce siècle
fameux, les enfants, dans les écoles, étoient
toujours nourris des chefs - d'œuvre qu'il

avoit produits. Le temps est nécessaire pour entrer dans la barbarie comme pour en sortir : ainsi, on peut dire qu'il faut des traditions même pour parvenir à l'état de décadence, et sur-tout pour s'y maintenir.

Si, d'une part, notre littérature du siécle de Louis XIV est devenue européenne, et a cessé d'être exclusivement la nôtre, nous cherchons, d'une autre part, une littérature nouvelle, qui soit classique aussi, mais classique dans l'ordre de choses qui va naître. Remarquons toutefois que cette littérature nouvelle doit avoir pour caractère particulier d'être européenne, en même temps qu'elle sera tout-à-fait françoise ; car la France ne peut qu'être à la tête des destinées de l'Europe.

Pour commencer par le point qui offre le plus de prise aux conjectures ; lorsque notre régime constitutionnel sera affermi, lorsque nos habitudes sociales seront prises, nous imposerons à tous les peuples une éloquence parlementaire inconnue jusqu'à présent. La langue de l'improvisation poétique nous a été refusée, celle de l'improvisation oratoire se perfectionnera : elle est, au reste, plus conforme au génie de notre langue, qui, elle-même, ainsi que nous l'avons fait remarquer, est singulièrement appropriée à l'âge actuel de l'esprit humain. Je suis persuadé que cette sorte d'éloquence aura plus d'éclat, plus de mouvement, plus de puissance, que n'en a jamais eu l'éloquence analogue, chez les Grecs, chez les Romains, chez les Anglois : il y a, dans la contexture et le génie de la langue françoise, une raison invincible, une logique nécessaire, une clarté constitutive, un sentiment de goût et de convenance, qui apportent peut-être quelques obstacles à la passion désordonnée, mais qui contiennent l'enthousiasme sur les limites où il deviendroit vertige, et qui doivent être très favorables à la discussion calme, solennelle, animée.

La langue et les institutions marchent en même temps : l'une est l'expression des autres. Ce qui arrive toujours, arrive encore aujourd'hui : nos institutions commencent à entrer dans nos discours ; c'est une preuve certaine que bientôt elles seront réalisées.

Nous devons renoncer désormais à cette critique verbale qui n'entre point dans le

fond des choses, qui s'attache sur-tout aux
formes du style, à l'économie d'une composition, à l'observance de certaines règles,
à la comparaison superstitieuse avec les
modèles, sorte de critique secondaire dont
M. de La Harpe est souvent un modèle si
parfait. Maintenant cette critique nous a
appris tout ce qu'elle pouvoit nous apprendre. Il s'agit de pénétrer le sens intime de
tant de belles et de nobles conceptions de
de l'esprit humain. Les mots ne doivent
plus nous inquiéter ; c'est la pensée elle-
même qu'il faut atteindre. Cette critique
nouvelle, tout en nous dévoilant des merveilles inconnues, nous montrera la route
pour en opérer aussi à notre tour.

L'histoire nous ouvre une carrière immense : c'est presque un monde tout entier
à découvrir et à explorer. Oui, la muse de
l'histoire est la plus jeune des muses ; et elle
n'a fait que bégayer jusqu'à présent. Les géologues prouvent fort bien que nos continents
sont nouveaux ; et c'est depuis bien peu de
temps aussi que nous avons perdu les traditions orales ; car l'histoire n'est, encore à
présent, pour les premières origines de tous

les peuples, que ces traditions écrites, la prose substituée à la poésie. Tous les enseignements ont changé, et il est permis d'affirmer que nous avons plus de ressources qu'on n'en a eu jamais pour étudier le génie des peuples anciens. Nous avons signalé déja quelques uns des travaux préparatoires auxquels se livrent des hommes d'une patience admirable et d'une vaste science. L'art de discuter les témoignages, d'interroger les monuments, de faire parler aux traditions leur véritable langage : voilà plus qu'il n'en faut pour retrouver de grands sujets de gloire. La philosophie éclairée par ses expériences ne dédaignera plus les vieilles doctrines, car les vieilles doctrines sont demeurées dans le genre humain.

On a beaucoup comparé entre eux les historiens anciens et les historiens modernes, sous le rapport du but, de la direction des idées, de l'intérêt. On a dit que les historiens anciens étoient les historiens des peuples, et que les historiens modernes étoient les historiens des princes, des grands de la terre. La manie des parallèles et des comparaisons est une manie de bel esprit.

Les véritables historiens, à mon avis, ont été les poëtes, parcequ'ils ont été les historiens de l'homme, du genre humain. Il n'y a de pensée élevée que la pensée religieuse, la pensée poétique. Les historiens donc ont voulu, chez les anciens comme chez les modernes, faire briller leurs talents, au lieu de faire briller la vérité. Ils n'ont pas assez dominé les siécles; ils n'ont pas vu les événements d'assez haut. Bossuet seul, parmi ceux qui ont écrit en prose, donne l'idée du véritable historien. Lorsque les hommes qui se sont arrogé le domaine de l'intelligence ou de l'imagination, et qui ont renoncé en même temps à l'inspiration de la poésie, se sont ainsi avancés sans mission, ils ont cru pouvoir choisir parmi leurs propres pensées. Ils ont dit j'écrirai dans tel ou tel système. Dès-lors on a pu exiger d'eux l'impartialité; ils avoient donné ce droit; mais les poëtes, qui furent les premiers historiens, n'avoient pas besoin de chercher l'impartialité; ils avoient plus que cela; ils avoient la vérité vue de haut, vue dans l'ensemble des choses.

Les temps où régna la parole furent les temps de l'imagination; ceux où régna la

pensée indépendante doivent être ceux de
la raison. Il sembleroit donc que nous n'a-
vons plus de poésie à attendre. Il faut com-
battre cette erreur : la poésie est éminemment pourvue de raison, mais c'est une
raison sensible, animée, dominante. Je n'ai
pas besoin de répéter ce que j'ai dit dans
la première partie du chapitre précédent,
pour peu que mes lecteurs se soient approprié mes idées.

On s'est fort trompé, en dernier lieu,
lorsque, sentant que tout finissoit, on a
voulu nous montrer de nouveaux trésors à
exploiter, ou plutôt des richesses anciennes, que nous avions négligées jusqu'à présent, et que l'on nous conseilloit de mettre
en œuvre. On s'est imaginé que l'homme
créoit la poésie : la poésie consiste à dire
des faits ou des doctrines poétiques par eux-
mêmes. Un homme de talent, quel que soit
d'ailleurs son talent, ne peut rendre poétique une chose qui ne l'est pas, une chose
qui n'est pas déja de la poésie. La poésie
est une langue, et non point une forme
d'une langue; la poésie est universelle, et
non point locale : c'est la parole vivante du

genre humain. Nos annales françoises font
partie du domaine de la poésie, comme
toutes les histoires des peuples; mais c'est
en ce qu'elles tiennent à l'histoire du genre
humain. Rien n'est isolé; et les faits de notre histoire ne seroient que des faits isolés,
indignes par conséquent de la poésie, s'ils
n'étoient pas fondus dans d'antiques et vénérables traditions, répandues parmi les
peuples d'un même âge, s'ils ne s'appuyoient
pas sur une croyance générale. Homère n'a
point chanté, il a laissé chanter la muse;
c'est-à-dire qu'il a été l'interprète de la parole. Vos sociétés savantes proposent des
prix pour savoir quelle a été l'utilité des
croisades; vous cherchez à expliquer les actions merveilleuses de l'héroïne d'Orléans,
qui fut la simple bergère de Domremi; et
vous demandez où sont les sujets pour l'histoire, pour la poésie!

Nous devons regretter sans doute que
nous ayons été si peu habiles à user des
trésors de la poésie qui nous étoient of-
ferts, à toutes les époques de notre existence sociale. Nous nous sommes dépouillés
nous-mêmes de notre propre héritage. Ainsi

les antiquités juives, les antiquités chrétiennes, nos temps héroïques modernes, c'est-à-dire, ceux de la chevalerie, les sombres et sauvages traditions de nos aïeux les Gaulois ou les Francs, nous avons tout abandonné pour les riantes créations de la Grèce. L'architecture nous a donné le style gothique; mais les terribles inondations des Sarrasins et des hommes du nord, mais les croisades n'ont pu féconder notre imagination. La voix de nos troubadours et de nos trouvères a été étouffée par les chants de l'Aonie. Ce jour religieux qui éclairoit nos vieilles basiliques ne nous a point inspiré des hymnes solennels. Nous avons refusé d'interroger nos âges fabuleux; et les tombeaux de nos ancêtres ne nous ont rien appris.

Mais il faudra bien que la poésie, depuis si long-temps exilée, trouve enfin un asile; car elle existe toujours, puisqu'elle est immortelle. Espérons que notre belle France finira par devenir sa noble patrie.

A présent, nous ne pouvons en douter, il faut chercher la poésie ailleurs que dans des embellissements; au reste, elle n'a ja-

mais été là que pour le vulgaire. Nous devons la prendre où les sages de tous les
temps l'ont placée : voilà tout le secret. Un
sujet quelconque n'est pour le vrai poëte
que ce que la toile est pour le peintre habile. Les sujets anciens et les sujets modernes sont indifférents ; car la poésie est
par-tout ; il ne s'agit que de la faire sortir :
sous ce rapport, aucune mine n'est épuisée.
Homère fait dire à Alcinoüs ces mots, qui
sont une poétique tout entière : « Les dieux
« ont permis la ruine d'Ilion et la mort d'un
« grand nombre de héros, afin que la poésie
« en tirât des leçons utiles aux siècles à
« venir. » Proposez encore des prix pour
connoître l'utilité des croisades ! Discutez
les prestiges de la vierge qui sauva la France,
qui fut brûlée comme socière par nos ennemis, et dont la cour de Rome a protégé
la mémoire !

Je devrois enseigner ici comment se forment les traditions, comment les systèmes
allégoriques prennent un corps, comment
des êtres moraux s'individualisent, en quelque sorte, et sont revêtus d'un nom de per-
sonnage. Mais je n'ai rien fait si je ne suis

point parvenu à donner à mes lecteurs le sentiment de toutes ces choses. Que l'on ne me demande pas une explication précise et textuelle; il est trop évident qu'elle est impossible. La muse épique et la muse tragique tournèrent jadis autour de la guerre de Thèbes et du siége de Troie. Toutes les poésies originales des temps modernes tournent autour de Charlemagne et des croisades. Dites-moi comment cela est arrivé? Un chêne étend ses fortes et vigoureuses racines dans la terre, et sa cime atteint à la région des orages : nul ne sait dans la contrée comment ce chêne a crû; les vieillards disent que leurs pères l'ont vu déja couvert de la rouille des âges.

Les fêtes, quelles qu'elles soient, tiennent à des traditions qui souvent sont très obscures ou tout-à-fait perdues, et ont certainement une origine religieuse. Je ne parle point ici de celles qui contiennent les fastes même de notre religion, de celles dont la célébration est la profession de foi de la société chrétienne. Celles-là ont une origine positive; elles se lient aux dogmes et à l'histoire de la religion. La plupart des autres

25

remontent aux premiers temps du christianisme : c'est ou le patron protecteur de la
contrée, ou une Notre-Dame dont la cha-
pelle modeste appeloit de toutes parts les
pélerins. Quelquefois des rassemblements,
qui furent jadis des fêtes, et qui ne sont plus
aujourd'hui que des marchés ou des réunions de plaisirs bruyants, ont un motif dont
on suit la trace jusqu'au sein du paganisme,
jusqu'au temps où le druide venoit en
grande pompe couper le gui sacré avec une
faucille d'or. Quelquefois enfin la madone
chrétienne, à une époque inconnue, avoit
remplacé la nymphe du ruisseau. Ainsi,
sur les bords du Tibre, la triste sœur de
Didon, qui avoit reçu les honneurs d'un
petit temple, dans le lieu où elle étoit venue
mourir, en racontant les premières douleurs
de Carthage, avoit cédé la place à la vierge
secourable aux nautoniers. M. de Maistre
remarque fort bien qu'il est hors de la puissance humaine de créer, non seulement des
fêtes dont le retour soit périodique, mais
même de simples réunions où les peuples
accourent d'eux-mêmes, et sans une con-
vocation spéciale, comme aux jeux de la

Grèce. On pourroit même dire que nos spectacles tels qu'ils sont, quoique si prodigieusement détournés de leur institution primitive, n'existeroient pas si une pensée religieuse n'avoit pas présidé à l'invention de la scène, chez tous les peuples.

Le seul fait littéraire qui, depuis la renaissance, puisse nous donner une idée de la manière dont se forment les traditions, le seul, en même temps, qui fasse concevoir ce que fut le cycle épique, chez les anciens, ce sont les poëmes qui ont été destinés à célébrer la gloire de Charlemagne et de ses paladins. Cette fable qui s'est formée pour ainsi dire d'elle-même, dans la nuit du moyen âge, est douée d'une unité merveilleuse. Tous les poëtes qui ont suivi ont créé des événements plus ou moins analogues les uns aux autres, mais tous ont été fidèles à la sorte de vraisemblance du sujet; tous ont été unanimes dans les caractères des personnages qui sont les héros de cette épopée romanesque. Les exploits et les aventures diffèrent, mais la couleur de ces exploits et de ces aventures, mais la physionomie des héros sont les mêmes. Il y a plus,

25.

ils sont tous placés dans la même hiérarchie
de rang, relativement à leurs qualités. Ceci,
pour le dire en passant, expliqueroit assez
bien l'unité de l'Iliade et de l'Odyssée, dans
l'hypothèse de ceux qui pensent que ces
poëmes ne sont pas l'ouvrage d'un seul
homme, de l'homme qui s'est appelé Homère, c'est-à-dire, le poëte.

Quoi qu'il en soit, maintenant l'allégorie
est épuisée, et le génie de l'antiquité cesse
de régner dans la poésie. Nos préjugés classiques ont trop long-temps maintenu les
mythes païens qui ne pouvoient pas nous
offrir des systèmes de composition originale.
Un sujet ancien transporté dans nos conceptions modernes, doit changer tout entier
de sphère d'idées et de sentiments; mais il
faut que dans la nouvelle sphère où il est
introduit, il y arrive avec les mêmes proportions et la même harmonie d'ensemble.
Ainsi l'auteur de Veïes conquise, en adoptant la machine de l'Énéide, s'est trompé,
car il n'a pas pu emprunter la croyance des
peuples. Ainsi l'auteur de la Parthénéide a
commis une erreur plus grande encore, car
il a placé un sujet contemporain sous l'in-

tervention des divinités de la Grèce. Ces
divinités qui furent admises par Sannazar
aux couches de la Vierge, et par Le Camoëns
dans sa contexture épique, vont bientôt
être bannies même des madrigaux, où elles
ne sont plus que des lieux communs épui-
sés. Le sérieux de la pensée exclut de semblables jeux de l'esprit. Le goût, qui n'est
autre chose que le tact des convenances,
suffit pour achever de détruire les derniers
vestiges de cette idolâtrie de l'imagination ;
et la langue françoise, docile sur-tout aux
régles du goût, commence à refuser son
appui à de telles divinités. Plutarque, de
son temps, s'étonnoit du silence des oracles
il ignoroit quel sceau venoit d'être apposé
sur la bouche des Sibylles. Lorsque le La-
barum parut dans le ciel, n'entendit-on pas
une voix qui sortoit du capitole, et qui disoit : Les dieux s'en vont ? Les dieux s'étoient
enfuis, mais leurs images étoient restées.
Maintenant, une autre voix retentit dans le
monde littéraire : Les images des dieux s'en
vont.

Un sujet ancien doit, sans doute, admettre les croyances du temps où sa fable

est placée; car on ne peut pas être infidèle
à la première de toutes les lois, celle qui
oblige à peindre un âge de l'esprit humain;
mais il faut s'abstenir de faire intervenir
comme agents visibles, les êtres surnaturels
dont la croyance n'existe plus. En un mot,
il ne faut pas que le poëte participe à une
croyance qui n'est point la sienne, et qui
ne peut pas être celle de ses lecteurs. Nous
ne pouvons plus nous prêter à de telles sup-
positions. Jupiter n'a plus de foudre; et la
ceinture de Vénus doit rester dans les vers
d'Homère, pour les embellir à jamais.

Remarquons encore que toutes les fois
que des agents surnaturels appartenant à la
croyance des chrétiens sont venus animer
nos compositions, nous avons toujours été,
en cela même, trop serviles imitateurs des
anciens; c'est-à-dire que trop souvent ces
agents surnaturels ont ressemblé aux divinités d'Homère ou de Virgile : tant nous
avons été fourvoyés dans les voies de l'imitation. Nous avons, de plus, exigé des vers
pour reconnoître la poésie, comme si cette
langue triée, à laquelle nous ajoutions la
rime, constituoit essentiellement la poésie;

comme si, depuis que la muse épique ne confie plus ses annales mélodieuses à la tradition orale, depuis que ses poëmes ne se chantent plus, il pouvoit y avoir une raison pour écrire en vers, comme si enfin il n'y avoit pas toujours eu une partie au moins de la poésie françoise, celle qui affectoit l'imitation de la langue grecque, qui trouvoit mieux à s'exprimer en prose.

Au reste, ce que nous disions tout-à-l'heure de la reserve avec laquelle il faut user des divinités grecques s'étend non seulement aux divinités indiennes et scandinaves ou calédoniennes, mais encore à ces sortes d'êtres iconologiques et moraux dont la création est toute moderne. Le gardien du cap des tempêtes, le dieu du vertige au milieu des précipices des Alpes, le génie de Rome défendant le passage du Rubicon, sans doute sont de belles inventions d'une muse qui ne prétendoit point à la croyance des peuples; mais comment Voltaire a-t-il pu oser nous présenter le Fanatisme et la Politique?

Les règles que je prescris ici devroient être longuement développées : ce seroit la

matière d'un livre tout entier. Si j'avois à
écrire une poétique appliquée à l'âge actuel
de l'esprit humain, il faudroit que je discu-
tasse les doctrines de M. de Châteaubriand
et celles de M. de Marchangy. Or, ce n'est
point ici le lieu. D'ailleurs, il ne s'agit point
de mettre en œuvre des choses qu'on auroit dû mettre en œuvre plus tôt; et l'on ne
donne point non plus de préceptes d'avance.

La poésie doit remonter à son berceau,
elle doit revenir à ce qu'elle fut à l'origine.
N'imitons point les anciens, mais faisons
comme eux. Souvenons-nous que cette race
éclatante des Homérides a cessé de régner
sur nous, et qu'une nouvelle dynastie va
se placer sur le trône de l'imagination, qui
est vacant. Le sceptre de Boileau est brisé
à jamais.

Le génie poétique de la Grèce, dont les
préceptes furent appliqués par Horace à
la langue latine, et par Boileau, à la langue françoise, ce génie est maintenant épuisé : nous fûmes trop séduits par ses charmes
puissants; mais nous ne pouvons plus rentrer dans cette partie du domaine de l'imagination où nous devions trouver nos pro-

pres origines, nos mœurs antiques, nos véritables traditions. Il est impossible de se le dissimuler plus long-temps, les études littéraires doivent prendre une direction nouvelle, être assises sur d'autres fondements. Lorsque Charlemagne, dans son immense pensée, imposoit à l'Europe l'ordre social qui vient de finir, il donnoit pour base à l'instruction publique l'enseignement du grec et du latin. Depuis, le latin a toujours dominé dans nos études; et c'est à cette cause, sans doute, que nous devons cet humble sentiment de nousmêmes qui nous a portés à nous contenter d'une littérature d'imitation. La langue latine n'a plus rien à nous apprendre : tous les sentiments moraux qu'elle devoit nous transmettre sont acclimatés dans notre langue; elle n'a plus de pensée nouvelle à nous révéler. Horace et Virgile sont pour nous comme Racine et Boileau. Ainsi les auteurs latins ne doivent plus être qu'une belle et agréable lecture, un noble délassement, et non point l'objet de longues et pénibles études. Bannissons donc dès-à-présent le latin de la première éducation:

les trésors de cette langue seront bien vite
ouverts au jeune homme, à l'instant où il
quittera les bancs de l'école. Il reste encore
des choses à deviner dans Homère, dans
Eschyle, dans Platon; mais le grec lui-
même sera bientôt épuisé, bientôt il ne
contiendra plus de mystère à deviner. Alors,
il faudra l'abandonner aussi; car il est inutile de donner à l'homme le lait de l'enfant.
Le grec, à son tour, sera facilement pénétré par le jeune homme studieux, à l'âge
où il pourra de lui-même achever la culture de ses facultés. Le temps est venu de
commencer à introduire dans les premiers
rudiments de l'éducation, l'étude des langues orientales, de se former de nouvelles
traditions littéraires. J'ai peine à comprendre comment avec le sentiment progressif
qui travaille les esprits, on reste cependant
attaché aux méthodes stationnaires. La vie
de l'homme est courte; il faut lui abréger,
le plus possible, le temps d'apprendre. Je
le répète, le latin est épuisé, le grec le sera
tout-à-l'heure. On a senti la nécessité de propager de nouvelles formes d'enseignement
pour hâter l'instruction dans les dernières

classes de la société; et l'on néglige l'avancement simultané de celles qui sont destinées à marcher les premières. Mais, ainsi que nous l'avons remarqué, il faut de l'accord et de l'harmonie dans tout l'ensemble du système social. Lorsqu'une armée se précipite à la victoire, les grenadiers redoublent le pas pour que les compagnies du centre puissent se mouvoir, et que les autres, à leur tour, trouvent de l'espace. Si toute la poussée vient d'arrière, un grand bouleversement sera inévitable.

Les langues orientales contiennent des trésors que nous commençons à peine à soupçonner. Ceux qui en font à-présent l'objet d'une étude spéciale s'y livrent beaucoup trop tard; ils ont perdu le temps de leur première jeunesse à cultiver des lettres sans avenir et sans horizon. Ce n'est point assez qu'un petit nombre de savants s'enfoncent dans les profondeurs du sanscrit, toutes nouvelles pour nous, il faut que la génération contemporaine soit devenue, par l'éducation, habile à comprendre les investigateurs de l'ère qui va s'ouvrir; car l'homme ne sait bien que ce qu'il peut com-

muniquer aux autres : tant on rencontre à
chaque pas le sentiment social, et le besoin
de ce sentiment. Il est impossible encore
d'apprécier toutes les révélations que nous
devons recevoir de langues dont les racines
primitives sont des manifestations morales
ou intellectuelles plutôt que la représentation d'objets physiques ou l'expression de
besoins matériels. Il est impossible de prévoir ce que nous devons apprendre de
langues dont les unes sont faites pour l'ouïe,
et les autres pour la vue. Il faut que l'esprit humain puisse contempler à-la-fois et
la magnifique cosmogonie de Moïse et la
haute métaphysique des gymnosophistes de
l'Inde.

La parole continuera d'être fécondée par
la religion, ainsi que nous l'avons dit; et
l'étude des langues où sont enfermées comme dans une arche voilée aux regards les
traditions primitives du genre humain,
entretiendra ce genre d'activité des esprits,
cette continuité de traditions. Ce n'est plus
un fait dont on puisse douter que la filiation des langues de l'Orient et des langues
de l'Occident; mais il ne nous suffit point

de connoître le Nil par ses bienfaits; il faut remonter, s'il est possible, jusqu'à sa source mystérieuse et inconnue.

Ainsi la poésie doit avoir un nouveau point de départ. La langue françoise qui, seule, entre toutes les autres n'est pas fondée sur les propres origines du peuple qui la parle, attendoit peut-être l'âge actuel, l'âge où, inondée de tant de lumières, elle pourroit donner à l'homme, en même temps qu'une métaphysique élevée et pénétrante, la poésie de la raison et du sentiment. La poésie, sans cesser de se consacrer à célébrer les attributs de Dieu, doit entrer davantage dans les affections de l'homme, et sur-tout dans la liberté morale; car, comme nous le dirons tout-à-l'heure, le règne du fatalisme va finir aussi dans les royaumes de l'imagination, et cela seul change beaucoup toutes les données poétiques. L'homme sera toujours à lui seul un fonds inépuisable; la nature peut être mieux connue, mais les sentiments de l'homme seront toujours immenses et sans limites. Les Muses dédaigneuses de la Grèce ne vouloient s'occuper que de royales douleurs, d'éclatants revers. Le système de l'égalité va s'introduire, à son tour, dans la région de la poésie et des arts. Les larmes de l'homme obscur exciteront aussi nos larmes; et déja la Bible et l'Évangile nous avoient appris à compatir à tous.

Les Allemands nous ont donné l'exemple de conceptions poétiques puisées dans des intérêts privés. Tels sont Hermann et Dorothée de Goëthe, et la Parthéneide de M. Bagghesen. M. de Châteaubriand a pris pour centre d'une véritable épopée deux personnages sans nom; mais il ne s'est pas encore entièrement affranchi du vieux préjugé classique; car Eudore descend de Philoppœmen, et Cymmodocée, d'Homère. L'exemple que l'illustre auteur des Martyrs a donné, en prenant un simple particulier pour héros d'une épopée est un grand fait littéraire. Les Puritains d'Écosse sont, dans cette hypothèse, un véritable roman historique. M. de Châteaubriand et l'auteur des Puritains ont, chacun dans une carrière bien différente, ouvert un nouveau chemin. Je les cite ensemble, à cause de l'analogie, mais sans les confondre; car M. de Châteaubriand s'est élevé à la dignité de l'épopée, et ce ne sera pas moi qui contesterai à son bel ouvrage le nom de poëme.

La plupart des observations que nous venons de faire sur la littérature s'appliquent aux arts : les arts aussi sont de la poésie. C'est le génie pittoresque qui a succédé au génie statuaire. Le nu tout seul, qui ne fut jamais dans les convenances de nos mœurs modernes, établit une grande différence pour la sphère d'inspiration ; et je remarquerai, à ce sujet, que les traditions classiques nous avoient égarés aussi dans la carrière des arts. Nous avions renié nos mœurs, et oublié notre climat. Nous voulions à toute force nous transporter sur les bords de l'Ilissus et sous le ciel de la Grèce. Le nu s'applique seulement aux sujets mythologiques ; ce que vous voyez, ce sont des êtres au-dessus de l'homme, qui doivent être encore l'homme tout entier, mais l'homme idéalisé par l'apothéose. Supprimez l'apothéose, et vous êtes obligé d'abandonner le nu. Les peintres qui ont cru pouvoir adopter le nu se sont étrangement trompés ; car, dans les tableaux, les personnages n'ont plus ce voile de l'immobilité et de l'absence de la couleur. L'idéal, pour la peinture, doit se concentrer sur la noble figure de l'homme, et abandonner le reste du corps. Les vêtements, il faut l'avouer, s'allient mal avec l'art statuaire; de plus, cet art est monumental et public : on élève des statues aux héros, aux grands hommes; mais si vous ne pouvez vous identifier avec la pensée de l'apothéose, il faut que vous renonciez au nu. L'art pittoresque s'applique davantage aux détails de la vie privée : il a moins d'idéal, puisqu'il n'a pas cette sorte d'immobilité qui indique un être élevé au-dessus des passions humaines ; il est donc plus approprié à toutes les conditions de l'état social.

Le génie romantique et le génie pittoresque sont deux frères qui viennent succéder au génie statuaire et au génie classique, vieux monarques dont nous devons encore honorer les cendres augustes quoique nous ne vivions plus sous leurs lois. La soumission au joug classique fut long-temps une soumission volontaire et qui, par conséquent, ne gênoit point la liberté. L'esprit humain, toujours indépendant, ne veut plus de ce joug, qui fut de son choix, et qui maintenant ne pourroit dégénerer qu'en une servile imitation.

En un mot, le génie classique est usé comme toutes les autres traditions. Il a jeté dans l'empire de l'imagination toutes les idées et tous les sentiments qu'il devoit y jeter. Sa mission est accomplie.

Mais avant de passer à une autre partie de la discussion, je ne puis m'abstenir de remarquer combien les travaux actuels de M. Raynouard méritent d'exciter tout notre intérêt. L'espèce d'abandon où nous avons laissé jusqu'à présent les monuments de notre langue romance tient à cet inconcevable dédain de nos propres origines, que j'ai si souvent déploré dans cet écrit. Quoiqu'il soit en effet trop tard pour tirer de telles recherches le fruit que nous eussions pu en tirer à une autre époque, néanmoins elles ne seront pas bornées au seul mérite de remplir une lacune importante dans l'histoire littéraire du moyen âge; elles serviront encore à lier les unes aux autres les traditions des langues.

26

M. d'Agincourt a consacré sa longue et honorable carrière à remplir une lacune du même genre dans l'histoire des arts; et ses travaux auront, par la suite, un résultat analogue. Déja M. Quatremère de Quincy vient d'agrandir pour nous l'horizon même des arts chez les anciens. Par la restitution spéculative du Jupiter Olympien de Phidias, il comble en quelque sorte, dans la pensée, l'intervalle que l'interruption des traditions avoit laissé entre les productions du génie statuaire et celles du génie pittoresque.

Nous sommes arrivés à un temps où la science doit aider à l'instinct, et le diriger. En toutes choses, il faut que nous remontions à l'origine, et que nous rassemblions les matériaux, pour compléter les annales de l'esprit humain.

Ne disons donc point ou que tout est fini, ou que nous devons rentrer dans les voies de l'imitation classique, telle que nous l'avons conçue jusqu'à présent. Le phénix consumé sur son bûcher mystérieux va renaître de ses cendres immortelles.

Les arts de l'imagination doivent rester la noble décoration de la société.

CHAPITRE XI.

TROISIÈME PARTIE.

CONSÉQUENCES DE L'ÉMANCIPATION DE LA PENSÉE DANS LA SPHÈRE DES IDÉES POLITIQUES.

LE règne de Charlemagne est marqué par Bossuet comme la fin des siècles anciens. L'ère de Charlemagne, à son tour, vient de finir. Sans existence positive avant ce grand homme, fortement organisé sous ses successeurs, ébranlé par les Croisades, frappé à mort par Louis XIV, le régime féodal vient d'être remplacé par le gouvernement constitutionnel, par le système représentatif, enfant lui-même de nos plus anciennes traditions, de nos traditions que l'on pourroit appeler primitives. Mais il ne s'agit plus ici d'un simple changement de forme, il s'agit d'un changement dans les éléments mêmes de la société. L'ère de Char-

26.

lemagne fut une ère nouvelle pour toute
l'Europe; et c'est pour toute l'Europe aussi
que se préparent de nouvelles destinées.

Si, dans la littérature et les arts, le génie
pittoresque a succédé au génie statuaire;
dans la société, l'énergie du sentiment moral et la force d'expansion du principe intellectuel sont devenues deux puissances
tout-à-fait distinctes. Les limites de la
liberté ont été reculées pour l'homme. Les
questions relatives au gouvernement des
associations humaines s'offrent sous des aspects tout-à-fait différents. Le système de
l'utilité sera banni des relations sociales;
ce système qui engendre le machiavélisme,
et qui met faussement le salut du peuple
avant la justice doit être livré au discrédit.
La société a été imprégnée des principes
qui doivent la conserver quoiqu'ils ne soient
plus textuellement exprimés dans les actes
de notre législation. La mère a enfanté avec
douleur, ses enfants doivent vivre de leur
vie propre.

Un nouveau droit public doit sortir des
nouveaux rapports entre les peuples. La
guerre, qui fut un moyen de civilisation et

de perfectionnement pour le genre humain,
ne peut plus avoir ce noble et honorable
but; et il est permis d'espérer que ce terrible engrais de sang ne sera plus nécessaire pour fertiliser les vastes champs de
l'intelligence : le courage, le dévouement,
la générosité, le génie lui-même trouveront
peut-être d'autres emplois non moins admirables sans entraîner tant de calamités. L'esprit de conquête, réduit à sa cruelle nudi-
té, du moins sera déshérité de toute gloire.

Le duel, reste de nos anciennes mœurs
gauloises et de nos mœurs chevaleresques,
qui servit quelquefois à redresser de véritables torts, qui nous sauva peut-être des
atroces représailles du stylet, le duel se
retirera peu-à-peu devant l'institution du
jury, destinée, par sa nature même, à redresser tous les torts envers les particuliers
comme envers la société, à laver toutes les
taches de l'honneur le plus susceptible.

La peine capitale ne peut être tolérée
dans l'organisation sociale qui va naître.
Je n'en donnerai que deux raisons. Tous les
citoyens devant être appelés à coopérer aux
jugements criminels, vous ne pouvez éviter

que quelques-uns de ceux qui seront obligés
de remplir ces redoutables fonctions, n'aient,
avec le développement des opinions actuelles, une répugnance invincible à prononcer le sinistre arrêt qui va priver de la
vie un de leurs semblables, et le jeter ainsi
tout-à-coup en la présence de Dieu; vous
ne pouvez éviter que quelques-uns de ces
citoyens d'une haute conscience ou d'une
conscience timorée, secouant, comme on est
disposé à le faire, le joug de l'autorité, et
se croyant ainsi le droit d'examiner les limites du pouvoir de la société, lui refusent
ou lui contestent celui d'ôter irrévocable-
ment le repentir au coupable, et peut-être,
chose affreuse à penser! la persévérance à
l'innocent, car c'est une grande dégradation
pour un innocent condamné que de nier
la justice. Il est évident que le juré qui ne
voudra pas appliquer la peine de mort,
dans les cas prévus par la loi, sera obligé
de trahir sa propre conscience, de mentir
à l'évidence du fait, ce qui est un très
grand mal, parceque c'est une sorte d'im-
moralité qu'on ne se reproche point. Voici
l'autre raison. Le spectacle public de la mort

d'un coupable fait descendre dans les basses classes un instinct de cruauté, qui ne sauroit plus être assez contenu. D'ailleurs, on ne peut ni rétablir l'ignoble supplice de la corde, ni conserver cet atroce mécanisme qui versa comme un automate le sang de tant de martyrs. La mort est à l'égard de l'homme un mandat d'amener, décerné par le souverain juge dans le moment où il veut interroger face à face une créature intelligente, et lui tracer de nouvelles destinées : Dieu, dans de certaines circonstances, prévues par sa sagesse, a pu déléguer à la société le droit de décerner ce mandat de comparution ; mais il peut le retirer quand et comme il lui plaît. Or, s'il est vrai que les inconvénients dont nous venons de parler existent, et que ces inconvénients soient inhérents à nos mœurs et à nos institutions, il est vrai aussi que Dieu a retiré à la société le droit de vie et de mort : ainsi que nous l'avons remarqué plus d'une fois, Dieu ne s'explique souvent sur la société que par par l'ordre social lui-même.

Un grand ressort des temps anciens, qui fut nécessaire à l'organisation primitive de

la société, et qui ne peut plus être pour
nous qu'une grande erreur, le sentiment
exclusif de la nationalité doit disparoître.
Il ne peut tenir devant les hauts sentiments
de l'humanité. Il restera l'amour du sol natal et l'attachement aux institutions de la
patrie, seuls sentiments vrais, naturels, in-
destructibles comme le cœur de l'homme.
Nous ne refuserons pas de comprendre les
mêmes sentiments chez les autres peuples;
et nous ne haïrons pas ces peuples, uniquement parcequ'ils sont autres que nous.
Les peuples continueront de différer par les
mœurs, mais ils tendront toujours à se rapprocher par les opinions. Le patriotisme a
quelque chose d'injuste et de factice, outre
qu'il est intolérant, terrible et trop souvent
cruel. N'envions point aux Romains leurs
Brutus envoyant un fils à la mort ou poi-
gnardant un père; n'imitons point les Athé-
niens jaloux, coupant le pouce aux malheureux Eginettes parcequ'ils étoient trop habiles rameurs; n'exigeons point de nos femmes l'horrible insensibilité des femmes de
Sparte. D'un autre côté, les grandes vertus
et les grands talents appartiennent au mon-

de : ainsi, on ne doit plus que plaindre cette ostentation malheureuse de sept villes de la Grèce qui se disputèrent la naissance d'Homère, au lieu de s'être disputé le soin de nourrir le merveilleux vieillard.

Le bien-être social descendra graduellement à toutes les classes de la société ; car il y aura toujours des classes, et l'on ne peut concevoir la société sans cela ; mais les individus de toutes les classes pouvant s'avancer sans obstacle dans la hiérarchie, elles se recruteront les unes dans les autres, jusque dans les classes inférieures, qui elles-mêmes rempliront leurs cadres par le simple effet de la population. Tous les hommes marcheront à-la-fois, mais chacun à son rang, sous peine de ne pouvoir marcher. Tous ne peuvent pas être rois, tous ne peuvent pas être appelés dans les conseils des rois. Le laboureur doit continuer de semer le blé, pour nourrir le tisserand qui lui donne de la toile, le maçon qui construit le grenier où sera serrée la récolte.

Si nous descendions aux détails, nous aurions à examiner ici les sources de la mendicité, les causes qui l'ont produite et con-

sacrée en quelque sorte chez les peuples
modernes, les raisons qui doivent la faire
disparoître à présent; nous aurions encore
à jeter un coup-d'œil sur le régime des hôpi-
taux, sur la nécessité où nous sommes peut-
être, dans l'état actuel de la civilisation,
d'introduire de grands changements dans
l'administration générale des secours aux
indigents; nous aurions enfin à pénétrer
dans l'intérieur de nos manufactures pour
voir comment il seroit possible de conserver
la santé de nos ouvriers, de relever en eux
l'intelligence et le sentiment moral affoiblis
par un travail trop mécanique, de les rendre à l'intensité des affections de famille,
de leur donner la prévoyance de l'avenir;
mais ce ne seroit point véritablement de
mon sujet, puisque je dois m'abstenir d'appliquer mes observations à aucun objet en
particulier.

Le système de patronage et de clientelle,
qui fut la base des premières institutions
romaines, et qui fut un des éléments du
régime féodal, à cette différence près que
le régime féodal, au lieu d'avoir pour lien
de simples relations civiles, et de produire

des effets uniformes, reposoit sur des béné-
fices militaires et sur une hiérarchie dans la
vassalité; le système de patronage et de clientelle, disons-nous, est hors de toutes les
convenances sociales actuelles. La société
continuera d'exister par l'échange mutuel
des services entre les hommes et les classes;
mais ce ne peut plus être qu'un échange libre, une sorte de servitude volontaire, s'il
est permis de parler ainsi.

Que l'homme toutefois n'espère pas se
soustraire ni aux lois et aux charges de la
société, ni à ce formidable fardeau de la solidarité, dont nous avons déjà parlé plusieurs fois. J'oserois affirmer que les liens de
la société sont une image vivante des liens
de la solidarité; car, ainsi que nous l'avons
dit, tout est symbole dans cette vie.

L'esclavage attachoit à la patrie, en ce
que hors de la patrie, jadis, on ne trouvoit
que la condition d'esclave. Quand on avoit
cessé d'être citoyen d'Ilos, il falloit se résoudre à donner aux enfants de Sparte le spectacle dégradant de l'homme ivre. La guerre
de Spartacus n'avoit aucune analogie avec les
actes de rebellion chez les peuples modernes.

Le commerce et l'industrie ont été des moyens d'affranchissement. C'est par-là que les esclaves de Rome avoient la perspective de la liberté. Les peuples ont été de même. La guerre civilisoit; le commerce affranchissoit. La puissance affranchissante, c'est-à-dire le commerce, reste seule avec une mission. L'épée du guerrier, si elle n'est pas employée à protéger, doit être brisée maintenant.

L'homme n'a pas le choix de sa patrie; et s'il s'exile lui-même pour éviter de vivre sous des institutions qui lui déplaisent, alors il est sans liens, il est étranger sur la terre.

Les différents climats nous sont connus, et offrent toutes leurs productions à tous les hommes des autres climats. Ainsi le commerce nous rend citoyens de tous les pays; et le dogme de la confraternité de tous les hommes qui habitent la terre nous est enseigné par le besoin que nous avons les uns des autres. Nous ne devons plus faire comme ces farouches républicains qui se privèrent de l'usage du sel pour ne pas avoir à en demander à leurs voisins. Il ne faut pas que l'homme se suffise à lui-même; il ne faut pas non plus que les peuples se suffisent à eux-mêmes.

L'ancienne jurisprudence donnoit droit de vie et de mort aux pères sur les enfants; et, comme tout marche en même temps, l'ancien droit public donnoit la même latitude de pouvoir aux métropoles sur les colonies. Les républiques de la Grèce ne manquèrent jamais d'user de ce droit terrible. Elles exterminoient leurs colonies indociles. A mesure que les droits des pères ont été restreints, les droits des métropoles l'ont été aussi. Maintenant, il ne faut pas s'y tromper, l'émancipation des colonies doit suivre la règle de l'émancipation des enfants. Dès qu'un fils est chef de famille, il est soustrait à la puissance paternelle. L'Europe luttera en vain contre l'ascendant d'un tel principe : elle doit renoncer à retenir ses colonies dans les liens d'une obéissance filiale, qui seroit regardée comme une servitude. Ici se présente encore une question que je ne puis traiter; celle des directions nouvelles à donner à la société pour l'emploi d'une population surabondante, dans les hypothèses que nous venons d'établir.

J'ai promis de dire quelques mots de la fatalité, croyance superstitieuse et cruelle, qui doit finir par succomber sous l'influence du sentiment moral perfectionné. Un des signes de ce système, c'est de donner de petites choses pour preuves ou pour conditions d'événements importants. Il falloit, pour que Troie fût prise, que le Palladium fût enlevé, que les fléches d'Hercule servissent dans les combats, que les chevaux de Rhésus fussent dérobés. Un oracle condamne Enée à manger ses tables pour qu'il parvienne à fonder un empire en Italie. Les poëtes anciens sont pleins de ces sortes de présages. Le vol des oiseaux, les entrailles des victimes, le tonnerre à droite ou à gauche, une parole fortuite, toutes ces choses furent de la théologie. Les superstitions populaires n'ont pas une autre origine; et, encore à présent, l'homme est, plus qu'il ne croit, enfermé dans ces liens ridicules, comme Rousseau le dit fort bien pour lui-même.

Ainsi, pendant que, d'un côté, notre destinée étoit asservie à la marche des astres; de l'autre, elle tenoit à la chute d'une feuille, au vol d'un oiseau, à la rencontre d'une

bête dans la forêt. Les fascinations du ser-
pent nous atteignoient comme la foible co-
lombe. L'homme étoit emprisonné à-la-fois
dans des toiles d'araignée et dans des filets
d'airain.

Hérodote, qui a été appelé le père de l'histoire, a écrit dans le système de la fatalité.
Les poëtes tragiques ont le plus souvent
marché dans cette ligne; mais on pourroit
dire, relativement à eux, que, lorsqu'ils sont
entrés dans un tel ordre de choses, ils ont
adopté l'idée d'une fatalité aveugle, pour
rehausser la vertu de l'homme luttant au
sein de l'esclavage. Cette pensée est visible
sur-tout dans Sénèque. Lorsque nous avons
emprunté aux anciens leurs sujets tragiques,
nous n'avons pas hésité de les placer sous
le jour sinistre de la fatalité. Cette austère
école de Port-Royal devoit contribuer encore à diriger nos conceptions littéraires dans
cette tendance, quoiqu'elle fût en effet hors
des sentiments chrétiens. Il seroit même
permis d'absoudre jusqu'à un certain point
à cet égard la croyance générale des peuples.
Bâcon le premier a aperçu, dans la Némésis
des anciens, l'empreinte du dogme de la

Providence. Herder a trouvé dans ce beau symbole, la juste rétribution et la répression de l'orgueil. Homère, plus près des traditions primitives que les tragiques grecs, fait fléchir la rigueur du destin devant la volonté de Jupiter. Or, la volonté de Jupiter, c'est la justice. Il a été difficile, dans tous les temps, d'accorder la liberté de l'homme et la prescience de Dieu : cet accord a été difficile sur-tout pour les peuples chez qui le flambeau des traditions n'a pas été directement transmis.

Mais si l'homme peut secouer enfin le joug de la fatalité, il n'échappera point cependant au malheur ; car le malheur est une chose trop morale et trop utile pour qu'il nous soit ôté. Ah ! si vous pouviez supprimer le malheur, vous ne pourriez supprimer aussi la mort, qui viendroit toujours interrompre tant de félicités, après nous avoir successivement privés des êtres les plus chers. Non, l'homme, tant qu'il est sur la terre, est fait pour tout mettre en commun avec ses semblables ; songez donc à perfectionner l'homme plutôt qu'à le rendre heureux, car vous n'y parviendriez pas. Mais soignez le bonheur de la société, parceque la société n'existe que dans ce monde ; l'homme, qui vit au-delà, peut attendre sa récompense. Faites que la société soit heureuse, et veillez à ce que l'homme accomplisse ses devoirs, soit docile aux épreuves qui lui sont imposées. Ceci n'est autre chose que la pensée chrétienne elle-même : c'est le christianisme qui a promulgué toute vérité.

Ce qu'on a appelé la force des choses, constitue aussi, je le sais, une sorte de fatalité ; mais lorsque la société nouvelle sera définitivement assise sur ses véritables bases, la force des choses viendra de moins loin ; aura moins d'intensité, et les rennes seront plus flottantes. Les opinions ont toujours changé parmi les hommes, par des modifications lentes et successives. Désormais les opinions n'auront plus le temps de se consacrer : celles qui continueront d'exister, n'existeront point par une puissance de perpétuité ; mais elles seront adoptées de nouveau à chaque instant de la vie sociale. Continuellement renouvelées, elles subiront continuellement l'examen de la raison ; elles seront continuellement adaptées aux conve nances variables de la société. Enfin les hommes et les choses, s'il est permis d'employer une telle expression, seront continuellement passés au scrutin.

Ainsi l'émancipation de la pensée a dû produire l'extension des limites de la liberté dans les institutions sociales.

FIN.

TABLE

DES CHAPITRES.

———

FIN DE LA TABLE.

ESSAI
SUR LES
INSTITUTIONS
SOCIALES